04

*Management of
Novice Alchemist
A Little Troublesome
Visitor*

DATE: ○○ △△

이 모습으로 만든 이유는 절반 정도는

만들기 쉬웠기 때문이고,

나머지 절반은 내 취향이다.

적어도 이 나라에서는

인간으로 착각할 수 있는 호문쿨루스

제작은 금지되어 있다.

기술적으로 불가능한지 여부는……

금지하는 시점에서 알 수 있겠지?

Iris Lotze
아이리스 로체
◈╍◈╍◈╍◇╍◈╍◈╍◈
채집자. 사라사가 목숨을 구해주지만,
큰 빚을 지게 된다.

Kate Starven
케이트 스타벤
아이리스의 파트너.
아이리스와 함께 그녀의 치료비를
사라사에게 갚아나간다.

DATE: ○○ . △△

초문쿨루스와 의식을 동조시키면 내 몸 관리가 소홀해진다.

원래는 누운 상태가 제일 좋긴 하지만, 불안에 떠는 로레아의 눈을 보니

'잠깐 침대에 가서 누울게!'라고 말하기 껄끄러웠다.

나는 의자에 앉아서 두 손을 테이블 위에 올려 몸을 안정시킨 다음,

천천히 마력을 짜내기 시작했다.

Lorea
로레아
◦◦◦◦◦◦◦◦◦◦◦◦◦◦◦◦
요크 마을 잡화점 딸.
사라사의 가게에서 일을 도와준다.

Sarasa Feed
사라사 피드
◦◦◦◦◦◦◦◦◦◦◦◦◦◦◦◦
초보 연금술사. 학교를 졸업한 다음,
요크 마을에 스승님에게 받은
연금술사의 가게를 낸다.

DATE: ○○ / △△

"아이리스 씨에게 귀여운 대사를 시켜보고 싶었어."

"사라사 씨…….."

로레아의 어이없어하는 목소리에

약간 자극된 내 죄책감.

하지만 오히려 그걸 위해서 공명석을

만들었다고 해도 과언은 아니지!

초보 연금술사의 점포경영
4

이츠키 미즈호 지음 | **후미** 일러스트 | **천선필** 옮김

커버 그림, 본문 일러스트 | **후미**

Contents

Management of
Novice Alchemist A Little Troublesome Visitor

제4장
A Little Troublesome Visitor

조금 곤란한 방문자

04

Management of
Novice Alchemist A Little Troublesome Visitor

Prologue

프롤로그

로체 가문의 빚 소동 이후. 시간이 좀 지나 조정 수속과 신세를 진 사람들에게 감사의 편지와 답례품을 보내는 등, 여러 가지 뒤처리를 마친 우리에게 평온이 돌아왔다.

샐러맨더를 쓰러뜨렸을 때는 가슴이 좀 두근거렸지만, 최종적으로 내 손에는 어느 정도의 현금하고 희귀한 소재가 남았으니 이익이라고 해도 되려나?

가장 큰 목적이었던 아이리스 씨를 구하는 건 성공했으니까.

그리고 빚을 급하게 갚을 필요가 사라진 아이리스 씨 일행은──.

"사라사, 다녀왔다."

"점장 씨, 다녀왔어요."

"두 분 다 어서 오세요. 무사하셔서 다행이네요."

지금까지처럼 우리 집에서 동거하며 채집자 일을 계속하고 있었다.

나는 '영지의 세금으로 조금씩 갚아줘도 된다'고 했지만, 아이리스 씨 말에 따르면 '돈을 갚는 것과 은혜를 갚는 건 별개다'라고 한다.

솔직히 말하자면 나도 아이리스 씨와 헤어지는 건 쓸쓸했으니 그렇게 말해줘서 좀 기쁘기도 했다.

아델버트 님까지 '나도 채집자가 되어서 빚을 갚아야……' 라는 이야기를 꺼낸 모양인데, 사모님이 말려서 어쩔 수 없이 포기했다고 한다.

그분이라면 실력이 충분하긴 하겠지만, 당연한 결과지.

작다고는 해도 영지를 지닌 귀족이다. 실무로는 도움이 안 된다(아이리스 씨 말에 따르면)고는 해도 자리를 계속 비워둘 수는 없으니까.

그런데 한 가지 신경 쓰이는 건──.

"아이리스 씨, 그 호칭으로 계속 부르실 건가요?"

"······안 되나?"

"아뇨, 안 된다기 보다는······."

진심인지 농담인지, 저번에 아이리스 씨와 결혼 이야기가 나온 뒤로부터 바뀐 호칭.

이유가 '결혼'이라면 확실하게 '안 돼!'라고 하고 싶지만, 아이리스 씨가 쓸쓸한 눈빛으로 바라보면······.

"사라사라고 부르는 건 상관없지만, 결혼할 생각은 없거든요? 아이리스 씨도 딱히 남자가 싫다거나 여자가 좋다는 건 아니죠?"

"뭐, 그렇지. 하지만 그 녀석을 생각하니 남자가 조금 싫어지긴 했다."

아이리스 씨는 크게 한숨을 쉬며 고개를 저었다.

자세한 이야기를 듣진 못했지만, 친가로 돌아갔을 때 정말 기분이 나빴던 모양이다.

'돈만 아니었으면 살려서 돌려보내지 않았을 거다'라고 말한 케이트 씨의 표정에 농담 같은 기색이 전혀 없었던 걸 보니 대충 들어봐도 정말 험한 꼴을 당한 모양이다.

"그것과 결혼할 바엔 사라사가 100배는 낫지──. 아니, 이렇게 말하면 실례가 되겠군. 100배는 기쁘다……, 이것도 아닌가? 마이너스는 몇 배를 해도 마이너스니까. 으음~."

한동안 고민하던 아이리스 씨는 손을 탁 치고는 나를 똑바로 바라보았다.

"응, 나는 사라사와 결혼하고 싶다. 이게 맞겠군!"

"대, 대놓고 그렇게 말씀하시면 쑥스러운데요……."

정면으로 마주 보고 진지한 표정으로 이야기하는 아이리스 씨, 진짜 훈남이다.

아이리스 씨가 여자라 다행이다.

남자였다면 넘어가 버렸을 거야. 응.

"아, 아이리스 씨를 싫어하는 건 아니지만, 일단 저도 멋진 남자가 나타나는 걸 꿈꾸는 소녀인데요."

멋진 왕자님, 같은 사치를 부릴 생각은 없지만.

"으음. 그걸 좀 '멋진 남자'가 아니라 '멋진 사람' 정도로 깎아주면 안 되나?"

"깎아준다고 해도 아이리스 씨는……, 아깝네요! 약간 모자라요!"

"뭐가?!"

"아뇨, 기본적으로는 멋진 사람인 것 같은데……."

외모는……, 괜찮다. 귀엽고, 가끔은 늠름하고 멋지다.

때때로 안타까운 부분이 드러나곤 하니까 스펙은 플러스 마이너스로 따지면 약간 플러스. '멋지다!'라고 꿈꾸기에는 조금 부족하다.

그 밖의 스테이터스(사회적 지위)를 따지면 어엿한 귀족의 후계자.

결혼했을 때 그게 함께 딸려온다는 걸 감안하면 장사꾼으로서는 꽤 플러스.

시부모님과의 관계는……, 아델버트 님은 척 보기에도 올곧은 기사라는 느낌이라 지내기 편할 것 같고, '나하고 결혼하면' 같은 이야기를 꺼낸 게 사모님이라는 이야기를 언뜻 들었으니 그쪽 장애물은 없는 것 같다.

……응, 괜찮은 배우자감이란 말이지. 성별만 고려하지 않는다면.

성별만 고려하지 않는다면!

이게 제일 중요한 부분이다.

내게 그것(성별)을 어떻게든 해줄 수 있는 방법이 있다는 게 더 골치 아프다.

"뭐, 성별은 제쳐두고 결혼이 아니라 파트너로서라면 여자끼리도 상관없겠지만, 그럼 공적인 면과 사적인 면 모두 보조해줄 사람이 좋겠네요."

이 업계는 결혼하지 않은 여자가 꽤 많으니까.

연금술사는 여자라도 돈을 꽤 많이 벌고, 결혼 적령기에 다른 가게에서 수행하느라 시간을 보내게 되니까 혼기를 놓치기 쉬운 모양이다. 슬프겠다.

"……어떤 보조를 해주면 인정해줄 거지? 소재를 모으는 것 정도라면 할 수 있다만.”

“소재를 모으는 것도 나쁘지 않지만, 굳이 맡길 거라면 제가 잘 못하는 분야를 맡길 수 있는 사람이 좋겠네요.”

소재는 마음만 먹으면 내가 모으러 갈 수도 있으니 딱히 못하는 일은 아니다.

시간을 낭비해버린다는 게 문제이긴 하지만, 살 수도 있다──. 아니, 보통 연금술사라면 그 방법을 택한다. 그것 말고는──.

“맛있는 요리를 할 수 있는 사람이 좋으려나……? 청소, 빨래, 다른 집안일도 해준다면 더 좋겠네요. 연금술에 전념할 수 있으니까.”

“요, 요리라고. 그건 잘 못한다만. ──그건 함께 딸려올 케이트에게 해달라고 하면 어떨까? 케이트는 집안일도 잘하는데.”

내 희망사항을 듣고 아이리스 씨는 곤란하다는 듯이 눈을 이리저리 굴리다 옆에 있던 케이트 씨의 어깨에 손을 얹은 다음 앞으로 밀었다.

딸려오게 된 케이트 씨는 당황한 듯이 눈을 깜빡이다가 아이리스 씨를 돌아보았다.

“어? 그 말 진심이었어? 아이리스?”

“케이트 씨 말이죠. 나쁘진 않지만, 그렇게 따지면 요리뿐만 아니라 가게도 볼 수 있는 로레아가 일석이조라 더 좋겠네요.”

"저, 저요?"

당사자를 제쳐두고 바보 같은 이야기를 나누는 나와 아이리스 씨.

"저기, 사라사 씨. 마음은 기쁘지만 저도 그쪽 취향은……."

"무, 물론, 농담이거든? 어디까지나 파트너로 생각했을 때니까. 있어줘서 도움이 된다는 건 사실이지만."

약간 뒤로 물러선 로레아에게 허둥대며 변명했다.

그래도 로레아가 와줘서 이것저것 편해졌으니까. 레오노라 씨만큼은 아니라도 조심하지 않으면 진짜로 혼기를 놓칠 것 같아 겁난다.

"아이리스, 만약 점장 씨와 네가 결혼한다면 내게도 주인 가문이 될 테니까 공적이든 사적이든 보조해주는 건 당연하지만, 덤으로 취급하는 건 별로 기분이 좋지 않은데?"

케이트 씨도 약간 곤란한 듯한 표정으로 아이리스 씨에게 쓴소리를 했다.

그 말을 들은 아이리스 씨는 잠깐 생각한 다음 이해했다는 듯이 고개를 끄덕였다.

"……그렇다면 내가 덤으로 가도 된다. 명목상 정처를 양보할 수는 없지만."

"그런 문제가 아니잖아! 정말, 점장 씨에게는 그럴 생각이 없다고."

맞아요, 맞아요.

더 혼내주세요, 케이트 씨.

"우선 점장 씨가 그럴 마음이 드는 게 먼저겠지?"

……어라? 왠지 분위기가 이상한데.

"흐음. 정론이로군. 덤을 얹어주면서 돌아봐달라고 하는 건 너무 건방진 태도였나."

"그래, 맞아. 우선 너 자신의 매력을 키워야지."

"아, 아니, 그런 문제가──."

아이리스 씨를 응원하시는 것 같은데, 케이트 씨, 진심이세요?

이럴 때는 말리는 게 신하로서의 모습 아닌가요?

내게 빚을 졌으니까 그렇게 단순한 이야기가 아닐지도 모르겠지만.

"……흐음. 너무 성급했던 것 같군. 우선 호칭은 원래대로 되돌리지. 점장님."

"아, 아뇨, 본질은 그게 아니라──."

"점장님에게 선택을 받을 수 있게끔 신부 수업을 열심히 하도록 하지. 기대해주게나!"

"저, 저기……, 여, 열심히 하세요……?"

뭔가 이상하다고 생각하면서도 힘차게 선언하는 아이리스 씨에게 나는 무심코 그렇게 대답했다.

그렇게 반짝이는 눈으로 바라보면 '열심히 안 해도 돼요'라고 말하기 껄끄럽다고!

"으음! ──아, 아니, 지금 같은 경우에는 **신랑** 수업인가? 케이트, 어떻게 생각해?"

"그래, 아이리스의 신부 모습도 포기하기 힘들긴 하겠지만, 점장 씨가 신랑이라는 건 좀 아닌 것 같단 말이지."

"하지만 돈은 점장님이 분명히 더 잘 벌 텐데? 우리 영지에 들어오는 세금은 얼마 안 되니까."

"그렇단 말이지. 그럼 그냥 둘 다 신랑을 하는 건 어떨까?"

"그렇군, 그것도 괜찮겠어. 그리고 거기에 케이트도 끼는 거지!"

"그건 나중에 다시 이야기하기로 하고……."

"응? 왜 그러지? 케이트는 신랑이 더 마음에 드나?"

"그게 아니라──."

뭔가 의논하기 시작한 두 사람. 그런 걸 정해봤자 곤란하기만 하다.

어떻게 해야 하나 당황한 내 어깨에 누군가 손을 살짝 얹었다.

돌아보니 그곳에는 부드러운 미소를 짓고 있는 로레아가 있었다.

"인기가 많아서 힘드시겠네요, 사라사 씨."

"완전히 남 일이구나, 로레아."

발끈하며 바라보니 로레아는 어깨를 살짝 으쓱이며 웃었다.

"남 일이니까요. 사라사 씨도 열심히 하세요. 이것저것."

하지만 남 일처럼 생각한 건 그때뿐이었다.

"오, 뭐야, 로레아. 그렇게──, 아, 그렇군. 미안하다."

"네? 뭐가요?"

"혼자만 따돌림당하면 쓸쓸하겠지. 괜찮다. 한 명 늘어난다 해도 딱히 문제는 없으니까."

"아, 아뇨, 저는 평범하게 결혼할 예정이라——."

"사양할 필요는 없을 텐데? 우리 가문은 자잘한 걸 신경 쓰지 않으니까. 가능하다면 제2부인은 케이트로 해줬으면 좋겠지만……."

"어머? 나는 상관없는데? 로레아가 제2부인이라 해도."

"고, 곤란한데요!"

"그렇긴 하지. 가문을 감안하면 신하인 케이트가 더 높은 위치에——."

"그게 아니라요……?!"

당황하기 시작한 로레아를 곁눈질하며 나는 살며시 일어나 조용히 물러났다.

'화이팅! 로레아!'. 마음속으로 그렇게 응원하면서…….

Episode 1

THE
RESEARCHER'S VISIT

연구자의 방문

그런 이야기를 제외하면 원래대로 돌아온 우리. 신부 같은 이야기는 로레아의 노력으로 보류하게 되었고, 나는 오늘도 공방에 틀어박혀 연금술에 매진하고 있다.

그때 고개를 내민 사람은 눈살을 찌푸리고 있는 로레아였다.

"사라사 씨, 지금 잠깐 시간 괜찮으실까요?"

"······응? 괜찮아, 왜?"

일에 익숙해진 로레아는 일반적인 소재라면 사들이는 가격도 매길 수 있게 되어서 내가 불려가는 기회도 줄어들었는데······, 아티팩트(연성구) 주문이라도 들어온 건가?

"실은 레오노라 씨의 소개장을 가지고 오신 손님이······."

"레오노라 씨의 소개장? 그렇다면 안 만날 수는 없겠네. 바로 갈게."

그녀와는 주고받는 관계······, 아니, 굳이 말하자면 받은 게 더 많은 관계일지도 모르겠다.

어찌 됐든 그런 상대의 소개장을 가지고 왔다니 배려해줄 필요가 있다.

최대한 서둘러서 뒷정리를 마치고 점포 쪽으로 갔다. 그곳에서 기다리고 있던 사람은 왼쪽 눈 위에 상처 자국이 있고 안경을 쓴 20대 중반으로 보이는 남자였다.

몸은 날씬하면서도 탄탄한 근육질이었고, 얼굴도 단정하게 생겨서 외모는 나쁘지 않았다.

하지만 회색기가 도는 붉은색 머리카락은 짧게 잘랐음에

도 부스스. 입고 있는 옷은 튼튼해 보이고 실용성을 중시한 옷이면서도 약간 허름해져 있다. 채집자는 아닌, 가──?

"오래 기다리셨죠."

"아니, 아니, 나야말로 갑자기 찾아와서 미안하군."

내가 조금 기다리게 해버렸는데도 그는 기분이 상하지도 않았는지 부드럽게 웃었다.

"죄송합니다. 그런데 오늘은 무슨 용건으로 오셨죠? 소개장을 가지고 오셨다고 들었는데요."

"그래. 우선 이걸 읽는 게 이야기가 빠를 것 같은데?"

"보도록 하겠습니다."

그가 내민 편지를 받아들고 읽었다. 흐음, 흐음…….

"마물 연구자신가요? 조사에 협력해달라고요?"

"그래. 노르드랫 에반스──, 노르드라고 불러줬으면 해. 부탁할 수 있을까?"

으음~, 이건 좀 골치 아플지도 모르겠다. 레오노라 씨가 소개해준 사람이니 협력해주고 싶긴 하지만, 편지에 '터무니없는 말을 하더라도 들어줄 필요는 없다'라는 문구가 있는 게 신경 쓰인다.

"흐에~, 마물을 연구하는 분도 계시네요."

"숫자가 많진 않지만 말이야. 그중에서도 생태를 연구하는 나는 더 소수파일 테고."

입을 떡 벌린 로레아를 보고 노르드 씨는 고개를 끄덕이며 그렇게 설명해 주었다.

일반적으로 마물의 연구라고 하면 '마물의 소재를 어디에 쓸 것인가'라는 게 주류다.

그렇기 때문에 금전적으로 약간 여유가 있는 중급 정도에 도달한 연금술사가 연구하는 경우가 많다.

성과를 내는 경우는 별로 없지만, 지금까지 쓰레기처럼 버리던 소재에서 이용가치를 찾아내면 그 연금술사는 큰 이익과 그보다 큰 명성을 얻게 된다.

그에 비해 노르드 씨가 연구하는 마물의 생태는 그것 자체가 이익과 별로 상관이 없기 때문에 연구대상으로 삼는 경우가 별로 없는 분야다.

"그래서 그 연구자는 대부분 돈이 많은 귀족이 취미 같은 걸로 하는 느낌이지."

"그렇다면 노르드 씨도 어딘가의 귀족님인가요……?"

"아니, 아니, 나는 몇 안 되는 예외야. 성과도 제대로 내고 있고. 책도 몇 권 썼는데, 들어본 적 없어?"

"죄송합니다, 지식이 부족해서……."

왠지 의기양양하게 입가를 치켜 올리고 이쪽을 살피는 노르드 씨에게서 나는 눈을 돌렸다.

"그, 그렇구나. ──응, 나도 아직 갈 길이 먼 것 같네. 좀 더 노력해야겠어."

노르드 씨는 약간 어깨를 늘어뜨렸다가 곧바로 마음을 다잡고 미소를 지었다.

하지만 책처럼 비싼 물건 이야기를 내게 물어봤자 곤란할 뿐이다.

　절약 생활을 하던 내가 책 같은 걸 살 수는 없었으니까.

　이래 봬도 연금술사라 일반인보다 마물에 대해 많이 조사했고, 꽤 열심히 공부한 건 사실이지만, 그건 이용방법──, 다시 말해 소재 지식 쪽에 편중되어 있다.

　학교 도서관에 있는 책도 그쪽 방면이 주류고, 거기 비치되어 있지 않다면 노르드 씨의 책이 아무리 많이 팔리는 책이라 해도 내가 볼 수는 없다.

　──뭐, 그런 책이 잔뜩 팔릴 일은 없겠지만.

　그리고 로레아도 그 사실을 쉽사리 상상한 모양이었다.

　"음, 책을 내면 그렇게 많이 팔리나요?"

　"물론이지! 최근에 출판한 '글라임티스의 생태와 그 비밀'은 28권이나 팔렸거든! 업계에서 아주 화제가 되었어!"

　기뻐하며 손뼉을 치고 두 팔을 벌린 노르드 씨를 보고 로레아가 곤란하다는 듯이 이쪽으로 힐끔 시선을 보냈다. 나는 살짝 고개를 저었다.

　책의 출판 형태는 다양하지만, 이익을 추구하며 낸 책이 28권밖에 안 팔린 건 아무리 생각해도 적다. 그리고 팔린 숫자를 정확하게 파악하고 있는 게 왠지 좀 그렇다.

　만약 '연금술 대사전'급으로 비싸다 하더라도 연구비를 감안하면 분명히 적자일 것이다.

　"아, 잔뜩 팔려도 이것만으로는 연구비가 나오지 않으니까 진짜는 다른 거거든? 마물에 관한 연구에는 연구비 조성제도라는 게 있는데, 혹시 알아?”

 “일단 알고 있긴 한데요…….”

 가까운 곳에 살고 있으면서도 생태가 별로 알려져 있지 않은 ‘마물’.

 그 정보를 모으기 위해 왕국에서 시행하고 있는 정책이 연구비 조성제도이다.

 하지만 그건 별로 써먹기 편한 제도가 아니란 말이지.

 보상금이라는 형태로 돈을 받을 수 있는 건 어디까지나 연구 결과로 제출한 논문뿐.

 미리 신청해서 연구비를 받을 수는 없고, 받을 수 있는 금액도 논문의 내용에 따라 다른 데다 연구하는데 든 비용을 감안해주지 않는다. 다시 말해 처음에 가지고 있는 자금이 없다면 연구를 시작할 수도 없고, 그 결과에 따라 평가가 낮게 나오면 비용 회수조차 할 수 없는 것이다.

 너무 도박 같은 개념이기에 생업에는 도저히 도입할 수 없어서 지금까지 귀족들이 취미로 하던 연구의 성과를 사장시키지 않고 공표하게 만든 효과 정도밖에 없다.

 “그럼 노르드 씨도 부자신가요……?”

 “아니, 나는 그쪽에서도 예외야. 지금까지 적자가 난 적은 한 번도 없거든!”

 의기양양하게 가슴을 펴고 말한 노르드 씨의 이야기에 따르면 비용이 별로 들지 않는 연구부터 시작한 그는 항상 들어간 연구비 이상의 보상금을 받아왔다고 한다.

"이래 봬도 마물의 생태 연구 업계에서는 나름대로 유명하거든."

"엄청 좁을 것 같은 '업계'네요. 거기."

"……응, 뭐, 그렇지. 일반인들은 전혀 모르겠지."

로레아의 사정없는 말에 노르드 씨는 잠시 침묵한 다음 어쩔 수 없이 고개를 끄덕였다.

"전문가인 사라사 씨도 모르는 것 같은데요……?"

"……응, 뭐, 그렇지. 연구자가 아니면 모르겠지."

"그럼 대체 몇 명 정도나——."

"여, 연구로 이익을 내다니 대단하시네요! 보통 손해가 나는 게 당연할 정도인데!"

"그, 그렇지?! 제출해봤자 동화 한 개도 못 받는 연구도 많거든?"

잘 알지 못하는 나도 연구자가 얼마 안 된다는 것 정도는 알고 있다.

하지만 그도 일단은 손님이다. 꽤 매서운 로레아의 추궁을 가로막으며 내가 화제를 돌리자 노르드 씨도 살았다는 표정으로 맞장구를 쳤다.

"그렇겠죠. 그런데 어째서 글라임티스 같은 엄청 마이너한 마물을……."

일반인은 이름조차 모르고, 아는 사람이라도 별로 흥미가 없을 것 같은 마물인 글라임티스. 연금술에도 그걸 소재로 쓰는 게 있는지 없는지 바로 생각이 안 날 정도로 마이너해서 써먹기도 힘들다.

그런 연구라도 보상금을 주는 걸 보면 연구비 조성제도 심사가 꽤 느슨한 걸까, 아니면 그 이상으로 노르드 씨의 연구 논문이 훌륭했던 걸까.

그래도 이왕 하는 거 좀 일반적인……, 아니, 이름은 널리 알려져 있지만 생태가 별로 알려져 있지 않은 마물 연구를 하는 게 낫지 않을까?

"응. 심사위원회에서도 그걸 지적해서 말이지. 이번에는 메이저한 마물로 정했어."

그렇지! 지적하지 않은 심사위원이 있다면 해고시켜야 할 것 같다.

글라임티스의 새로운 용도라면 모를까, 그 생태를 조사하고 보고해봤자 심사하는 쪽도 곤란하지 않을까? 서식지에 가기만 해도 잡을 수 있는 마물이고.

"그럼 좀 낫겠네요. 뭘로 정하셨나요?"

내가 그렇게 묻자 노르드 씨는 씨익 웃고는 아무렇지도 않게 그 이름을 말했다.

"샐러맨더. 그게 이번 내 연구 테마야."

"……네? 샐러맨더, 라고요?"

"응. 있지? 이 근처에. 서식지."

"있긴 한데, 이미 없어졌는데요? 쓰러뜨려서 소재로 만들어버렸으니까요."

소재를 판 이상 정보가 흘러나가는 건 필연적이지만, 반대로 말하자면 쓰러뜨렸다는 사실도 이미 알고 있을 텐데. 생태 조사 같은 걸 할 수 있을 리가 없다.

아니면 소재를 양보해달라는 건가?

내가 미심쩍게 눈살을 찌푸리자 노르드 씨는 손을 마구 저었다.

"아, 그건 괜찮아. 다른 서식지에서 어느 정도 조사를 마쳤으니까. 보충하기 위해서 샐러맨더가 서식하던 동굴을 조사하고 싶은 거야."

"그런가요? 그렇다면 거기서 연구를 계속하셔도 괜찮았을 것 같은데……."

내가 '어째서 장소를 바꾼 거냐'는 낌새를 풍기자 노르드 씨는 껄끄러운 듯이 웃으며 머리를 긁었다.

"아니, 그게, 호위를 부탁했던 사람들이 부상을 입었거든. 대신 호위를 맡아줄 사람을 찾아봤는데 그 주변에서는 받아주는 사람이 없어서."

……그렇다면 뭔가 문제가 생긴 거 아닌가?

매력적인 일이라면 받아줄 사람이 있었을 테니까.

내 머릿속에 소개장의 '터무니없는 말을 하더라도 들어줄 필요는 없다'는 문구가 스쳐 갔다.

"물론 보수는 확실하게 지불했고, 금액도 적당했던 것 같거든? 그런데 그, 샐러맨더가 사는 곳으로 가려면 특별한 장비가 필요하잖아? 나도 장비를 전부 부담할 수 있을 정도로 부자는 아니니까."

"그야……, 그렇겠죠."

샐러맨더의 서식지에는 열기로부터 몸을 지켜주는 아티팩트가 없으면 다가갈 수조차 없다.

어느 정도 짭짤한 수준의 보상 정도로는 그런 것들을 맞추기도 힘들 것이다.

"그리고 서식지를 확실하게 조사한다는 의미에서는 샐러맨더가 없는 게 더 좋거든. 하지만 간단히 쓰러뜨릴 수 있는 상대도 아니니까──."

"그래서 저한테 오신 거군요. 여기라면 샐러맨더가 이미 쓰러졌고, 샐러맨더를 쓰러뜨린 저라면 이미 필요한 장비를 갖추고 있을 것 같으니까."

"맞아. 그래도 가게가 있는 사라사 군을 데리고 가는 게 힘들다는 건 나도 알아. 그러니까 협력자를 소개해줄 수 있을까 해서. 여기 있지? 그 채집자가."

샐러맨더를 쓰러뜨린 이야기를 레오노라 씨에게 자세하게 해준 건 아니지만, 상식적으로 생각하면 혼자 도전할 리는 없으니 당연히 협력자가 있을 것이다.

그리고 그 협력자가 이 마을의 채집자라고 예측하는 것도 당연할 것이다.

"……알겠어요. 만나서 이야기를 하게 해드리죠. 하지만 호위 의뢰를 받아들일지는 본인 의사에 맡기고 저는 따로 부탁하지 않을 텐데, 괜찮으시겠어요?"

샐러맨더가 없다 하더라도 그 근처는 결코 안전한 곳이

아니다.

　용암 도마뱀은 그렇다 치더라도 헬 플레임 그리즐리가 돌아와 있을 가능성도 전혀 없는 건 아니기 때문에 아이리스 씨와 케이트 씨를 보내고 싶은 곳은 아니다.

　하지만 지금 거절해봤자 아이리스 씨와 케이트 씨에 대해서는 조사해보면 알아낼 수 있다.

　그렇다면 나도 함께 이야기를 듣는 편이 낫다.

　"물론 상관없어. 그런 교섭은 연구자로서 당연히 해야 할 일이니까."

　미소를 지으며 자신 있게 고개를 끄덕이는 노르드 씨를 보고 나는 약간 불안해졌다.

　노르드 씨가 돌아간 다음, 공음상자로 레오노라 씨에게 연락을 해봤다. 몇 번이나 '무리하지 않는 범위로 부탁할게'라는 당부를 받은 데다 '연구만 걸리면 주위에 뭐가 있는지 못 보게 되는 녀석이니까 정 뭐하면 딱 잘라 거절해도 좋고, 이상한 짓을 하면 벌을 줘도 상관없다'라는 이야기를 들었다.

　이제 안심──이 될 리가 없지!

　불안한 요소가 추가되어서 아무리 생각해도 골치 아픈 느낌만 든다.

　레오노라 씨에게 이야기를 듣기 전에도 그런 분위기가 느껴지는 사람이었는데, 아무리 허락을 받았다고 해도 '벌'을 준다니 어떻게 해야 할지……. 주먹? 주먹을 쓰면 되나?

돌아온 아이리스 씨와 케이트 씨에게 그런 것들까지 포함해서 숨기는 것 없이 털어놓고 의논했다.

"마물의 생태라. 그런 연구를 하는 사람도 있었군."

"나도 처음 들었어. 점장 씨가 보기엔 어떤 사람이었는데?"

"그게요……, 어떤 의미로는 전형적인 연구자라고 할까요."

연구가 제일이며, 거기에는 다른 사람보다 뜨거운 정열을 쏟아붓지만 그것 말고는 신경 쓰지 않는다. 또한 헤어스타일이나 옷은 적당하고 허름한 차림도 개의치 않는다.

연금술사 양성학교에도 교수나 강사 중에 그런 타입이 몇 명 있었다.

학교라서 불결한 사람은 없었지만.

……응? 나도 남 말 할 처지가 아니라고?

아니, 아니, 아무리 나라도 외출할 때는 나름대로 신경을━. 썼다고 생각하는데.

뭐, 선배가 골라준 옷 한 벌을 위아래까지 포함해서 그대로 입기만 했지만.

조합을 잘 생각해서 바꿀 정도로 옷이나 센스가 있는 것도 아니었고!

"만나볼 수밖에 없겠지. 거절할 수도 있다면서?"

"물론이죠. 안 될 것 같으면 신경 쓰지 마시고 거절하세요."

레오노라 씨에게 의리가 있긴 하지만, 아이리스 씨와 케이트 씨가 더 소중하니까.

◇ ◇ ◇

최근에 우리 가게에는 응접실이 새로 생겼다.

하지만 점포 뒤쪽 창고를 개조했을 뿐, 새로 지은 건 아니다.

손님들 대부분은 카운터 앞 테이블을 쓰기만 해도 충분하다.

좀처럼 이용할 기회가 없기 때문에 돈을 그렇게 많이 들일 수는 없다.

그래서 오늘, 이 방을 쓰게 된 노르드 씨가 첫 이용자다.

"만나서 반가워, 노르드야. 당신들이 샐러맨더 토벌에 참가한 사람들인가?"

인사를 건넨 노르드 씨의 옷차림은 어제와 별로 다를 게 없었다.

불결하진 않지만 부스스한 머리카락도 그렇고 꾀죄죄한 옷도 그대로였다.

"아이리스다. 미리 말해두지만, 우리는 점장님을 따라갔을 뿐이야."

"케이트입니다. 토벌에는 거의 기여한 게 없으니 착각하지 않으셨으면 하네요."

지나치게 기대해도 곤란하다며 미리 그렇게 말하는 두 사람을 보고 노르드 씨는 문제가 없다며 고개를 저었다.

"당신들에게 부탁하고 싶은 건 조사 중의 경계야. 나도 근육을 단련했거든. 가는 도중에 마주칠 마물조차 이기지 못한다면 곤란한데, 그건 괜찮은 거지?"

"무리를 지어 습격하지 않는다면 괜찮을 것 같다만…….. 애초에 네게 호위가 필요한가? 꽤 단련한 것 같은데……."

"오, 알아보겠어?"

아이리스 씨의 시선을 느끼고 기쁜 듯이 미소를 지은 노르드 씨가 두 손을 모으고 '흐읍!' 하며 힘을 줬다. 근육이 부풀어올랐다.

꽤 대단하다——. 그런데 땀내 나니까 그만해.

나는 근육 성애자가 아니니까.

그런 내 소원이 이루어졌는지, 아니면 상식이 생각난 건지, 노르드 씨가 금방 힘을 빼고 고개를 저었다.

"하지만 전투 기술은 별개지. 도망치는 거나 내구도에는 자신이 있지만 말이야. 그리고 주위를 경계하면서 자세하게 조사할 수는 없으니까."

"그렇군. 맞는 말이긴 해."

조사 쪽에 집중하다 보면 주위를 경계하는 게 아무래도 산만해질 수밖에 없다.

도망칠 수 있는 다리가 있더라도 공격당하는 순간까지 눈치채지 못한다면 아무런 의미도 없다.

그렇게 생각하면 주위에서 경계해주는 사람이 있기만 해도 안심이 될 것 같다.

"흐음, 경계만이라면……, 그렇다면 받아들일지 여부는 보수에 따라 다르겠는데."

"그렇겠지, 엄청나게 많이 낼 수는 없지만, 두 사람이니까……."

노르드 씨는 턱에 손을 대고 생각에 잠겼다. 토벌과는 달리 조사를 할 때는 소재를 얻을 수 없으니 낼 수 있는 금액은 노르드 씨의 지갑 사정에 달렸겠지만——.

"응, 그래. 마을을 떠나서 돌아올 때까지 하루에 한 사람당 금화 20개면 어떨까?"

"받아들이도록 하지!"

"잠깐, 아이리스?!"

곧바로 대답한 아이리스 씨를 보고 케이트 씨가 깜짝 놀랐다.

하지만 즉답이 어느 정도 이해가 될 정도로 노르드 씨가 제시한 금액은 많았다.

시골이나 지방 도시는 물론이고 왕도에서조차 서민이 한 달을 일해도 금화 20개를 벌기는 힘들다.

채집자의 벌이는 그에 비해 많지만 그래도 날마다 금화 20개를 벌 수 있는 건 일부 실력자뿐이다. 굳이 말하자면 빙아 박쥐를 마구 잡아댈 때는 아이리스 씨와 케이트 씨도 그 정도 벌긴 했지만, 그건 예외다.

방치되어 이상 번식하던 빙아 박쥐, 내 마법, 평소보다 비싸게 사들이는 가격.

그것들이 한데 모인 비일상이었으니까.

다시 말해 그 정도로 높은 금액이다. 보통은 호위를 맡길 때 그런 금액은 제시하지 않는다.

레오노라 씨가 소개한 게 아니었다면 이 시점에서 너무 수상하다며 쫓아냈을 것이다.

"음, 노르드 씨, 괜찮으시겠어요?"

"뭐, 어떻게든? 나름대로 위험한 곳에 가는 거니까 어느 정도는 내야지. 그 대신 필요한 장비나 식량은 전부 알아서 마련해야겠지만."

그렇구나. 방열 장비의 비용을 포함해서 생각하면 적당한 보수일지도 모르겠는데?

"애초에 이번 논문을 인정받지 못한다면 한동안 다른 일을 하면서 자금을 모아야 다음 연구에 착수할 수 있겠지만 말이야. 하하하!"

이야기를 들어보니 지금까지 모은 보상금, 서적의 매출(이건 금액이 얼마 안 되는 것 같지만), 그것들을 전부 이번 조사 자금으로 쓰려는 모양이었다.

그런데 저번 조사 지역에서도 비슷한 보수를 지불했을 테니──.

"보상금이 꽤 많이 나오나보네요?"

"인정받으면 말이지. 함부로 보상금만 보고 빚을 내서 연구비로 쓰다가는 실패했을 때 인생 종료 통지를 받게 되니까 꽤 힘들거든."

"그렇겠죠, 역시······."

이 나라는 노예를 인정하진 않지만, 빚으로부터 간단히 도망칠 수 있을 정도로 어설프지도 않다.

반 강제로 중노동을 하게 되는 정도는 당연하다.

위법 행위만 아니라면 일을 골라서 할 수도 없게 되고, 젊은 여자들 중 대부분은 창관으로 가게 되며 수요만 있다면 남자도 마찬가지다. 소문을 들어보니 빚의 액수에 따라서는 법에 아슬아슬한 곳, 정상적이지 않은 곳을 알선받기도 하는 것 같다.

고아원에서 나간 아이들 중에도 신세를 망친 사람이 꽤 있다.

빚은 정말 무서운 것이다!

"참고로 노르드 씨는 빚이 있나요?"

"괜찮아. 나는 일단 실패하더라도 무일푼이 되는 정도로만 억제하고 있으니까."

그걸 '억제'라고 해도 되는 걸까?

"그래서 어때? 일을 맡아줄 거야?"

"나는 방금 말한 대로 받아들이고 싶은데. 케이트는 어떻게 생각해?"

"그게······, 점장 씨, 위험할까?"

"──위험성은 낮을 것 같네요. 저번에 갔을 때를 생각하면 아마 헬 플레임 그리즐리는 없을 테고, 오갈 때 위험한 마물과 마주칠 일도 없을 거예요."

잠시 뒤에 나온 내 대답을 듣고 케이트 씨가 팔짱을 낀 채 조금 생각에 잠겼다.

　이윽고 그녀가 천천히 고개를 끄덕였다.

　"그럼 나도 찬성이려나. 점장 씨에게도 어서 빚을 갚고 싶으니까."

　"재촉할 생각은 없지만……, 갚아주시면 감사하긴 하죠."

　로체 가문처럼 영지가 농촌인 귀족이 세금을 받는 건 가을 수확 이후.

　대부분 농작물로 들어오기 때문에 그것을 그대로 저장해 두거나 일부를 매각해서 현금으로 바꾸곤 한다.

　하지만 수확 직후는 시세가 제일 떨어지는 시기이기도 하다.

　그럼에도 불구하고 빚을 갚기 위해서는 팔 수밖에 없지만, 이제 채권자는 나다.

　'시세를 봐서 현금으로 바꾼 다음 갚아주세요'라고 했으니 아직 갚을 시기가 아니다.

　그래도 딱히 문제는 없으니까……, 아이리스 씨의 미묘한 어프로치말고는.

　"그럼 노르드. 그 의뢰, 정식으로 받아들이지."

　"고마워! 아~, 덕분에 살았어. ──저번에는 이런 금액을 제시해도 맡아주는 사람이 없었거든."

　"……으응?"

　미소를 지으며 악수를 청한 노르드 씨가 왠지 불길한 말을 했다.

하지만 내가 그걸 묻기도 전에 그가 바로 일어섰다.

"그럼 바로 가볼까!"

"——뭐? 아니, 아니, 우리도 준비가 필요한데? 노르드, 너도 마찬가지 아닌가?"

한순간 멍해진 아이리스 씨가 묻자 노르드 씨는 의기양양한 표정을 지었다.

"훗. 연구자는 언제 어디서나 연구에 몰두할 수 있게끔 보존 식량을 완벽하게 챙겨두지! ……아, 그런데 이번에는 텐트를 준비해야 하려나? 아이리스 군과 케이트 군의 텐트에 신세를 질 수는——, 없을 테니까."

케이트 씨가 고개를 젓는 걸 보고 노르드 씨가 나를 돌아보았다.

"저번 호위는 남자들이라서 신세를 졌는데……, 사라사군, 텐트도 팔지? 연금술사의 가게니까."

"네, 플로팅 텐트가 있어요. 주문 생산이라 시간이 좀 걸리지만요. 그래도 급행료를 주시면 단축도 가능하죠."

텐트를 만드는데 시간이 걸리는 이유는 가죽을 꿰매는 과정 때문이다.

지금은 마을 아주머니들에게 부탁하고 있으니 나 혼자서 할 때보다 짧은 시간만에 완성시킬 수 있게 되었지만, 그래도 며칠 만에 만들 수는 없다. 아주머니들도 일정이 있고, 나도 텐트만 붙잡고 꿰매고 있을 정도로 한가한 건 아니니까.

하지만, 그런 문제를 단숨에 해결해주는 물건이 바로!

가죽 전용 강력 접착제 '가쭈욱'!!

……응, 이름이 이상하지. 하지만 효과는 경이적이라고.

슥슥 발라서 가죽을 붙이면 마른 뒤에 완전히 일체화된다. 그냥 붙기만 하는 게 아니라 말 그대로 일체화.

틈새도 보이지 않고, 떼어낼 수도 없다.

잘 붙이면 원래 한 장의 가죽이었던 것처럼 붙일 수 있기 때문에 복잡한 형태의 가죽 제품을 이음매 없이 만들 수도 있다.

유일한 단점은 가격?

저렴한 실용품에 쓰면 가쭈욱의 비용만으로도 가격이 몇 배나 붙게 된다.

플로팅 텐트처럼 본체 가격이 비싸고 바느질에 수고가 많이 드는 제품이라면 상대적으로 비용이 떨어지긴 하지만, 그래도 결코 저렴하진 않다.

적어도 이 마을의 채집자라면 바느질 쪽을 선택할 정도로.

"1인용을 제일 빠르게 만들면 얼마나 들지? ——그래, 그럼 그렇게 해줘. 완성되는 데 며칠이나 걸릴까?"

내가 '살 수 있으려나?'라고 생각하며 제시한 가격을 듣고도 노르드 씨는 쉽사리 고개를 끄덕였다.

그 사실에 약간 놀라면서도 나는 머릿속으로 스케줄을 조정했다.

다른 일을 제쳐두고 텐트에 집중한다면 사흘도 안 걸리겠지만…….

"닷새 정도 걸리겠네요. 대충 그렇게 생각해 주세요."

약간 생각한 게 있어서 여유를 가지고 그렇게 말하자 노르드 씨는 이번에도 곧바로 고개를 끄덕였다.

"그 정도라면 문제 없을 것 같은데. 얼른 조사하러 가고 싶은 마음이 있긴 하지만."

"괜찮으시겠어요?"

"응. 사실 난 대수해에 온 게 처음이거든. 준비가 끝날 때까지는 이 마을 근처를 돌아다녀볼게. 다음 연구 테마를 찾아낼 수 있을지도 모르니까!"

역시 연구자, 욕심이 많다.

그게 바로 성공의 비결일지도 모르겠지만, 주위 사람들은 힘들겠네.

"그럼 나는 평소에 여관에 있을 테니 무슨 일이 생기면 불러줘. 아, 새로운 쪽 여관 말이야. 괜찮은 여관이란 말이지, 거기. 이런 시골에 어울리지 않을 정도로."

꽤 실례가 되는 말을 서슴없이 하는 노르드 씨를 보고 우리는 모두 쓴웃음을 지었다.

"하하하……, 새로 지은 참이라서요, 거기."

"타이밍이 좋았군. 얼마 전이었다면 지옥이었을 텐데."

"아니면 참고 노숙하든가."

"노숙은 사양했으면 좋겠는데. 조사를 위해서라면 아무리 고생해도 상관없지만, 나도 마을에 있을 때 정도는 푹 쉬고 싶으니까."

　이런저런 일을 겪으며 빙아 박쥐의 송곳니 버블이 종언을 맞이한 결과, 이 마을에 머무르는 채집자 숫자는 줄어들었다.

　하지만 뜻밖이라고 해야 하나, 마을을 떠난 채집자의 숫자가 그렇게 많지 않아서 여관의 새로운 건물 가동률은 충분히 높기 때문에 디랄 씨도 돈을 꾸준히 갚고 있었다.

　안드레 씨 이야기로는 '원래 채집자가 거점으로 삼기에 괜찮은 곳인데다 신뢰할 수 있는 연금술사의 가게가 생겼다는 사실을 알게 된 게 크다'라고 한다.

　돈을 확실히 벌 수 있고 거주 환경에 문제가 없으니 마을에 남기를 선택하는 것도 당연한 건가?

　문제는 놀거리가 별로 없다는 점인데, 그런 건 내가 어떻게 해볼 수가 없으니까.

　환락가를 만들 수도 없으니 그때그때 사우스 스트러그로 놀러 가 주세요.

　마을에 그런 게 생기면 로레아의 교육에도 안 좋고 말이지?

◇ ◇ ◇

　"음, 호위 일을 맡긴 했는데……, 괜찮겠지? 점장 씨."

　"네, 괜찮을 거예요──, 웬만하면."

　이야기를 들어보니 아이리스 씨와 케이트 씨는 지금까지 호위 일을 맡은 적이 없는 모양이었다.

사실 당연한 게, 채집자를 호위로 고용할 기회는 거의 없기 때문이다.

도로를 지나갈 때라면 채집자를 고용할 필요가 없고, 굳이 고용할 기회는 대수해처럼 채집자 정도만 들어가는 곳에 갈 때뿐이다.

그러고 보니 연금술사 양성학교 실습 때 호위를 맡아준 사람이 채집자였는데, 그런 일을 맡은 사람은 왕도 주변에서 활동하는 극히 일부 뿐이니까.

"웬만하면? 사라사 씨, 뭔가 문제가 있나요?"

"아니, 상대는 연구자(이상한 사람)잖아? 경계는 필요하다고요."

숲을 빠져나가고 싶다, 같은 이유로 호위를 의뢰하는 거라면 걱정할 필요가 없다.

샐러맨더의 서식지를 한번 보고 싶다, 같은 부자의 취미라면 약간 걱정이 되지만 아직 괜찮다. 어느 정도 떼를 쓰더라도 안전을 우선시할 테니까.

하지만 상대는 연구자다. 연구를 위해서라면 자신의 안전조차 제쳐둘 수도 있는 사람들.

상황에 따라서는 문외한들보다 어떻게 움직일지 파악하기 힘들 수도 있다.

"이상한 사람이라니……, 어떤 의미로 연금술사도 비슷하다고 할 수 있지 않아?"

"그러니까 이러는 거죠. 연구를 위해서라면 무슨 짓을 할지 모르는 게 연구자라고요.”

　그냥 샐러맨더의 서식지까지 왕복하는 것만이라면 별로 위험하지 않다.

　하지만 거기에 연구자라는 변수가 더해지면 어떻게 될까.

　확실하게 위험성이 올라간다. 달콤한 과자에 로레아가 달려드는 것만큼 확실하다.

　“그럼, 별로 위험하지 않은 거네요.”

　““그건 위험하군(하네).””

　“네. ‘성과’를 내는 걸 보니 꽤 수상하단 말이죠. 다른 사람과 똑같이 연구를 한다면 인정받을 리가 없으니까요.”

　“저, 저는 먹보가 아니거든요……?”

　손을 마구 저으며 따지는 로레아를 제쳐두고 아이리스 씨가 입을 열었다.

　“그럼 역시 거절하는 게 나았던 건가?”

　“아뇨, 진짜로 위험하다고 생각했다면 제가 말렸겠죠. 위험하지 않다고 하진 못하겠지만, 보험도 마련해 둘 테니 위기에 처하더라도 헤쳐나올 수 있을지도 몰라요.”

　“보험? 혹시 점장 씨도 같이 가게?”

　“그건 좀 힘들죠. 가게도 있으니까.”

　케이트 씨의 기대에 찬 시선을 가로막으려는 듯이 손을 든 다음, 나는 고개를 저었다.

　저번 같은 사태라면 모를까, 아이리스 씨와 케이트 씨는 채집자다.

어느 정도는 스스로 노력해줘야지.

"그 대신, 연금술사 느낌이 나는 아이템을 준비할까 해요."

"오오! 혹시 대단한 아티팩트인가?!"

몸을 앞으로 내민 아이리스 씨를 보고 나는 입술에 집게 손가락을 가져다댄 채 잠시 생각한 다음 고개를 끄덕였다.

"조금 특수하긴 하지만 아티팩트이긴 하죠. 호문쿨루스(연금 생물)라고 아시나요?"

"그래, 이름은 알고 있지. 자세히 알지는 못하지만."

"저는 처음 들었어요. 사라사 씨, 그게 뭐죠?"

"종류가 몇 가지 있긴 한데, 이번에 만들 건――, 간단히 말하자면 사역마 같은 거? 무제한은 아니지만 저하고 감각을 공유할 수 있으니 여기에서도 아이리스 씨 일행의 상황을 알 수 있어요."

"그런 것도 가능해? 그렇다면 공음상자 같은 아티팩트 같은 건 필요없지 않나……?"

"그냥 이야기만 하는 거라면 공음상자 쪽이 훨씬 더 써먹기 편하거든요. ――그렇게 쓰기 불편해보이더라도요."

우선 단순하게 공음상자로 소리를 전달할 수 있는 범위와 호문쿨루스와 감각을 공유할 수 있는 범위를 비교했을 때, 같은 마력을 소비한다면 전자가 압도적으로 넓다.

마력을 많이 소비해서 다루기가 까다롭다고 하는 공음상 자와 비교해도 그렇다.

그런 데다 호문쿨루스는 제작자가 직접 정기적으로 마력

을 공급해주지 않으면 붕괴해버린다.

그 기간을 늘리는 방법이 있긴 하지만 필요 비용을 고려하면 먼 곳에 방치하는 건 비현실적이다. 기본적으로 연금술사의 곁에 두고 운용하는 존재다.

"그리고 만드는 것도 힘들거든요, 호문쿨루스는."

로레아 같은 사람들의 힘을 빌리고 가쭈욱도 사용하면 텐트 제작 시간은……, 하루 정도?

중간에 필요한 건조 시간 같은 걸 고려해도 아마 사흘 정도.

호문쿨루스를 만들 여유는 충분히 확보할 수 있다.

"그리고 호문쿨루스와 더불어 한 가지 더. '공명석'도 만들 예정이에요."

이건 두 개가 한 쌍인 돌이고, 한쪽을 깨면 다른 한쪽도 깨져서 소리가 울리는 아티팩트다.

소모품이고 공음상자처럼 이야기를 할 수는 없지만, 마력이 없어도 쓸 수 있는데다 꽤 멀리서도 효과를 볼 수 있다.

어느 정도 거리까지 '공명'하는지는 마찬가지로 제작자의 실력과 담는 마력에 따라 다르지만, 샐러맨더 서식지까지의 거리라면 내가 만들어도 문제없이 쓸 수 있을 것이다.

"그러니까, 뭔가 문제가 생기면 그 돌을 부수면 되나?"

"네. 그러면 제가 호문쿨루스로 상황을 확인할게요. 도울 수 있을지는……, 상황에 따라 다르겠지만요."

"당연하지. ……점장님, 그때 아무것도 하지 못한다고 해도 마음 아파할 필요없다. 아버님 같은 사람들에게 유언을 전해주기만 해도 충분히 고마우니까."

그 말을 들은 로레아가 콰당, 의자로 소리를 내며 일어섰다.

"네에?! 그, 그렇게 위험한 곳인가요?!"

"로레아, 만에 하나를 따지는 거다. 만에 하나. 애초에 집을 나와 채집자가 된 시점에서 갑자기 죽을 가능성은 항상 고려하고 있어. 그리고 지금 내가 여기 있는 것도 결국 점장님을 만난 행운 덕분이니까."

입술을 떨고 있는 로레아의 어깨에 아이리스 씨가 손을 얹은 다음 천천히 의자에 앉히자 케이트 씨도 로레아의 등을 부드럽게 쓰다듬었다.

"그래. 점장님이 아니었다면 아이리스는 그때 죽었을 테니까. 그리고 집을 나올 때 작별 인사를 했으니 유언을 전해주지 못하더라도 문제는 없어."

"으음. 말을 남길 수 있다면 좋겠다, 하는 정도지."

"그, 그럴 수가……"

새삼 채집자의 위험성을 인식한 건지 로레아의 얼굴에서 핏기가 가셨지만, 그런 그녀를 보고 케이트 씨가 분위기를 바꾸려는 듯이 웃으며 어깨를 으쓱였다.

"뭐, 그 이후로도 몇 번 집에 돌아갔으니까 약간 미묘하단 말이지. 매번 신파극을 연기할 수도 없잖아?"

"으음, 그렇게 한 다음에 아무렇지도 않게 '다녀왔습니다~' 하면서 집에 갔으니까."

그 상황을 상상한 건지 로레아의 표정이 약간 부드러워졌다.

"그렇게 걱정하지 않아도 돼. 별로 위험하지는 않을 거야. 정말로 만에 하나를 대비한 거니까. 애초에 저번 샐러맨더 토벌이 훨씬 더 위험했는데……."

"그건 그렇지만……, 사라사 씨라면 별로 걱정할 필요가 없을 것 같아서요. 그렇게 커다란 헬 플레임 그리즐리도 엄청 손쉽게 쓰러뜨렸으니까요."

아, 그렇구나.

로레아는 샐러맨더를 직접 보지 않아서 실감하지 못했던 거구나.

"점장님의 활약을 보면 로레아의 심정이 이해가 되긴 하지."

"샐러맨더랑 헬 플레임 그리즐리는, 비교가 안 되는데요……."

"일반인이 보면 양쪽 다 강하잖아. 대충 그런 거 아닐까?"

"으으음……, 그런가요? 뭐, 됐어요."

계속 말해봤자 로레아가 불안해하기만 할 테니 화제를 돌리자.

"정말 보험이긴 하지만, 도움이 필요할 때는 망설임 없이 공명석을 써주세요. 직접 손을 쓰지 못하더라도 조언 정도는 할 수 있을지도 모르니까요."

"호문쿨루스를 통해 정기적으로 확인하지 않는 건 마력 문제 때문인가요?"

"응. 그렇게까지 멀리 떨어지면 호문쿨루스와 동조하는 것도 힘들 테니까. 평소에 하는 일에도 마력이 필요하고."

나도 아직 호문쿨루스를 만든 적이 없기 때문에 들은 이야기인데, 수백 미터 떨어지기만 해도 마력 소비가 꽤 많아지는 모양이다.

동조하는 감각을 제한해서 마력을 절약할 예정이지만, 그래도 아이리스 씨 일행의 상태를 자주 확인하는 건 힘들 것이다.

"애초에 호문쿨루스를 만들지 못한다면 그런 것도 그림의 떡이지만요. 원래는 소재를 모으는데 큰돈이 필요하지만, 다행히 이번에는 써먹을 수 있을 만한 게 다 모여 있으니 이번 기회에 시험해볼까 해요."

반드시 필요하며 대체할 수 없는 것이 강력한 마력이 깃든 소재.

이건 샐러맨더의 비늘과 광란 상태의 헬 플레임 그리즐리의 눈알을 쓸 예정이다.

속성이 약간 '화' 쪽에 치우치긴 했지만 그건 빙아 박쥐의 송곳니로 조정할 수 있고, 이번에 갈 곳은 화속성인 게 더 좋기 때문에 어느 정도 치우치는 건 허용 범위다.

미래를 내다보고 꽤 비싼 이 소재를 챙겨둔 나의 승리란 말이지!

"약간 특이한 게 필요한데, 머리카락을 쓸 거예요. 저하고 누구 한 명……."

참고로 피 또는 소녀가 손에 넣기 힘든 남자의 무언가를 쓰는 방법도 있다.

특히 후자를 쓰면 연성 난이도가 매우 낮아진다.

그리고 입수 난이도는 엄청나게 올라간다.

피는 머리카락과 별 차이가 없고, 무언가는 검토조차 하지 않았다. 소녀니까.

"사라사 씨, 제 거라도 괜찮은가요? 조금 정도는 잘라도 상관없는데요."

"고마워. 몇 가닥만 있으면 충분하니까 머리를 빗을 때 빠진 거라도 상관없어."

"알겠어요. ——그런데 저랑 사라사 씨의 머리카락을 써서 태어나는 생물인가요? 왠지 두 사람의 아이 같네요?"

로레아가 약간 장난기 어린 미소를 지으며 그렇게 말하자 아이리스 씨가 눈썹을 움찔거리다가 윤기 있는 머리카락으로 감싸인 머리를 슥 내밀었다.

"뭐라고? 그건 안 되지. 점장님, 내 머리카락을 제공하마! 자아!"

"아이리스……, 그렇게 자잘한 걸 신경 쓸 필요는 없잖아."

"아니, 케이트. 천 리나 되는 둑도 개미 구멍으로 무너진다고 하잖아? 방심은 금물이야."

"방심이라니……, 로레아는 딱히 라이벌로 보고 있지도 않을 텐데. 안 그래?"

"네, 그렇……죠?"

고개를 끄덕이며 살짝 의아해하는 로레아를 보고 아이리스 씨가 눈을 크게 떴다.

"위험하다! 위험하다고! 케이트! 로체 가문을 위해서라도 정처의 자리를 양보할 수는 없어!"

"어어?! 설마, 정말로?"

두 사람이 날카로운 눈빛으로 바라보자 로레아는 고개를 저었다.

"아, 아뇨, 딱히 제가 사라사 씨랑 결혼하고 싶은 건 아닌데, 사라사 씨가 결혼해서 가게를 그만둬버리면 곤란할 것 같아서요. 제 일이 없어지니까."

"아, 그렇구나. 인생이 걸린 문제지, 연금술사의 가게에서 일할 수 있는지 없는지는."

"그렇군, 그쪽인가. 급료가 다르니까. 특히 이렇게 작은 마을에서는. 괜찮다, 로레아. 우리 신하들은 우수해. 점장님이 영주 일을 하지 않아도 문제는 없다."

"그래, 맞아. 오히려 연금술사로서 열심히 해주는 게 더 고맙지."

"그런가요? 그럼 제 장래도 안심이네요."

"으음. 점장님의 배우자가 되면 더 안심일 텐데?"

안도의 한숨을 내쉬는 로레아의 어깨에 아이리스 씨가 방긋 웃으며 손을 올려놓았다.

······어라? 그 이야기는 로레아가 열심히 보류시킨 거 아니었나?

이대로 내버려두면 로레아 방파제가 무너질 것 같은데요?
조급히 보수를 할 필요가 있는 것 같은데요?

"저, 저기! 머리카락은 저랑 로레아 거를 써도 되는 거죠?"

"응? 그래, 그런 이야기를 하고 있었지. 그런데 머리카락은 무슨 이유로 넣는 거지?"

"그게 말이죠. 호문쿨루스도 평소에는 자립적으로 활동하는데, 그때의 성격이라고 해야 하나, 행동 지침이라고 해야 하나, 그런 부분에 영향을 준다고 하네요."

덜렁대는 사람의 머리카락을 쓰면 호문쿨루스도 덜렁대고, 얌전하고 별로 활동적이지 않은 사람의 머리카락을 쓰면 호문쿨루스도 똑같은 모습을 보인다.

외모에도 영향을 준다는 설이 있지만, 기본적인 외모 설정은 제작자의 이미지에 따라 정해지고, 이번에 내가 만들 건 인간형이 아니기 때문에 거의 상관이 없을 것이다.

"——여러 사람의 머리카락을 넣으면?"

"그럴 경우에는 평균이 나올 거예요. 특징이 없다고도 할 수 있지만, 반대로 말하자면 치우친 부분이 없으니 안심일지도 모르겠네요."

"그럼 모두의 머리카락을 쓰자. 아이리스의 머리카락만 넣으면 무작정 들이대고 보는 호문쿨루스가 될 테니 곤란하거든."

"너무하잖아?! 내가 그렇게 무식한가?"

"기사작 가문의 후계자인데 목숨이 위험할 수도 있는 채집자가 되려 할 정도는 말이지?"

"으윽!"

케이트 씨가 방긋 웃자 아이리스 씨의 말문이 막혔다.

하지만 이해가 된다. 아무리 작은 귀족 가문이라고 해도 후계자가 집을 나와서 위험한 일을 하는 일은 거의 없다. 다시 말해 충분히 무작정 들이대고 있는 것이다.

그걸 허락해주는 아델버트 님도 마찬가지인 것 같지만.

"하하하……. 그럼 세 사람에게 부탁할게요. 이제 필요한 건 콩하고 소금 조금, 그리고 녹슨 못 같은 거, 간단히 구할 수 있는 거니까 금방 제작에 들어갈 수 있겠네요."

"콩? 소금? 왜지……, 이상한 걸 쓰네요. 요리 같기도 하고."

"음~, 원래 연금술은 이런 느낌인데? 평소에 쓰는 식물의 잎이나 광석 파편 같은 것도 마찬가지고."

부엌에 있으니까 그렇게 생각한 거겠지만, 포션(연성약) 재료에는 먹을 수 있는 것도 많다.

아니, 맛있는지는 별개로 치고, 병이나 상처에 쓰는 포션 중 대부분은 먹을 수 있는 것이고, 먹을 수 없는 건 넣지 않는다.

"그, 저번 부과벌 벌꿀도 연금술에 쓰는 소재지만, 무독화 처리를 해서 먹기도 하니까."

""으.""

별생각없이 한 내 말에 그때 보였던 추태가 떠올랐는지 아이리스 씨와 케이트 씨가 동시에 인상을 찌푸렸다.

그러고 보니 그 벌꿀은 사들여서 창고에 넣어두기만 했구나.

정말 맛있고 써먹을 곳이 많은 소재라서 팔아버리는 건 아까웠으니까.

"저, 점장님, 그건 잊어주면 좋겠는데……. 나는 이래봬도 아직 시집을 안 갔으니까."

"어라, 잊어버리는 게 낫나요? 그 벌꿀은 정말 맛있는데."

썩지도 않으니까 한동안 잊어버려도 문제는 전혀 없긴 하지만, 정말로 잊어버릴 수는 없다. 연성 소재로 쓸 분량은 남겨두고 나머지는 팔아버리거나 우리끼리 먹거나…….

약간 아쉽긴 하지만 아이리스 씨와 케이트 씨가 싫다면 우리 식탁에는 올릴 수 없으니 팔아버리는 게 나을지도 모르겠는데?

"저는 절반 정도는 먹을까 했는데요……."

"그, 그렇게 말하니……, 고민되는군."

"엄청 맛있긴 했지, 그 벌꿀. ──그 뒤에는 지옥이었지만."

맛을 떠올렸는지 케이트 씨는 약간 황홀한 표정을 지었지만, 그 표정이 바로 어두워졌다.

"저는 못 먹었어요……. 사라사 씨, 그 벌꿀은 역시 비싼가요?"

"그렇지. 보통 벌꿀하고 비교하면 꽤 비싸. 식용으로도 쓸 수 있지만 연금술 소재로도 쓸 수 있는 물건이니까."

벌꿀조차 고급품이었던 내게는 손이 닿지 않는 벼랑 위

의 꽃.

……뭐, 스승님네 가게에 가면 아무렇지도 않게 테이블 위에 있곤 했지만.

내가 맛을 알고 있는 것도 그 덕분이다.

"부과벌 밀랍하고 벌꿀을 써서 마리아 씨가 카누레라는 과자를 만들어줬는데, 그것도 맛있었지. 표면은 바삭하고 안은 촉촉하고, 달콤해서……."

"꿀꺽……. 그렇게 맛있나요?"

"응. 평범한 벌꿀로 만들어도 정말 맛있지만, 부과벌 벌꿀을 써서 만들면 거기에 약간 포함된 주정이 좋은 맛을 내주거든."

솔직히 그렇게 맛있는 과자를 먹은 건 태어나서 처음이었다.

그 맛은 마리아 씨의 탁월한 솜씨뿐만이 아니라 부과벌 벌꿀을 써서 만들었기 때문일 것이다.

그럴 만도 하다. 벌꿀 가격을 생각하면 그 카누레는 초고급 과자다.

지금이라면 모를까, 그 무렵의 나는 절대로 손댈 수 없는 가격이었다.

그리고 그런 벌꿀을 가지고 있으니……, 받은 책에 그 과자 레시피가 있던가?

"머, 먹어보고 싶어요!"

"그래도 아이리스 씨랑 케이트 씨가 싫다면——."

"아~, 점장님?"

"왜 그러세요? 아이리스 씨."

"씁쓸한 기억이긴 하지만, 우리는 그걸 극복할 수 있을 거다. 안 그래? 케이트."

"그래, 맞아. 오히려 좋은 추억으로 덮어씌워서 없애야만 해. 그런 생각도 드는데, 어떨까?"

그러니까, 카누레를 먹어보고 싶다는 거군요.

두 사람은 정말 알아보기 쉬운 표정을 짓고 있었으나 곧 바로 곤란하다는 듯이 눈썹 끝이 쳐졌다.

"아, 그래도 지금 때문에 힘들다면……."

"아뇨, 그건 괜찮아요. 다행히 지금은 여유가 있으니까요."

열심히 하는 상으로 식생활에 조금 신경 쓰더라도 문제는 없겠지.

"후후, 알겠어요. 그럼 절반 정도는 먹을 수 있게끔 챙겨 두도록 하죠."

그렇게 말한 순간, 표정이 밝아진 세 사람을 보고 나도 마찬가지로 미소를 지었다.

"자. 우선 호문쿨루스부터."

대충 방침을 정한 다음, 나는 바로 준비에 들어갔다.

이번에 만들 것들 중에서 시간이 제일 오래 걸리는 것은 역시 호문쿨루스.

급하게 만들어도 어떻게든 되는 공명석이나 플로팅 텐트에 비해 호문쿨루스는 배양 시간을 확보하지 않으면 아무리 애를 써도 완성시킬 수가 없다.

"일단 이번에 만들 크기라면 사흘 정도면 충분하겠지, 그런데…….."

처음 만드는 거라서 조금 불안하다.

실패하면 대미지가 크기 때문이다──, 내 지갑에.

"순서대로 하면 괜찮, 겠지?"

다시 한번 연금술 대사전을 읽고 연금솥을 준비했다.

이번에 쓸 것은 작은 냄비 크기의 연금솥. 여기에 샐러맨더의 비늘, 헬 플레임 그리즐리의 눈알, 큼직한 빙아 박쥐의 송곳니를 여러 개 넣고 마정석과 물을 조금.

마력을 불어넣으며 몇 분 정도 섞자 처음에는 덜컥덜컥, 데굴데굴, 굴러다니던 소재가 점점 형태를 잃고 빨간색에 찐득한 액체로 변했다.

"여기까지는 문제없어. 이제 소재를 추가해서…….."

공방 선반에 있던 소재를 후두둑, 첨벙첨벙 투입했다. 그것들이 녹을 때까지 섞은 다음 부엌에서 가져온 콩과 소금, 녹슨 못을 깎아낸 것들도 넣었다.

"이걸 형태가 완전히 사라질 때까지 끓이는 거지."

이 시점에서는 예술적으로 실패한 콩 수프로만 보인다.

하지만 연금솥이니까. 끈기 있게 계속 섞자 콩도 녹아서 사라졌고, 붉고 탁한 액체가 점점 맑은 색으로 변했다.

"전부 사라지면 배양조로 옮겨서 우물물로 희석시키고."

원통형에 높이가 30센티미터 정도인 유리제 배양조가 연분홍색 액체로 가득찼다.

"이제 여기에 내 머리카락과 다른 세 사람의 머리카락을 넣자."

살짝 떨어뜨리자 단숨에 싹 녹아서 없어진 머리카락.

척 보기에도 위험한 액체지, 이거.

장갑을 끼긴 했지만 좀 무섭다.

"흘리지 않게끔 뚜껑을 확실하게 막고, 마지막으로는 마력을 있는 힘껏 불어넣는다!"

배양조 측면에 손을 대고 남은 마력을 불어넣었다.

이때 많은 마력을 불어넣을수록 질이 좋은 호문쿨루스가 완성되는 모양이다.

작업 중에도 마력을 소비했기에 완벽하진 않지만, 지금은 쓸데없이 많은 내 마력을 활용해야 할 때지!

마력을 팍팍 넣다 보니 액체가 희미하게 빛나기 시작하며 내 얼굴을 비추었다.

많으면 좋다고 하긴 했지만, 불어넣은 마력을 받아낼 수 있는지 여부는 사용한 소재에 따라 다른 모양이고, 그 한계는 빛의 밝기를 통해 판단할 수 있는 것 같다.

다시 말해 마력을 불어넣어도 빛의 밝기가 강해지지 않으면 거기가 한계다.

그 이상은 마력 낭비──일 텐데.

왠지 점점 밝아지는데요!

이거 진짜 괜찮은 건가? 빛을 똑바로 볼 수가 없어졌는데요!!

"으으. 역시 샐러맨더 & 광란 상태의 헬 프레임 그리즐리의 소재네. 허용량이 장난 아니야!"

마력이 낭비되지 않아서 기쁘기도 하고, 그렇지 않은 것 같기도 하고.

눈을 감아도 느낄 수 있을 정도로 눈부신 빛. 이래선 한계치를 판단할 수가 없다.

"이렇게 된 이상 계속 불어넣어보자."

마력은 써도 회복되지만, 호문쿨루스 제작은 다시 할 수가 없다. 나는 아래쪽을 보고 눈을 꽉 감은 채로도 느껴지는 빛을 견뎌내며 마력을 쥐어 짜냈다.

"······이제──, 한, 계!"

아슬아슬하게 힘을 짜낸 나는 쓰러지듯이 제자리에 엉덩방아를 찧었다.

살짝 눈을 떠보니 빛나는 배양조가 방 전체를 밝게 비추고 있었는데, 점점 그 빛도 사그라들고 나중에는 희미한 연분홍색 빛만 뿜어내게 되었다.

"성공, 한 걸까?"

땅바닥에 앉은 채 배양조를 관찰해 보았지만 그 안에는 아무것도 없었고, 가끔씩 작은 거품이 생겨났다가 수면을 향해 상승하는 모습이 보일 뿐이었다.

물이 탁해지거나 빛이 사라지거나 하는, 책에 나온 실패 사례에 해당되는 것 같진 않았지만 성공했다고 할 수 있을 정도로 확신이 들지도 않았다.

"……뭐, 상황을 지켜볼 수밖에 없나."

이제 가끔씩 마력을 불어넣어 주기만 해도 사흘 정도 지나면 호문쿨루스가 완성될 것이다.

반대로 그 기간이 지난 뒤에도 완성되지 않으면 실패.

투입한 고가의 소재를 낭비하게 되고, 아이리스 씨와 케이트 씨를 위한 보험 첫 번째가 물거품이 되어 사라진다.

──아니, 물거품으로 남는다고 해야 하나? 말 그대로 물이 되었으니까.

"두 번째 보험은……, 내일 이후에 만들어야지. 아무리 그래도 오늘은 이제 못해……."

나는 뒤로 쓰러진 다음 그대로 바닥에 드러누웠다.

샐러맨더를 상대했을 때처럼 의식을 잃을 정도는 아니었지만, 이번에도 거의 모든 마력을 소비했기에 솔직히 앉아 있는 것도 힘들었기 때문이다.

바닥이 조금 차갑긴 했지만, 마력이 어느 정도 회복될 때까지는 여기서 움직이고 싶지 않다.

그리고 그대로 몇십 분 정도 쉬고 있자니──.

"사라사 씨, 저녁 식사 준비가 다 됐어요."

똑똑, 노크하는 소리가 울리고 로레아의 목소리가 들렸다.

"고마워~. 미안, 먼저 먹어. 지금은 움직일 수가 없어서."

약간 회복되긴 했지만, 아직 움직이긴 힘들다.

내가 그렇게 대답하자 약간 초조해진 듯한 로레아의 목소리가 들렸다.

"움직일 수가 없어요……? 사라사 씨, 열어도 되나요?!"

"그래~."

"실례합니다! ……저기."

"……."

공방으로 들어온 로레아와 바닥에 드러누운 채 올려다보는 내 눈이 딱 마주쳤고, 둘 다 입을 다물었다.

하지만 로레아는 바로 정신을 차리고는 앉아서 내 이마에 손을 가져대댔다.

"사라사 씨, 괜찮으세요?"

"괜찮아~, 마력을 너무 많이 쓴 것뿐이야. 병에 걸린 건 아니니까 금방 움직일 수 있게 될 거야."

"그럼 상관없지만요. 너무 무리하진 말아주세요. ──이 빛나는 건 뭔가요?"

"호문쿨루스가 될 예정인 액체. 성공한다면 말이지만."

희미한 빛을 뿜어내는 배양조가 매우 눈에 띈다. 그걸 본 로레아는 일어서서 배양조를 들여다본 다음 신기하다는 듯이 고개를 갸웃거렸다.

"……아무것도 없는 것 같은데요?"

"이제 막 시작한 참이니까. 변화를 알아볼 수 있을 때까지는 하루 정도 걸려.”

“그런가요⋯⋯. 사라사 씨, 춥지 않으세요?”

“좀 춥네. 벌써 겨울이야. 시간 잘 가네.”

내가 이 마을에 왔을 때는 봄이었는데, 시간이라는 건 정말 빨리 가는구나.

“무슨 느긋한 말씀이세요. 감기 걸리신다고요. 부축해드리면 움직이실 수 있나요?”

“응, 겨우겨우?”

“그럼 이동하죠. 너무 춥게 있으면 몸에 좋지 않아요.”

“고마워. 신세 좀 지겠습니다.”

로레아가 내민 손을 잡고 나는 일어섰다.

식당 테이블에는 이미 맛있어 보이는 요리가 놓여 있었다.

아이리스 씨와 케이트 씨도 앉아서 내가 앉기만을 기다리고 있다.

“죄송합니다, 기다리게 해드렸네요.”

“아니, 그건 문제 없는데⋯⋯, 점장님, 무슨 일 있나?”

로레아의 부축을 받은 나를 보고 아이리스 씨와 케이트 씨가 일어서려 했지만, 나는 그녀들을 말리고는 소리를 내며 의자에 앉았다.

“휴우, 고마워, 로레아.”

“아뇨, 별것 아닌데요.”

로레아가 미소를 지으며 자리에 앉자 케이트 씨가 물었다.

"그런데 점장 씨는 무슨 일이야? 몸에 문제가 있는 건 아니지?"

"네. 그냥 마력 고갈이에요."

"점장 씨가 마력 고갈? 호문쿨루스를 만드는 건 힘든 일이구나."

"아, 아뇨, 호문쿨루스를 만드는 것만으로는 그렇게까지 힘들진 않을……, 거예요. 그냥 최대한 마력을 많이 불어넣는 게 좋다고 적혀 있길래──."

"마력을 있는 대로 전부 불어넣어 버렸다고?"

"그런 거죠."

내가 '으음' 하며 고개를 끄덕이자 세 사람이 약간 어이없어하는 눈초리로 나를 보았다.

그래도 '많을수록 좋다'고 적혀 있었으니까 한계까지 해야지?

시험해 보고 싶어지잖아? 시험하지 않을 수가 없잖아? 연금술사라면!

오히려 기절은 안 할 정도로 절제한 편 아닌가?

"……뭐, 사라사 씨니까요."

"그렇지. 연금술 쪽으로는 말해봤자 소용없나."

"그래. 밥이나 먹자."

왠지 모르겠지만 납득한 듯이 한숨을 쉬고 식사를 하기 시작한 세 사람. 약간 마음에 걸린다.

하지만 나도 일부러 말하지 않고 식사를──, 아, 맛있다.

역시 로레아야.

"두분은 오늘 원정 준비를 하셨죠?"

"그래. 하지만 텐트는 점장님의 호의에 기대는 거나 마찬가지니 별다른 준비는……."

"그건 신경 쓰지 않으셔도 돼요. 안 쓰는 건데 빌려드리는 정도야 뭐."

"정말, 덕분에 살았어. 마음에 걸리긴 하지만 그 쾌적함을 알아버렸으니……, 말이지. 그리고 이제 필요한 건 보존 식량을 주문하는 것 정도밖에 없어서 다르나 씨에게 부탁하고 왔어."

그렇게 말한 케이트 씨에게 로레아가 방긋 웃었다.

"항상 이용해주셔서 감사합니다."

"우리야말로 저렴한 가격에 제공해줘서 도움이 많이 된다. 아니, 이래도 괜찮은 거야?"

"그렇지. 로레아, 너무 아슬아슬한 가격 아니니?"

이 마을의 판매량을 고려하면 다르나 씨가 들여오는 가격은 사우스 스트러그의 소매 가격과 별다른 차이가 없을 것이다. 그걸 감안했을 때 잡화점의 가격은 꽤 저렴한 편이다.

이래 봬도 나는 경영자다. 운송비, 운반 중의 위험 요소, 불량 재고의 비용 등을 생각하면 이익이 매우 적다는 걸 금방 알 수 있다. 자칫하다가는 망할 수도 있을 텐데……?

"힘들다는 건 사실이죠. 하지만 너무 비싸게 받으면 마을 사람들이 살 수가 없고, 채집자분들도 마을에 머무를 수 없게 될 테니까요……."

어떤 의미로는 마을에 대한 공헌 같은 거나 마찬가지인 모양이다.

단, 그런 부분은 촌장님도 생각하고 있는 모양이라(생각하는 사람은 에린 씨일지도?) 마을에서 생산한 농작물 매매는 전부 다르나 씨가 맡고 있어서 그 이익으로 어떻게든 꾸려나간다고 한다.

"작은 마을이니까 서로 돕는 건가."

"자유 경쟁만으로는 잘 돌아가지 않겠지, 역시."

"연금술사도 그런 부분이 있거든요."

이익이 없어도 좀처럼 쓰지 않는 포션을 확보해 두거나, 불량재고가 될 것 같은 소재도 가지고 오면 사들이거나.

그런 행동을 통해 채집자라는 구조를 지탱하고, 만에 하나의 경우를 대비한다.

그 피해를 제일 먼저 입게 될 사람들은 힘이 없는 사람들일 테니까.

참고로 이런 규칙에 대해서는 학교에서 배울 수 있다. 아티팩트의 가격 제한처럼 반강제적인 건 아니지만, 어기면 다른 연금술사들에게 미움을 사기 때문에 보통은 지킨다.

예전에는 '암묵적'이거나 '스승이 제자에게 가르쳐주는 규칙'이기도 했던 것 같지만, 어떤 높은 사람이 '애매한 건 마음에 들지 않는다. 확실하게 가르쳐라'라는 말을 했다든가 안 했다든가.

누군지는 모르겠지만, 알아보기 쉬운 건 좋은 거잖아?

"그래도 최근에는 마을에서 보존 식량을 만들 수 있게 되었고, 채집자도 늘어서 좀 편해진 모양이에요. 사라사 씨 덕분이네요!"

"그거 말이지. 아티팩트를 공급한 건 나지만 공적은 에린 씨, 열심히 한 사람은 로레아 아니야?"

나는 로레아를 바라보고 고개를 살짝 갸웃거리며 몇 주 전에 있었던 일을 떠올렸다.

그건 항상 그랬듯이 내가 연금 공방에서 작업하고 있던 어느 날에 있었던 일.

의논할 게 있다며 우리 가게에 촌장——이 아니라, 촌장 대리가 아니라, 그냥 촌장의 딸(하지만 실질적인 촌장)인 에린 씨가 찾아왔다.

에린 씨도 시간대를 고려한 건지 마침 손님이 없을 때였기에 카운터 앞 테이블에서 로레아와 함께 차를 마시며 이야기를 들었다.

"그래서 에린 씨. 의논하실 게 있다고요? 약초밭 이야기인가요?"

"아니, 덕분에 그쪽은 순조로워요. 감사합니다."

"그럼 다행이네요. 그런데 그건 그 부부가 열심히 하고 있기 때문이거든요? 꼼꼼하게 가르쳐줘도 대충 해버리면 아무런 의미도 없으니까요."

우리 가게 옆의 약초밭은 일단 내 소유물이긴 하지만, 관리하는 건 마이켈 씨 부부다.

마법으로 꼼수를 쓸 수 있는 연금술사와는 달리 그들은 골치 아픈 작업을 전부 손으로 할 수밖에 없다.

하지만 그 부부는 매우 성실했고, 이 마을 출신인 마이켈 씨는 물론 도시에서 자란 이즈 씨도 빼먹지 않고 날마다 밭에 와서 꼼꼼하게 돌봐주었다.

아직 수확하지는 못했지만 이대로 가면 거의 확실하게 충분한 수확을 거둘 수 있을 것이다. 매우 고맙게도.

"그런데 약초가 아니라면……, 또 뭔가 문제라도 생긴 건가요?"

"아뇨, 문제는 아니고……, 사라사 씨는 잡화점에서 파는 보존 식량을 아시나요?"

"네. 예전에는 저도 신세를 졌거든요."

말린 채소와 말린 고기. 맛있진 않지만 끓이기만 해도 먹을 수 있다는 편리함이 장점이다.

로레아가 와줄 때까지 귀찮을 때는 그걸로 끼니를 때웠다.

"그럼 그걸 전부 사우스 스트러그에서 사온다는 것도요?"

"그건 몰랐는데, 그러려나? 싶긴 했죠. 이 마을에서 말리는 모습을 본 적이 없으니까요."

그리 넓지 않은 이 마을. 말린 채소를 만든다면 밖에 잘

나가지 않는 나도 몇 번은 봤을 것이다.

"일단 각 가정에서 소비할 정도는 만드는데, 눈에 띌 정도는 아니에요. 뒤뜰이나 처마 밑에서 말리니까요."

만들기는 하는 모양이다. ……뭐, 내가 돌아다니는 건 바깥쪽 길뿐이니까.

뒤뜰 같은 곳은 눈에 안 띄니까 어쩔 수 없잖아?

"지금까지는 이 마을을 거점으로 활동하는 채집자도 얼마 안 되었기에 신경 쓰지 않았는데요, 요즘은 늘었잖아요. 좋은 기회라고 생각하지 않으시나요?"

"마을 사람들의 현금 수입 말인가요?"

"네! 사라사 씨 덕분에 부업으로 돈을 버는 사람도 늘었지만, 저는 한 발짝 더 내디디고 싶거든요."

이 마을의 주요 산업은 농업. 대부분 곡물이고 그 이외의 농작물은 자신들이 소비하는 몫과 마을의 식당에 쓰는 걸 제외하면 약간 남는 정도에 불과하다.

그것들은 다르나 씨가 사우스 스트러그에서 팔게 되는데, 유통기간이나 무게, 운반 난이도 등의 관계로 전부 가져갈 수는 없다.

"지금까지 남은 채소는 절임으로 만들어서 보존했는데요, 그게 평판이 별로 안 좋거든요. ──극히 일부를 제외하고요. 사라사 씨, 알고 계셨나요?"

"……이야기는 들은 적이 있어요."

아마 이 마을에 온 첫날이었을 것이다.

디랄 씨와 엘즈 씨가 이야기하다가 그런 말이 나온 것 같은 기억이 있다.

다행이라고 해야 할지 지금까지 그걸 먹을 기회는 없었지만, 먹는 사람이 따로 있다면 보존 식량으로는 실패일 것이다.

물론 그런 말을 할 수 없을 정도로 가난한 지역도 있겠지만.

"맛있는 보존 식량이 늘어나면 채집자들은 기뻐하겠죠."

"그렇죠? 저희도 채소를 낭비하지 않게 되고, 겨울의 식탁 사정이 좀 나아질 거예요. 평판이 좋다면 채소도 증산해서 마을의 현금 수입을 늘리고 싶고요. 그렇게 현금을 확보할 수 있게 되면 곡물 시세를 고려해서 매매할 수 있게 되니까요!"

"그, 그렇군요……."

어떤 농촌도 고민거리는 마찬가지구나.

로체 가문은 영주로서 그런 고민을 떠안고 있지만, 이곳 영주는 세금을 현금으로만 받는다──. 다시 말해 시세의 위험 부담을 마을 사람들에게 떠넘기고 있다.

하지만 세금을 낼 수 있을 만큼 현금이 있다면 이야기가 달라진다.

물론 곡물을 보존할 창고 같은 것도 새로 지을 필요가 있겠지만, 현실적인 범위에서 보다 좋게 노력하려는 걸 보니 역시 그림자 촌장인 에린 씨다.

"괜찮을 것 같네요. 말린 채소를 마을에서 만들게 되면 나가는 현금이 줄어들고 마을로 들어오는 현금이 늘어날 테니까요. 일석이조네요."

나도 잘 아는 건 아닌데, 말린 채소는 그냥 잘라서 말리기만 해도 되던가?

특산품이 될 만한 건 아니지만, 반대로 말하자면 뭘 사더라도 별다른 차이가 없다.

극단적으로 따지면 이 마을의 유일한 상점을 경영하는 다르나 씨가 이 마을에서 만든 것 말고 다른 걸 팔지 않는다면 채집자는 그걸 살 수밖에 없는 것이다.

정말 질이 안 좋거나 가격이 너무 비싸다면 모르지만, 차이가 약간에 불과하다면 참고 구입할 정도로 이 마을과 사우스 스트러그 사이의 거리는 멀다.

"……그런데 저는 상관없지 않나요?"

"네, 물론이죠. 말린 채소를 만드는 법을 물어보려고 연금술사님의 시간을 뺏지는 않아요."

"하하하……, 물어보셔도 그냥 만드는 법밖에 모르지만요."

농담처럼 말하며 웃는 에린 씨에게 나도 헛웃음으로 대답했다.

요리에 대해 물어보려면 로레아에게 물어봐야 할 것이다.

나는 상인의 딸로 태어났다. 상품을 본 적이 있긴 하지만 집에서 보존 식량을 만들지도 않았고, 학교에서 배운 걸 제외하면 일반적인 지식밖에 없다.

오히려 이 근처의 농가 아이들이 더 잘 알 것이다.

"의논하고 싶은 건 말린 채소……, 아니, 통틀어서 보존 식량이라고 할까요. 그걸 만드는 아티팩트가 없는지 해서요."

"그렇죠~. 음, 그게 말이죠——, 잠깐만 기다려주세요."

나는 연금술 대사전을 가지러 뛰어 다녀와서 두꺼운 그 책을 테이블 위에 쿵, 올려놓고 넘겼다.

일단은 분류가 되어 있기에 전부 읽어볼 필요는 없지만, 반드시 상상한 곳에 있다는 보장이 없다는 게 좀 골치 아프다.

예를 들어 말린 채소를 만드는 아티팩트가 식품 관련 항목에 있을 줄 알았더니 농업 관련 항목에 있거나, 건조시키는 물건이라서 공업 관련 항목에 있거나……, 방심할 수가 없다.

그래도 이름을 있는 그대로 지어준 거라면 그나마 찾기 쉽다.

대충 넘기다가도 눈에 들어오니까.

하지만 이상하게 비틀어서 이름을 지은 거라면 기묘한 이름을 찾을 때마다 설명 문구까지 봐야 하니 좀 귀찮다.

정말 이상한 자기 과시욕이 있는 연금술사는 골치 아프다니까. 내용물로 승부하라고——.

"앗! 있네요. 이거예요."

이름하여 '건조식품 제조기(드라이푸드 메이커)'라는 아티팩트.

이상한 센스도 들어가 있지 않아서 많은 사람들에게 고마운 이름이다.

다행이다, 제대로 된 사람이 만든 작품이라서. 실용품에 멋진 이름은 필요 없지.

기능이 다르다면 터무니없는 함정이겠지만……, 응, 이름 그대로네.

"에린 씨, 이런 느낌인데요……."

내가 내민 연금술 대사전을 보고 에린 씨가 눈살을 찌푸렸다.

"……저기, 저한테는 아무것도 안 보이는데요?"

"아, 그랬지. 이건 연금술사만 읽을 수 있는 책이었네요."

아티팩트를 오더 메이드로 주문하는 사람이 없어서 깜빡 잊고 있었다.

모처럼 간판에 써두었는데 말이지?

어떤 의미로 에린 씨는 첫 손님이다. 신이 날 수밖에 없다.

"이건 건조식품을 만드는 아티팩트고, 채소 말고도 말린 고기 같은 것도 만들 수 있는 것 같아요. 하지만 '고기는 건조하기 전에 사전 처리할 필요가 있다'라고 적혀있네요."

"이해가 되네요. 여기서도 말린 고기를 만들 때 우선 기름을 제거하고 소금에 절이니까요. 애초에 보존할 정도로 고기를 많이 얻을 경우가 없으니까 경험은 적지만요."

"아, 그렇다면 이 기능은 제외할까요? 그만큼 저렴해질 텐데요."

얼마 전에는 헬 플레임 그리즐리 고기가 잔뜩 남았지만, 그건 희귀한 케이스다.

사냥꾼이 재스퍼 씨밖에 없는 이 마을에서는 보통 보존해 둘 정도로 많은 양을 얻을 수가 없다.

　"아뇨, 지금까지는 그랬지만 요즘은 채집자가 사냥해 오는 경우도 있거든요. 그 고기를 사들여서 가공하면 그것도 마을 사람의 일이 되겠죠."

　"그걸 다시 채집자에게 판다는 거군요. 그리고……, 생야채뿐만 아니라 일반적인 요리도 건조시킬 수 있다고 나와 있네요. 종류가 한정적인 모양이지만요."

　"요리를요? 참고로 어떤 요리를……?"

　"그리 자세하게 나오진 않았지만 빵이나 수프 같은 건 가능한 것 같아요. 하지만 수분이 많은 건 러닝 코스트가 늘어나는 것 같은데요."

　러닝 코스트, 다시 말해 연료비. 마력을 지닌 사람이 쓸 경우에는 자신의 마력, 마력이 없을 경우나 부족할 경우에는 부스러기 마정석을 쓰게 된다.

　푸석푸석한 빵과 물기가 많은 수프. 어느 쪽이 더 건조시키기 힘들지는 분명하다.

　그 비용을 지불할 만한지는──, 내가 관여할 바가 아닌가?

　"수프도 가능하다고요? 역시 아티팩트네요. 보통 수프는 보존 식량으로 만드는 게 불가능할 거라 생각할 텐데요."

　"저는 잘……, 요리에 대해서는 조언해드릴 수가 없으니 그런 건 디랄 씨나 로레아처럼 요리를 잘하는 사람에게 의논해주세요."

로레아를 보며 추천해보니 조용히 과자를 먹으며 차를 마시던 그녀가 깜짝 놀란 표정으로 눈을 크게 떴다. 그리고 자신을 손가락으로 가리키며 고개를 갸웃거렸다.

"……네? 저, 요?"

"응. 로레아의 요리는 맛있으니까. 의논 상대로 부족하진 않을 거야."

"가, 감사합니다……?"

로레아는 어머니인 마리 씨에게 요리를 배운 모양인데, 요즘은 계속 마리아 씨의 레시피 책을 보며 요리를 해주고 있다.

그래서 실력은 둘째 치더라도 요리 지식에 대해서는 이미 마리 씨를 넘어섰다고 해도 과언이 아닐……, 것 같은데?

"그렇군요. 같은 요리만 자주 만드는 마을 사람들은 그 아티팩트에 적합한 요리를 만들지 못할 수도 있다는 건가요? 로레아, 협력을 부탁할 수 있을까요?"

"네, 네! 제가 할 수 있는 거라면요!"

에린 씨가 고개를 숙이자 로레아는 등을 쭉 펴고 긴장한 듯이 대답했다.

그런 로레아를 보고 미소를 지으며 나는 다시 책을 내려다보았다.

"이제 제가 아티팩트를 만들기만 하면 되는데요, 괜찮은 화속성 계통 소재가 없다는 게……, 어라?"

책에 나와 있는 제작 방법을 보고 나는 미간을 손가락으로 꾹꾹 누르며 다시 확인했다.

　──응, 틀림없어. 이거, 정품으로 산 책이니까.

　"화속성 계통 필요 소재가 적네? 풍속성 계통하고……, 왠지 모르겠지만 빙속성 계통이 많네……?"

　빙속성 계통은 아직 빙아 박쥐의 송곳니가 잔뜩 남아 있다. 슬슬 여름이 끝나가는데도.

　내년까지 창고에 넣어두려나, 하고 생각하고 있었는데 이번에 꽤 쓰겠다.

　화속성 계통은 샐러맨더의 소재가 있긴 하지만 이걸 쓰면 에린 씨가 지불할 수 없는 가격이 되기 때문에 쓸 수가 없고……, 저번에 주운 화염석이라도 쓰면 되려나?

　"풍속성 계통 소재는 따로 마련해야만 하겠지만, 이 정도라면 생각했던 것보다 저렴하게 만들 수 있겠네요."

　"정말로요? 다행이네요."

　"그래도 가격이 꽤 나가긴 하겠지만……, 괜찮으시겠어요? 이 마을의 농가에서 사기에는 좀 힘들 것 같은데요."

　"괜찮아요! 그건 제가 살게요. 그리고 쓸 때마다 사용료를 받고요."

　에린 씨가 기뻐하며 힘찬 목소리로 말하자 로레아도 납득한 듯이 고개를 끄덕였다.

　"……그렇구나. 지금이라면 마을 사람들도 사용료를 지불할 수 있으니까요."

　"네. 예전에는 현금을 소비하는 걸 망설였겠지만, 지금이라면 세금을 내는 것도 문제없어요. 여차하면 집집마다 현금으로 받을 수도 있으니까요!"

촌장이 하는 일은 세금 징수. 지금까지는 농작물을 모은 다음 그걸 다르나 씨가 팔러 가서 현금으로 바꾸었고, 그래도 부족할 경우에는 여관을 경영하는 더들리 씨 등, 현금을 가지고 있는 몇 안 되는 마을 사람에게 빚을 져서 마련한 모양이었다.

하지만 지금은 채집자가 늘어났고, 비어있던 임대 주택도 다 찼다.

그건 마을 공동 소유물이다. 그것을 통해 얻은 이익은 마을 사람들에게 분배되기 때문에 낭비만 하지 않는다면 어떤 집이든 현금을 어느 정도 보유하고 있다고 한다.

"알겠어요. 그럼 제작을 맡도록 하죠. 소재를 모으려면 시간이 좀 필요하겠지만……."

"물론 괜찮습니다. 이런 시골이니까요. 시간과 비용 중에 비용을 먼저 고려했으면 하는데……, 안 될까요?"

"후후후, 알겠어요. 최대한 저렴하게 만들 수 있게끔 노력해볼게요."

한쪽 눈을 감고 두 손을 모아 부탁하는 에린 씨를 보고 나는 웃으며 고개를 끄덕였다.

"그 풍속성 계통 소재, 우리가 채집하러 갔었지⋯⋯."

"그때는 신세를 많이 졌어요."

아이리스 씨가 먼 산을 보는 눈빛으로 하늘을 올려다보자 나도 그녀들이 들려준 고생 이야기를 떠올리고 고개를 숙였다.

"아니, 우리가 한다고 말을 꺼낸 거니까. 점장님이 사과할 필요는 없지."

"맞아. 점장 씨가 말렸는데 아이리스가 한다고 해서⋯⋯."

풍속성 계통 소재를 얻을 수 있는 곳이 사우스 스트러그 근처에 있다는 사실은 알고 있었지만, 나는 애초에 그냥 살 예정이었다. 산지 근처에 있는 레오노라 씨의 가게라면 재고도 있을 테고, 가격도 적당할 테니까.

하지만 그 이야기를 들은 아이리스 씨가 '내가 채집하러 가마!'라고 말하며 나섰다.

장소는 알고 있고, 정보도 있다.

실력을 고려하면 불가능하지는 않을 것이다──. 하지만 경험이 부족한 게 조금 불안하다.

그래서 나는 은근슬쩍 말렸다. '안드레 씨 일행과 같이 가는 게 안전하지 않을까요?'라면서.

마침 그때 그들이 마을에 없다는 걸 알았으면서 말이다.

"괘, 괜찮을 줄 알았단 말이다! 우리도 사전 조사는 했거든?"

"뭐, 괜찮긴 했지만 고생도 했지."

"고, 고생과 노력이 있어야 사람이 성장하는 법이지. 잘

된 것 아닌가!"

"……정말로 그렇게 생각해?"

"……약간 성급했나 하는 생각은 든다. 미안하다."

케이트 씨가 눈을 흘기자 아이리스 씨는 한순간 침묵했고, 껄끄러운 듯이 눈을 피하며 사과했다.

그 말을 들은 케이트 씨는 다시 부드러운 표정을 지으며 휴우 하고 숨을 내쉬었다.

"뭐, 상관없긴 하지. 그런 아이리스를 보조해주는 게 내 역할이기도 하니까."

"그, 그래도 두 분께서 열심히 해주셔서 이 마을의 보존 식량도 충실해졌고, 아버지의 이익도……, 별로 달라진 건 없지만 매출은 늘었으니까요!"

사실 다르나 씨는 이번에 보존 식량을 팔 때 거의 이익을 남기지 않는 모양이었다.

그 이유는 말할 필요도 없이 이익의 분배.

마을에 채집자가 늘어나자 여관과 대장간 같은 곳은 그 은혜를 받았지만, 주로 농업에 종사하는 마을 사람들은 수입이 그렇게까지 늘어나지 않았다.

그것을 메꾸기 위해 농가로부터 약간 비싼 가격으로 보존 식량을 사들이고 있는 것이다.

그만큼 이익이 줄어들긴 하지만 사우스 스트러그에서 보존 식량을 운반해올 필요가 없어졌고, 마을 사람들이 가진 돈도 늘어나서 결과적으로 잡화점에서 물건을 살 기회도 늘어났다.

　보존 식량이 맛있으니 채집자들의 구입량도 늘어났으며, 전체적인 매출이 늘어나서 경영 자체는 조금 편해진 모양이었다.

　"그렇게 말해주니 고맙다만, 매출이 늘어난 건 로레아가 노력한 결과잖나? 새로 만든 보존 식량 중 대부분에 관여했다고 들었는데."

　"그래. 단순한 말린 채소나 말린 고기를 제외한 요리는 다 로레아가 도운 거지?"

　"그 이야기는 나도 들었는데……, 아니, 나도 협력했지. 마력 쪽으로."

　시험 제작품을 만들려고 하면 건조식품 제조기는 반드시 필요하다.

　하지만 평범한 사람은 여러 번 가동시킬 수 있을 정도로 마력이 많지 않고, 그때마다 부스러기 마정석을 소비하면 비용이 너무 많이 든다.

　에린 씨도 그렇게까지 부담을 줄 수 없다고 생각했는지 마력 쪽으로 내게 협력을 의뢰했다──. 먼저 로레아를 함락시킨 다음에.

　로레아와 함께 부탁하니 나도 싫다고 할 수가 없었기에 시험 제작품을 만들 때 필요한 마력은 내가 부담했다. 그 대신 시험 제작품을 만드는데 필요한 식재료는 전부 무료로 제공받았고, 남은 식재료와 만든 시험 제작품은 우리 식탁에 올리게 되었기에 딱히 손해를 본 건 아니다.

소비한 마력은 내 마력으로 따지면 얼마 안 되었고, 무엇보다 로레아가 즐거워했으니까.

참고로 마력 말고 내가 협력한 건 시식뿐, 조리에는 전혀 관여하지 않았다.

"그때는 신세를 졌어요. 결국 보수는 받지 못하셨죠?"

"그건 로레아도 마찬가지잖아? 재료만 받고."

"마을을 위해서, 채집자를 위해서 한 일이니까요. 큰 시점에서 보면 결과적으로 저희 집에도, 이 가게에도 이익이 있었고요."

"오오……, 아직 열세 살밖에 안 되는 아이라고는 믿을 수 없는 생각이야!"

"저도 이제 곧 열네 살이 되니까요. 언제까지나 어린애가 아니라고요."

그렇게 말하며 '에헴!' 하고 의기양양해하는 로레아.

응, 어른이긴 하네, 가슴이라든가! 나보다 말이지!

"그래도 이걸로 우리도 야영을 할 때 맛있는 걸 먹을 수 있게 되었으니 참 고맙군."

"예전과 비교하면 천지 차이지."

이쪽은 좀 더 어른스러운 두 사람. 비교도 안 된다.

"……점장 씨, 왜 그래?"

"아뇨오~, 아무것도 아닌데요오~?"

질투 같은 건 안 한다. ──진짜거든?

"아무것도 아닌 게 아닌 것 같은데⋯⋯, 뭐, 됐어. 우리는 내일부터 여유가 있는데, 뭔가 도울 거 없을까?"

"없는 건 아니지만, 한가하시면 근처에서 채집이라도 하시는 게 어떨까요?"

"나도 그럴까 생각했는데, 케이트가――."

아이리스 씨가 그렇게 말꼬리를 흐리며 케이트 씨를 보자 그녀는 고개를 끄덕이고는 곤란하다는 듯이 눈살을 찌푸렸다.

"오늘도 그랬는데, 노르드 씨가 마을 주위를 어슬렁거리고 있거든. 숲에 가면 그 사람하고 엮이게 될 것 같아서⋯⋯."

"그러면 안 되나요? 어차피 며칠 뒤에는 함께 일을 하게 될 텐데요."

"그렇긴 한데 말이야. 로레아, 그 사람은 골치 아픈 일을 만들 것 같은 분위기가 있거든. 내 육감에 따르면."

보수가 좋아서 일을 맡긴 했지만, 왠지 골치 아플 것 같은 사람.

그렇기에 일도 아닌데 엮이는 시간을 늘리고 싶진 않은 모양이었다.

"무슨 심정인지는 이해가 되네요. 그런 타입인 사람은 무의식적으로, 악의도 없이, 그리고 자연스럽게 주위에 폐를 끼친단 말이죠⋯⋯."

연금술사 양성학교에도 있었다. 그것도 여러 명.

유능한데도 왠지 모르겠지만 문제를 일으키고, 그러면서

도 해고당하진 않는단 말이지.

아니, 유능하기 때문에 해고당하지 않는 건가?

무능하면서 문제를 일으킨다면 남아 있을 수가 없겠지.

"그럼 두 분은 내일 텐트를 만드는 걸 도와주실래요?"

"그래, 뭐든 말해줘. 단, 자잘한 작업은 케이트가 맡고!"

"잠깐, 아이리스. 가죽을 꿰맨 경험은 나도 거의 없거든? 힘이 필요하니까 오히려 네 담당일 것 같은데."

"으음. 바느질은 잘 못한다만⋯⋯."

"에휴⋯⋯. 너도 일단은 여자애잖아? 상급 귀족이라면 모를까, 보잘것없는 기사작 부인이 바느질도 못하는 건 치명적이지 않아?"

"괜찮아요, 케이트 씨."

어이가 없다는 듯이 한숨을 쉬는 케이트 씨를 말리며 나는 후후후 웃었다.

"오오, 혹시 점장님에게 맡겨도 되는 건가? 그렇다면 나는 좋은 남편으로서──."

"아니라고요. 텐트 만들기 말이에요!"

동성혼일 경우 귀족으로서 역할 분담을 어떻게 하는 건지 나도 잘 모르겠지만, 지금은 그런 이야기가 아니다.

"어흠. 제게 비책이 있거든요."

헛기침을 하며 마음을 다잡은 다음, 나는 다시 후후후 웃었다.

⋯⋯뭐, 그냥 가쭈욱을 써서 붙이는 것뿐이지만.

◇ ◇ ◇

"이게 이번에 만든 호문쿨루스예요."

아이리스 씨와 케이트 씨의 도움을 받아 플로팅 텐트를 완성한 나는 배양조에 마력을 공급하며 재빠르게 공명석과 포션 등도 만들었고, 나흘째에 완전히 성장한 호문쿨루스를 모두에게 선보였다.

처음 예상보다 하루가 더 걸렸지만 처음 만든 거라 원인을 잘 알 수가 없었다.

내가 익숙하지 않아서 그런지, 예측을 어설프게 한 건지, 아니면 사용한 소재에 문제가 있었던 건지.

그래도 뭐, 무사히 완성되었으니 상관없겠지?

배양액을 닦아내기 위해 수건으로 싸두었던 호문쿨루스를 그대로 테이블 위에 올려놓자 그것이 부스럭부스럭 움직인 다음 수건을 밀쳐내고 고개를 쏘옥 내밀었다.

"귀, 귀, 귀여워요~!"

"이, 이건……, 예상했던 것보다 귀여운데?!"

영차, 영차, 수건에서 기어 나와서 테이블 위에 살짝 앉아 있는 그 모습은 작은 새끼 곰. 털은 연갈색이고, 빛의 밝기에 따라서는 금빛처럼 보이기도 했다.

손바닥 위에 올려놓을 수 있을 정도로 작으며 무척이나 폭신폭신.

그 모습을 본 로레아는 환호성을 지르며 손을 마구 움직였고, 아이리스 씨도 마찬가지로 테이블 위로 몸을 내밀며 빤히 바라보고 있었다.

"나도 뜻밖이네. 호문쿨루스란 게 원래 이런 거야?"

"그건 제작자에 따라 다르죠. 이번에는 비교적 만들기 쉬운 이 모습으로 했어요."

이 모습으로 만든 이유는 절반 정도는 만들기 쉬웠기 때문이고, 나머지 절반은 내 취향이다.

호문쿨루스의 형태는 제작자가 제어할 수 있지만, 그 난이도는 사용한 소재에 좌우된다.

이번에는 샐러맨더와 헬 플레임 그리즐리의 소재를 사용했기에 곰이나 도마뱀과 비슷한 형태라면 쉽게 만들 수 있고, 물고기 형태 같은 걸 만드는 건 꽤 어렵다.

반대로 말하자면 사용하는 소재를 조정함으로써 다양한 모습의 호문쿨루스를 제작할 수 있는 것이다.

하지만 일정 크기 이상의 인간형은 안 된다.

적어도 이 나라에서는 인간으로 착각할 수 있는 호문쿨루스 제작은 금지되어 있다.

기술적으로 불가능한지 여부는……, 금지하는 시점에서 알 수 있겠지?

"그러니까, 후보가 도마뱀과 곰이었던 건가?"

"네. 둘 중 하나라면 역시 곰이겠죠?"

도마뱀을 귀엽다고 하는 사람이 있을지도 모르겠지만, 나는 역시 곰이 더 귀엽다.

그리고 그런 내 취향을 모두가 받아들였는지 다들 고개를 크게 끄덕였다.

"으음, 당연하지. 이 크기는? 곰 치고는 꽤 작다만."

"전투용 호문쿨루스도 아닌데 너무 크면 걸리적거리잖 아요. 이번 일을 마치고 처분할 수도 없으니까요."

"그, 그러면 안 돼요!"

"안 그럴 거야. 이 모습이라면 가게를 보는 로레아 옆에 있더라도 위화감이 없을 테고."

급하게 소리친 로레아를 달래기 위해 나는 미소를 지으며 호문쿨루스를 안아 들고 로레아에게 내밀었다.

"마, 만져도 되나요?!"

"응, 물론이지. 자."

로레아의 손 위에 툭, 올려놓자 호문쿨루스는 부스럭부스 럭 움직여서 엎드렸다.

"흐아아아, 따스하고 폭신폭신하네요~."

"나! 다음은 나! 로레아, 교대해줘!"

"자, 잠깐만 기다려주세요! 저도 좀 더 느끼고 싶다고요!"

로레아가 조심조심 등을 쓰다듬으며 황홀해하자 아이리 스 씨도 손가락을 뻗어 목덜미 근처를 간지럽히고는 미소를 지었다.

그런 두 사람에게 호문쿨루스가 기분 좋다는 듯이 '가우~' 하고 소리를 내며 눈을 가늘게 떴다.

"점장 씨, 이거 괜찮은 거야? 일단은 곰이지? 점장 씨가 움직이는 게 아니라 스스로 움직이는 거지?"

"우리가 만지는 거라면 괜찮아요. 작은 곰처럼 생겼지만 실태는 호문쿨루스이고, 우리 아이 같은 거나 마찬가지니까요."

케이트 씨가 약간 불안해하며 이쪽을 보았지만, 나는 문제가 없다고 말해주었다.

마력으로 이어져 있는 건 나쁘지만, 세 사람의 인자도 들어가 있으니 적어도 갑자기 공격당하진 않는다. 매우 잘 따르는 애완동물 같은 느낌이려나?

"그렇다면 좀 안심이 되긴 하는데……, 다른 사람 같은 경우에는?"

"그건 그때마다 다르다고 할까요. 성격은 우리 영향을 받았으니 갑자기 물거나 그러진 않겠지만요. ——우리 중에 숨겨진 공격성을 지니고 있는 사람이 없는 한."

"공격성……."

케이트 씨는 나, 로레아를 번갈아 가며 보다가——, 조금 걱정이라는 듯이 눈살을 찌푸렸다.

"약간 걱정이 되는데."

누구 성격이 걱정되는지는 묻지 않을 것이다.

일단 귀족 아가씨인데도 채집자가 된 누군가를 보고 멈춘 건 아마 착각일 것이다.

"뭐, 괜찮을 거예요. 멋대로 돌아다니진 않으니까."

동물처럼 보이지만 동력원은 내 마력이기 때문에 명령하지 않으면 곁에서 떨어지지 않는다.

"사라사 씨! 이름은요? 이름은 뭔가요?"

"어? 이름? 딱히 안 정했는데——."

"정하죠! 이름이 없다니, 불쌍해요!"

"그렇지! 귀여운 이름을 지어줘야겠어!"

강하게 주장하는 로레아와 고개를 계속 끄덕이며 맞장구를 치는 아이리스 씨.

……어쩌지. 상상했던 것보다 두 사람이 심하게 좋은 반응을 보이는데.

나도 귀엽다고는 생각하지만 굳이 말하자면 인형 같은 감각이다.

호문쿨루스는 어디까지나 실용품이니 너무 애착을 가지게 되면 여러모로 곤란하다.

원래 역할이 위험한 곳의 정찰이나 몸을 바쳐서 로레아 같은 사람들을 지켜주는 건데, 애착 때문에 그 행동에 망설임이 생기면 주객전도.

뭘 위해 만든 건지 알 수가 없게 되어버린다.

그렇다고 기뻐하며 귀여워하는 두 사람에게서 빼앗을 수도 없고.

내가 도와달라는 듯이 케이트 씨를 보자 케이트 씨는 알겠다는 것처럼 고개를 크게 끄덕이고는 '저기, 얘들아' 하고 말을 걸었다.

다행이다. 케이트 씨라면 아마 원만하게 두 사람을 진정시켜줄──.

"다음은 내 차례지?"

어라아아아──?

"어?! 케이트, 치사하다! 나도 아직 못 안아봤는데!"

"나는 아직 만져보지도 못했어. ──와, 털이 부드럽네. 헬 플레임 그리즐리와는 전혀 달라."

아이리스 씨가 따지는 걸 슬쩍 흘려들으며 호문쿨루스를 로레아의 손에서 가져온 케이트 씨는 두 손으로 그 몸을 쓰다듬었다.

"케이트, 교대하자!"

"조금만 더. 이 감촉은 버릇이 될 것 같네. 간질간질."

"가우, 가우!"

케이트 씨가 호문쿨루스의 몸을 뒤집어서 배를 간지럽히자 호문쿨루스는 팔다리를 버둥버둥 움직이며 기분 좋은 듯이 눈을 가늘게 떴다.

그 모습을 본 케이트 씨도 표정이 실룩거리는 걸 억지로 참으려는 듯이 입가를 움찔거리고 있었다.

응, 안 되겠네. 케이트 씨에게는 기대할 수가 없겠어.

아니, 그냥 솔직하게 활짝 웃으면 될 텐데.

체면을 신경 쓸 관계가 아니잖아? 우리는.

그런 면에서 솔직한 건 아이리스 씨였다.

그녀는 케이트 씨를 뒤에서 끌어안고 손을 뻗었다.

"나! 다음은 내 차례!"

"어~? 생일에 검을 받고 기뻐하는 아이리스에게 이 아이는 아까운데."

"그, 그거랑 이건 다른 이야기지! 케이트는 받은 인형이 열 개가 넘었는데 날마다 끌어안고 잤잖아!"

"윽. 사, 상관없잖아, 인형은. 여자애라면 기뻐한다고. 오히려 귀여워해야만 여자애지. 안 그래? 로레아."

한순간 말문이 막혀서 부끄러운 듯이 볼을 붉힌 케이트 씨는 곧바로 뻔뻔하게 로레아에게 맞장구를 요청했다.

"그렇죠. 그러니까 케이트 씨, 돌려주세요."

"어머, 이 아이는 모두의 아이나 마찬가지잖아? 돌려준다는 말은 이상한 것 같은데."

"그러니까, 다음은 내 차례──."

이대로 내버려 두면 끝도 없을 것 같았기에 나는 한숨을 쉬며 끼어들었다.

"에휴……. 아이리스 씨, 어차피 내일부터는 두 사람과 함께 갈 테니 그때 마음껏 귀여워하세요."

"맞아요! 내일부터 독점할 수 있는 아이리스 씨가 아니라 지금은 저에게 양보해야죠!"

"아니, 그게 아니라──."

"으음! 우선 이름을 정하는 게 중요하겠지!"

"그쪽도 아니고! 저, 저기 말이지? 이름을 지어주면 애착이 생기잖아? 호문쿨루스는 애완동물도 아니고, 상황에 따라서는 죽어버릴 위험성도 있으니까——."

내가 망설이며 끼어들자 세 사람이 깜짝 놀라 이쪽을 보았다.

"말도 안 돼! 이렇게 귀여운 아이에게 위험한 짓을 시키려는 건가요?!"

"점장님 같은 사람이 그렇게 잔혹한 짓을?!"

"나도 그건 좀 아닌 것 같은데?"

모두에게 비난당한 나는 주눅 들어서 물러났다.

"그, 그렇게 따져도……."

그러기 위한 존재니까 어쩔 수 없잖아!

아이리스 씨와 케이트 씨의 위험을 조금이라도 줄이기 위해서 만든 거니까!

호문쿨루스를 지키다가 아이리스 씨와 케이트 씨가 죽어버리면 아무런 의미도 없거든?

"점장님은 이렇게 어린 동물을 저버리려는 건가?!"

아이리스 씨가 케이트 씨에게서 빼앗아 든 호문쿨루스를 두 팔로 끌어안고 내 앞에 내밀자 호문쿨루스는 알고 있는 건지 모르는 건지, 내 얼굴을 보고 고개를 갸웃거렸다.

"가우?"

"윽. 크윽~."

나, 나도 귀엽다고 생각하긴 하거든?

하지만 감정 이입하게 되면 곤란하니까 참고 있을 뿐이고!

"자자, 점장 씨, 솔직해지자고~."

"따스하고, 부드럽고, 귀여워요."

"폭신폭신, 기분 좋거든?"

"으으……."

귀엽다는 건 알고 있다.

왜냐하면, 내가 귀엽다고 생각하는 모습을 상상해서 만들었으니까!

아이리스 씨가 얼굴에 밀어붙인 호문쿨루스가 폭신폭신하고 따스하다.

"폭신폭신~."

"폭신폭신~."

"폭신폭신~?"

"아——."

"아?"

"알겠어요! 최대한 안전에 신경 쓸게요! 이름도 지어줘도 돼요! 하지만 만약의 경우에는 여러분의 안전을 우선시할 거라고요?!"

"""와아!"""

기뻐하며 셋이서 손을 마주치는 아이리스 씨와 케이트 씨, 로레아. 약간 소외감이 느껴진다.

모두의 안전을 생각해서 마음을 악귀처럼 먹은 건데……, 흑흑. 슬프다.

"이름은 뭐가 좋을까? 점장님은 원하는 이름 없나?"

부모니까, 하며 물어보는 아이리스 씨에게 나는 고개를

살짝 저었다.

연금술사로서는 제작자라고 해줬으면 좋겠지만, 중과부적, 이미 포기했다.

"마음대로 하세요. 그동안 이건 맡겨둘게요."

나는 눈을 살짝 감고 호문쿨루스에 의식을 집중했다. 그대로 조작하자 호문쿨루스는 아이리스 씨의 손을 빠져나와 점프, 빙글빙글 회전해서 테이블에 착지한 뒤 내 앞에 앉았다.

"뭐라고?! 이, 이런 것까지 할 수 있는 건가!"

"방금은 제가 조작한 것뿐이지만요. ──문제는 없는 것 같네요."

시각, 청각, 촉각, 그리고 신체의 조작.

앉아 있는 지금 상태라면 어렵지 않겠지만, 내 몸과 동시에 움직이는 건 힘들려나?

숙달되면 호문쿨루스와 자기 몸을 양쪽 모두 움직이며 싸울 수 있는 모양이다. 하지만 눈을 뜨면 걷기만 해도 시야가 혼란스러워지는 나는 전혀 믿을 수가 없다.

"흐에~, 역시 평범한 동물이 아니네요."

"그렇지? 이름 짓는 거 포기할래?"

"아뇨, 사라사 씨가 조작하지 않을 때는 스스로 활동하는 거죠? 그렇다면 지어줘야 해요."

"그렇지. 이름은 중요하니까."

"으음. 케이트는 잔뜩 가지고 있는 인형들에게 전부 이름을 지어줬으니까."

"어? 그런가요?"

좀 전에 아이리스 씨가 인형 이야기를 하던데, 그렇게 잔뜩 가지고 있었어? 그건 좀 뜻밖이다. 나는 어렸을 때 이야기인 줄 알았는데.

나와 로레아의 시선을 가로막으려는 듯이 케이트 씨가 손을 들면서 볼을 붉혔다.

"무, 물론, 어렸을 때 이야기야! 아무리 그래도 지금은 없지……."

"하지만 친가의 방에는 모든 인형이——."

"마마가 만들어준 건데 버릴 수는 없잖아!"

딱 잘라 나온 케이트 씨의 발언은……, 뜻밖이 아닌가?

카테리나 씨는 케이트 씨의 어머니라서 꽤 강한 사람이었지만, 자상해 보이기도 했으니까.

"……그래도 이해가 되는 것 같기도 하네요. 그런 건 버릴 수가 없죠."

"그렇지? 소중히 여기는 법이지?"

나도 어렸을 때는 부모님에게 받은 인형이 있었고, 이름도 지어주었다.

부모님이 돌아가시고 고아원에 가는 과정에서 아쉽게도 잃어버리긴 했지만, 평범하게 살았다면 지금도 소중히 여겼을 것이다.

"저도 어머니에게 인형을 하나 받아서 소중히 여기고 있는데……, 그럼 이름을 짓는 건 케이트 씨에게 부탁드리는 게 나을까요?"

"모처럼 기회가 생겼으니까 모두 함께 생각해보자. 점장씨는……, 흥미가 없는 것 같으니까 셋이서."

응, 응. 멋진 이름을 지어주세요.

그동안 나는 호문쿨루스를 조종하며 춤을 추게 했다.

빙글 돌아서 스텝을 밟고 처억.

눈을 감고 있는 내 얼굴을 아래에서 올려다보는 경험이 좀 재미있다.

"──이봐, 점장님. 그렇게 멋진 춤을 추면 이미지가 망가진다만."

"신경 쓰지 마세요. 내일은 나가게 될 텐데, 저도 연습할 필요가 있잖아요."

뭐라 하기 힘든 표정을 지은 세 사람의 대표로 아이리스 씨가 불평했지만, 내게도 사정이 있다.

나도 호문쿨루스를 만든 게 처음이라 이것저것 익숙해져야만 한다.

여차할 때 제대로 움직이지 못한다거나 동조하지 못하면 곤란하다.

"그렇게 말하면 따지기 힘들군. 좀 전까지 느꼈던 폭신폭신한 느낌을 떠올리면서 이름을……."

그럼에도 불구하고 호문쿨루스를 힐끔거리며 잠시 생각에 잠긴 세 사람.

그중에서 가장 먼저 제안한 사람은 로레아였다.

"저는 '쿠루미(호두)'가 좋을 것 같아요. 털이 쿠루미 같은 색이니까──, 약간 금빛 기운이 있지만요."

──응, 귀엽고 좋은데?

"그렇다면 나는……, '마르크'로 할까?"

──평범하네? 남자 이름 같긴 하지만, 호문쿨루스는 성별이 없는데?

"케이트의 이름은 항상 그런 느낌이었지. 이유를 잘 모르겠단 말이야."

"필링이지. 그러는 아이리스는?"

"나는 '사케(연어)'다!"

──잠깐만.

"아, 아이리스 씨? 그 이름은 뭐죠?"

"후후후, 점장님도 모르나? 이건 북쪽에서 잡을 수 있는 곰이 좋아하는 음식이야!"

의기양양한 표정으로 아는 척하는 아이리스 씨, 조금 귀엽다.

하지만 그건 물고기 이름이거든요?

아니. '쿠루미'도 음식 이름이니까 상관없을지도 모르겠지만, 이미지가…….

"음, 그건──."

"그렇게 말하긴 했지만 나도 잘 아는 건 아니다. 대체 어떤 나무 열매일까? 도토리나 밤 같은 건가? 아니면 감 같은 과일인가……, 약간 신비한 부분이 호문쿨루스와 어울리는 것 같지 않나?"

"……."

기뻐하는 표정을 보여줘도 대답하기 곤란할 뿐이다.

이럴 때는 케이트 씨――도 모르는구나.

이걸 듣고도 아무런 말도 하지 않는 걸 보면 그렇다.

이 근처에는 서식하기는커녕, 유통조차 되지 않는 물고기니까.

나처럼 학교에 가서 광범위한 지식을 얻거나 흥미가 생겨서 조사해보지 않는다면 알 기회도 없다.

그리고 그건 당연히 로레아도 마찬가지고――.

"그럼 이 세 가지 중에서 선택할까요? 어떻게 정하실 거예요?"

"사케의 이름이니까. 본인에게 정하게 하자."

"아이리스, 아직 정해진 게 아니거든? 점장 씨, 부탁할 수 있을까?"

"음……, 알겠어요."

부정할 수 있는 분위기도 아니다. 부정행위가 불가능한 것도 아니지만……, 그냥 기도할 뿐.

나는 세 사람에게서 일정한 거리를 두고 호문쿨루스의 제어를 풀었다.

"쿠루미, 쿠루미예요!"

"마르크가 좋을 것 같은데."

"사케! 사케지?"

저마다 그렇게 말하며 손을 내미는 세 사람을 보고 상황을 살피는 듯이 이쪽을 돌아보는 호문쿨루스.

그리고 그것은 내가 고개를 끄덕이자 잠시 테이블 위를 어슬렁거린 다음――.

"가우가우."

"앗싸! 저네요!"

로레아가 내민 손 위에 호문쿨루스, '쿠루미'가 살짝 올라 탔다.

다행이야! 아이리스 씨의 이름은 피할 수 있었다.

"으음, 쿠루미라. 뭐, 쿠루미도 나쁘지 않아. 점장님이 고른 건 아니지?"

"네. 알아서 고르게 했으니까요. 자기 이름을 정하는 거라는 사실을 이해한 건지는 모르겠지만요."

호문쿨루스의 지능은 그렇게 높지 않다.

하지만 결코 낮지도 않다.

어느 정도라면 지시한 대로 행동할 수 있고, 일정한 행동을 기억하게 해서 그것을 실행하게 할 수도 있다.

하지만 내 마음을 눈치채고 아이리스 씨를 피할 정도의 지능은 없을……, 텐데?

왠지 생각했던 것보다 똑똑한 것 같지만 내 착각이겠지?

"그럼 이름은 쿠루미로 정해졌네."

"내일부터 한동안 잘 부탁한다, 쿠루미."

"가우!"

살짝 앉은 채 한쪽 앞다리를 드는 쿠루미.

귀엽다.

……응, 뭐, 됐어.

머리가 좋아서 곤란하지는……, 않겠지?

No. 009

연금술 대사전 : 제4권 등재
제작 난이도 : 노멀
표준 가격 : 6,000 제어~

〈공상 점토〉

Ημ**ſισιnſіτıſτn Alfiy**

당신이 상상한 대로 형태를 만들 수 있는 특수한 점토. '그게 다야?'라고 생각하면 안 됩니다.
손님에게 상품을 설명할 때, 새로운 아티팩트를 구상할 때, 그리고 초문쿨 루스를 만들면서 형상
고정을 연습할 때, 의외로 도움이 되는 아이템입니다.

Episode 2

TA THM ßßfilfimfinffiffIfh'f Lfııfh

샐러맨더의 서식지로

"그럼 아이리스 군, 케이트 군. 한동안 잘 부탁해."

"맡겨다오."

"최선을 다할게. 그런데……, 짐이 엄청 많네?"

사라사와 로레아의 배웅을 받으며 원래 예정대로 출발한 아이리스와 케이트는 숲의 입구에서 합류한 노르드랫을 보고 당황해하며 그의 뒤쪽을 보았다.

이번에는 약간 장기 원정이기 때문에 아이리스와 케이트도 짐을 꽤 많이 가지고 왔지만, 노르드랫이 짊어지고 있는 짐은 척 보기에도 비교가 안 될 정도로 많았다.

약간 키가 큰 그의 허리 아래쪽부터 머리를 넘어선 높이까지.

거대하면서도 빵빵하게 부풀어 오른 가방.

아무리 봐도 무거워 보이는 그것을 짊어지고 있는데도 비틀거리지 않는 건 노르드랫이 단련된 육체를 지니고 있기 때문일 것이다.

아니, 그런 걸 짊어지고 조사를 하러 다니기 때문에 단련되었다고 해야 할까.

어찌 됐든 일반적인 연구자와는 전혀 달랐다.

"이거 말이야? 역시 조사할 때는 도구가 이것저것 필요하거든. 사라사 군이 만들어준 텐트가 예상보다 작아서 다행이야. 이 정도면 항상 가지고 다닐 수 있겠어."

가죽제 텐트는 꽤 무겁다.

가벼움을 우선시한 텐트도 있지만, 숲속처럼 평평하지 않은 곳에서 쓸 일이 많은 채집자들에겐 비용과 내구도를 고려했을 때 튼튼한 가죽 텐트 말고 다른 선택지는 없는 거나 마찬가지다.

그에 비해 이번에 사라사가 만든 텐트는 연금술을 이용해 얇고 가벼운 가죽의 내구도 향상을 이루어냈기에 튼튼함과 휴대성을 겸비한 물건이다.

그런 만큼 크기는 성인 남자가 겨우 잘 수 있는 정도에 불과했고 일반적인 텐트보다 비용이 대폭 많이 들었지만, 결과적으로 커다란 수통 정도 크기까지 줄였기에 역시 아티팩트라 할 수 있을 것이다.

"흐음. 그럼 미리 사두면 좋았을 텐데? 노르드는 지금까지 자주 조사하러 갔었지?"

아이리스가 '다른 사람 텐트에 신세를 질 필요가 없지 않나'라는 생각을 은근히 드러내자 노르드랫은 의아하다는 표정을 지었다.

"어라? 혹시 이런 아티팩트를 마음 내키면 간단히 살 수 있을 거라 생각해? 확실히 말해서 여기는 꽤 특수하거든?"

주문 생산이라는 의미로 오더 메이드라면 많은 가게에서 받고 있다.

하지만 그건 연금술 대사전에 나와있는 아티팩트를 만들어주는 것에 불과하다.

플로팅 텐트를 예로 들자면 그냥 공중에 뜨기만 하는 기능에 사이즈 차이가 몇 종류 있을 뿐이다. 이번에 사라사가 만든 것처럼 크기, 소재, 기능 등이 커스터마이즈된 물건을 만들 수 있는 연금술사는 그리 많지 않다.

"그중에서도 주문한 지 며칠 만에 만들어주는 연금술사는 거의 없을걸? 그런 실력이 있다면 보통은 주문을 잔뜩 떠안고 있을 테니까. 시골 가게라면 한가한 사람도 있겠지만, 그런 경우에는 실력이 문제가 되고."

사라사의 가게는 극단적인 사례지만, 보통 가게를 내는 비용은 도시가 압도적으로 비싸고 시골은 저렴하다.

필연적으로 시골에 가게를 낸 연금술사는 도시에 가게를 내지 못한── , 다시 말해 기술이 떨어지는 연금술사일 경우가 많다.

물론 어떤 사정이나 변덕, 조기 은퇴로 시골에 거점을 마련한 연금술사 중에 실력이 뛰어난 사람도 있긴 하지만, 그숫자는 별로 많지 않다.

"그러니까, 점장님이 꽤 특수하다는 건가?"

"이 나라의 유일한 양성학교를 실질적인 수석으로 졸업한데다 마스터 클래스의 제자잖아? 그게 특수하지 않으면 뭔데. 어째서 이런 곳에 있는 건지 신기할 정도야."

"이야기를 들어보니 그렇네……?"

빚을 떠안게 된 아이리스와 케이트에게는 연금술사의 가게가 단순히 소재를 팔기 위한 곳이었기에 아티팩트를 구입할 만한 여유도, 연금술사와 친해질 기회도 없었다.

마을에서 벗어난 적이 없는 로레아와 비교하면 그나마 낫지만, 작은 기사작 영지에서 자란 아이리스와 케이트도 연금술에 대한 지식은 그리 많지 않았기에 연금술사의 기준은 사라사였다.

그녀가 특별하다는 건 인식하고 있지만, 그게 어느 정도인지는 이해하지 못하고 있다.

확실히 말하자면 인식하고 있으면서도 세상의 일반 상식과는 약간 엇나가고 있는 것이다.

"그런데 노르드는 점장님에 대해 잘 아는군? ……아, 그러고 보니 레오노라의 소개를 받고 왔었지."

"맞아. 그런데 나는 그쪽도 신경 쓰이거든?"

노르드의 시선이 향한 곳은 아이리스의 어깨.

그곳에서 고개를 내밀고 있던 것은 그녀가 짊어진 꾸러미에 달라붙어 있는 쿠루미였다.

집을 나설 때는 '드디어 내 차례다'라는 듯이 기뻐하며 쿠루미를 끌어안은 아이리스도 이제부터 호위를 할 텐데 손을 못 쓰는 상태는 위험할 거라며 케이트가 설득해서 어쩔 수 없이 꾸러미 위로 옮겼다.

"그거 호문쿨루스지? 사라사 군 거야?"

"그래. 용케 알았군? 점장님이 우리를 걱정해서 붙여준 거다."

"이래 봬도 마물 연구자니까. 연금술사와 엮이는 일도 많으니까 호문쿨루스 정도는 알아. 그런 형태는 처음 봤지만."

"고양이 같은 게 많은가?"

"인기가 있는 건 그쪽이지. 그리고 새라거나. 정찰에 쓸 수 있으니까. 전투용은 늑대를 쓰는 사람도 있던가? 드물긴 하지만."

대형 호문쿨루스가 드문 건 연금술사에게 싸울 기회가 거의 없다는 것과, 제작 난이도의 영향이다.

우선 배양조. 반드시 배양조 안에서 완성시킬 필요는 없지만, 바깥으로 꺼내면 성장 속도가 평범한 생물과 비슷하기 때문에 완성될 때까지 수십 배에서 수백 배의 시간이 필요하다.

쿠루미 같은 경우에는 이게 완성형이지만 보통 크기의 곰을 만들려고 하면 자주 마력을 불어넣어 주어야 하고, 몇 년 동안 그런 수고와 시간이 든다.

그렇다고 해서 곰 크기의 배양조를 마련하는 건 어렵다. 만드는 건 물론이고 보관할 장소도 필요하기 때문이다.

그리고 마력. 필요한 양은 호문쿨루스의 크기에 비례하고, 그 크기에 걸맞은 마력을 공급하지 못하면 제작에 실패해서 호문쿨루스의 몸이 붕괴한다.

그리고 완성시킨 뒤에도 정기적으로 마력을 보충해줄 필요가 있기에 너무 큰 호문쿨루스를 만들어버리면 평소에 하는 연성 작업에도 영향이 생긴다.

그렇기 때문에 현재 주류는 작은 새나 쥐이고, 마력에 여유가 있더라도 고양이 정도로만 만드는 것이다.

"사실 그 호문쿨루스는 크기 말고도 약간 이상한 게 있단 말이지."

"응? 뭐가? 희귀한 타입일지는 모르겠지만, 귀엽잖나?"

아이리스가 바닥에 쿠루미를 올려놓고 자랑하는 듯이 보여주자 노르드랫은 쓴웃음을 지었다.

"그 말은 부정하지 않겠지만, 그거 말고. 그거 자립 행동하는 거지? 보통은 제작자에게서 멀리 떨어진 곳에서 그렇게 하지 않아──, 아니, 못한다고 해야 하나?"

호문쿨루스는 제작자에게서 떨어지면 떨어질수록 감각의 공유와 조작, 신체 유지에 필요한 마력 소비가 늘어나게 되고, 거기엔 호문쿨루스에 비축된 마력이 쓰인다.

그리고 그게 모두 떨어지면 호문쿨루스는 소멸한다.

노르드랫의 상식으로 따지면 몇 주에 걸쳐서, 그것도 꽤 멀리 간다는 걸 알면서도 호문쿨루스를 맡긴다는 건 있을 수 없는 일이었다.

중간에 붕괴하더라도 상관없다고 생각한 건지, 아니면 그렇게 먼 거리, 오랜 기간이라도 유지할 수 있는 자신이 있는 건지.

"그래서 조금만 조사해보고 싶은데──."

"아, 안 된다! 쿠루미는 넘기지 않을 거다!"

아이리스가 쿠루미를 지키려는 듯이 끌어안은 다음 아무리 봐도 매드한 미소를 드리우고 있는 노르드랫에게서 거리를 벌리자 케이트도 아이리스를 지키듯 한 발짝 앞으로 나섰다.

"노르드 씨, 쿠루미는 점장 씨가 우리를 믿고 맡겨준 거야. 연구 대상으로 넘길 수는 없어."

"그렇겠지. 돌아가서 사라사 군에게 의논하는 게 맞겠지."

노르드랫은 쉽사리 물러난 다음 고개를 끄덕이며 방긋 웃었다.

"그럼 슬슬 출발해볼까."

"……그래. 노르드는 우리 뒤를 따라와."

쿠루미를 다시 등에 올려놓은 아이리스는 노르드랫을 약간 경계하며 숲으로 걸어가기 시작했다.

숲으로 들어선 지 사흘.

아이리스 일행의 일정은 어떤 의미로는 순조로웠고, 어떤 의미로는 정체되어 있었다.

다행히도 마물과 별로 마주치지 않고 나아가고 있었는데——.

"오오! 이건 찢김 버섯이잖아! 신기하네! 음, 찢어진 부분의 폭이 3센티미터, 나무 종류는 뉴크 라이트, 습기가 많고 주위에 낀 이끼는——."

"음! 여기 있는 건 브레프 캐리오구나. 땅속 줄기 두께는……, 꽤 두껍네. 이건 흙의 영향인가?"

"어엇?! 이 물가에는 메오니디스가 모여있군! 물속의 꽃은……, 아직 없고. 계절로 따지면 슬슬 나올 텐데, 장소 때문인가?"

정체된 원인은 이것——, 노르드랫의 조사 때문이다.

한번 멈춰서면 한 시간 넘게 걸릴 때도 있었다.

이래선 빨리 나아갈 수가 없지만 지금까지는 아이리스와 케이트도 잠자코 기다렸다.

보수는 걸린 날짜만큼 받게 되니 일정이 늦어지더라도 아이리스와 케이트는 손해를 보지 않는다.

하지만 그게 사흘 정도 이어지니 초조한 마음도 생겼다.

식량에는 한도가 있고, 오랫동안 멈춰 있으면 가끔 마물도 습격했다.

그걸 쓰러뜨리면 주위에 피 냄새가 퍼져서 마물들을 더 끌어들이지만, 그럼에도 불구하고 노르드랫은 좀처럼 움직이려 하지 않았기에 움직이게 만드는 데 애를 써야 했다.

이래서야 불평을 할 수밖에 없지만——, 그래도 상대는 의뢰자다.

"이봐, 노르드. 이런 말을 하긴 좀 그렇지만, 아무리 그래도 시간이 너무 오래 걸리는 거 아닌가? 준비 기간 중에도 숲으로 들어가서 조사를 했었잖아? 이제 충분하지——."

아이리스가 조심스럽게 이야기를 꺼냈지만, 노르드랫은 그 말을 힘차게 부정했다.

"마을 주변을 조사하긴 했지만, 이 근처는 식생이 다르다고! 이걸 조사하지 않는다니, 연구자로서 말도 안 되는 일이지!"

"음……, 나는 연구에 대해 잘 모르지만, 식량 문제도 있다. 현지 조사 기간을 고려하면 그리 느긋하게 있을 수는 없을 것 같다만."

"그렇단 말이지. 돌아갈 것도 고려하면 이대로 가다간 여유가 없겠어."

"그렇게 말하니…….."

두 사람의 논리적인 반론에 노르드랫도 말을 얼버무렸다.

그의 연구에 대한 열정이 아무리 뜨겁다 하더라도 먹고 마시지 않고 연구를 계속할 수 있을 정도로 인간을 벗어나지는 않았고, 아이리스와 케이트는 굳이 따질 필요도 없다.

"……아무리 그래도 너희가 잡초 수프를 먹게 할 수는 없겠지."

"그런 걸 먹고 다녔나?!"

"연구 상황에 따라서? 꽤 먹을 만하거든?"

"여유를 가지고 연구에 임해라! 애초에 이 근처에는 잡초조차 없는데?!"

태연하게 대답한 노르드랫에게 아이리스가 소리 질렀다.

"……혹시 아까부터 식물만 조사하는 것도 관련이 있는 건가요? 노르드 씨는 마물 연구자죠?"

"조금은. 사실 난 마물보다 벌레나 식물 연구를 하고 싶었거든."

"응? 하면 되잖나?"

"그럴 수 있다면 고생도 안 했겠지. 나도 잡초만 먹고 살 수는 없고……. 벌레 연구에 돈을 내줄 사람이 있을 것 같아?"

"……없을 것 같네요."

케이트가 잠시 생각하다가 고개를 젓자 노르드랫도 마찬가지로 쓴웃음을 지으며 어깨를 으쓱였다.

"그렇지? 식물도 연금술사를 뛰어넘는 건 거의 힘드니까 이쪽 방면으로 먹고살기는 어렵거든. 그래서 마물 연구를 하는 짬짬이 취미로 조사할 수밖에 없어서."

케이트는 '짬짬이치고는 시간을 너무 많이 들이는 것 아닌가?'라는 생각이 들었지만, 노르드랫이 한 말을 듣고 고개를 끄덕일 수밖에 없었다.

식물도 벌레도 실용적인 면, 다시 말해 돈이 되는 연구는 많은 연금술사들이 이미 진행하고 있다.

그런 반면 생태 등에 대해서는 거의 하지 않지만, 이쪽은 좀처럼 이익과 연결되지 않는다.

마물의 연구에 보상금이 나오는 것은 그것이 안전에 도움이 된다고 국가에서 판단하기 때문이기에 벌레나 식물 연구가 인정받을 가능성은 한없이 작다.

"돈이 되는 연구라⋯⋯, 식물의 재배 방법은 어떤가? 연금술사만 키울 수 있는 약초, 그것의 일반적인 재배 방법을 확립시킨다면 큰 이익을 얻을 수 있을 텐데?"

"약초 재배⋯⋯, 그걸 평범한 사람도 할 수 있게끔⋯⋯?"

아이리스의 제안을 들은 노르드랫은 멈춰 서서 생각에 잠겼다. 연구 논문을 파는 것밖에 생각하지 않았던 그에게 그 제안은 대담한 발상의 전환이었다.

"하지만 내가 키워봤자 큰 이익은⋯⋯, 아, 그래서 '재배 방법을 확립'하는 거구나."

팔짱을 끼고 중얼중얼 말하기 시작한 노르드랫을 보고 아이리스와 케이트도 멈춰 섰지만, 지금부터 좀 편해질 수 있다면 상관없겠다는 생각에 아무런 말도 하지 않고 제자리에서 대기했다.

"그러니까, 사람을 고용해서 키우면 나는 아무것도 하지 않고 연구에 몰두할 수 있는 건가? 논문을 쓰지 않았어도 자금이 계속 들어오는 거야? ──응, 그래! 생각도 못 해봤어! 고마워, 아이리스 군! 당신은 천재야!"

고개를 번쩍 든 노르드랫은 아이리스의 손을 꽉 잡고는 활짝 웃으며 그 손을 위아래로 마구 흔들었다.

"아, 아니, 일단 말해두지만 그리 간단히 성공하진 못할걸? 아무도 하지 않는──지는 모르겠지만, 일반적이지 않으니까……."

"물론 그건 나도 알아! 하지만 내게는 쌓아온 연구 성과가 있어. 지금까지는 완전히 취미였지만, 이번 샐러맨더 조사를 인정받으면 보상금을 꽤 많이 받을 수 있을 것 같거든. 그걸 밑천으로 해볼게!"

노르드랫은 아이리스의 손을 잡은 채 눈을 반짝였지만, 정작 아이리스는 그 열기에 당황한 듯이 물러서고는 손을 살며시 놓았다.

"그, 그렇군. 열심히 해줘. 그러기 위해서라도 샐러맨더 조사에서 결과를 내야겠지?"

"그렇지! 그럼 서둘러 가자!"

노르드랫의 흥미가 다른 곳으로 넘어가자 이동 속도가 대폭 올랐다.

며칠 정도 만에 뒤처진 거리를 따라잡고, 거의 예정대로 용암 도마뱀이 서식하는 산에 도착한 일행. 하지만 기온이 높아지기 시작하자 점점 노르드랫의 걸음이 느려졌다.

당연히 방열 장비를 걸치고 있긴 하지만, 시원해 보이는 아이리스와 케이트에 비해 노르드랫은 꽤 힘든지 흐르는 땀을 계속 닦아내며 나아가고 있었다.

"휴우, 좀 덥네. ……너희 장비는 어느 정도까지 버틸 수 있어?"

"점장 씨 이야기에 따르면 용암에 발을 집어넣더라도 몇 초 정도라면 괜찮다고 했던가?"

"으음. 하지만 감싸지 못한 부분은 안 되니까 주의하라고 했지?"

"그거……, 상상했던 것보다 대단한데?"

아이리스와 케이트의 대답을 듣고 노르드랫은 깜짝 놀랐는데, 애초에 두 사람의 장비는 사라사가 안전성을 우선시하여 비용을 무시하고 마련한 물건이다.

샐러맨더의 브레스를 맞아도 살아남을 수 있게끔, 평범한 방열 장비와는 전혀 다른 품질로 만들어냈다.

그 성능은 용암 옆에서 치열한 전투를 벌일 수 있을 정도라 보통은 완전히 오버 스펙이다.

당연히 원래는 아이리스와 케이트가 살 수 있는 가격이 아니지만 사라사는 그런 이야기를 자세히 설명하지 않았고, 보수 대신 대충 넘겼다.

"하지만 샐러맨더를 조사하는 거잖아. 노르드의 장비도 그럭저럭 괜찮은 거겠지?"

"정말로 **그럭저럭**이거든. 그냥 가게에서 파는 거라서 용암 옆에서 어떻게든 버틸 수 있는 수준이야. 용암에 발을 집어넣는다면 그냥 죽겠지."

원래 가게에서 파는 방열 장비는 용암 도마뱀이 서식하는 에어리어에서 활동할 수 있는 수준의 성능에 불과해서 샐러맨더가 있을 정도로 고온 환경일 경우 '일단 생존은 가능한 수준'일 뿐, 장기간 활동하거나 전투를 벌이는 건 힘들다.

노르드랫이 지니고 있는 장비도 뛰어난 연금술사가 만든 물건이지만, 일반 제품과 특별 제작품의 차이는 분명했다.

"뭐, 용암 속에 들어갈 예정은 없으니 문제는 없어. 체력도 있고."

"정말 괜찮나? 이 장비로도 샐러맨더의 서식지는 힘들었는데……."

"그래? 나 같은 경우는 땀이 좀 폭포수처럼 쏟아지고, 가끔 탈수 증상 때문에 현기증이 나고, 하루에 한 번 정도 의식을 잃을 뻔한 정도였는데?"

사실이다. 호위하던 채집자가 없었다면 노르드랫은 저번

조사 지역에서 탈수 증상이나 열사병으로 죽었을 것이다.

그가 호위를 찾지 못하게 된 건 당연히 그런 기행 때문이다.

"그러니까 괜찮아. 단련했으니까."

노르드랫은 멋진 근육을 자랑했지만, 일반인이 그 말을 듣고 납득할 리가 없었다.

"아니, 그건 괜찮은 게 아니잖아?!"

"노르드 씨가 단련한 것 같긴 하지만, 그걸로 어떻게 될 문제가……."

"음~, 저번에는 어떻게 됐는데 말이지."

그건 그냥 운이 좋았을 뿐이다.

근육으로 어떻게 될 정도로 탈수 증상이나 열사병은 어설 프지 않다.

필요한 건 근육에 대한 신앙이 아니라 수분과 염분 보급 이다.

"그러면서도 용케 지금까지 살아남았구나? 다행히 물은 여유가 있긴 한데……."

산기슭에 있는 물가는 저번에 왔을 때 확인해두었고 아이 리스와 케이트는 물통을 가득 채워왔지만, 장소가 장소인 만큼 완벽한 준비라고 하긴 힘들 것이다. 그리고 노르드랫 을 보니 더욱 그랬다.

"이 앞에 물가는 없지?"

"온수라면 나오지만, 마실 수 있을지는 모른다. 노르드, 조사할 수 있나?"

"가능, 불가능을 따지자면 가능해. 그리 기대하긴 힘들겠지만."

뜨거운 물이 고인 진흙탕이 많다는 사실에서 알 수 있듯이 이 산에는 샘물이 많긴 하지만, 뜨겁다는 걸 제쳐두더라도 그걸 먹을 물로 쓰긴 힘들다.

샘물은 척 보기에도 마실 수가 없었고, 얼핏 깨끗해 보이더라도 방심할 수 없다는 걸 노르드랫은 경험을 통해 알고 있었다.

배탈이 나는 정도라면 그나마 낫다. 자칫하다간 목숨이 위험하다.

소량이라면 모를까, 먹을 물로 오랫동안 쓰는 건 최대한 피해야 할 것이다.

참고로 저번에 노르드랫이 무사히 살아남을 수 있었던 것은 호위를 맡은 사람들의 노력과 운이 좋게도 근처에 마실 수 있는 샘물이 있었기 때문이다.

"뭐, 아마 괜찮을 거야. 저번에도 어떻게든 됐으니까."

근거도 없이 마음 편한 소리를 하는 노르드랫을 보고 아이리스와 케이트가 동시에 한숨을 쉬었다.

기분 나쁜 예감이 들었지만, 이것도 일이라고 생각하며 걷기 시작한 그를 쫓아갔다.

용암 도마뱀 서식지에 도착한 노르드랫은 메모지를 들고 주위를 관찰하거나 진흙탕 온도를 재거나 아티팩트로 가스를 측정하는 등, 열심히 조사를 해나갔다.

　아이리스와 케이트는 호위로 주위에 서 있었지만, 저번에 왔을 때와 마찬가지로 용암 도마뱀이 적극적으로 덤벼들지는 않았다.

　여기에 있던 게 헬 플레임 그리즐리였다면 상황이 달라졌겠으나, 사라사가 샐러맨더를 쓰러뜨린 뒤 시간이 꽤 지났는데도 불구하고 적어도 아이리스가 보는 한 주변의 생태계에 변화는 없었다.

　"흐음, 흐음, 역시 헬 플레임 그리즐리는 없구나."

　"점장님 말로는 쫓겨난 모양이라고 하더군. 그 때문에 마을이 습격당했다만."

　"마을이 습격당한 건 그렇다 치더라도, 용암 도마뱀 때문에 헬 플레임 그리즐리 같은 다른 마물이 갈 곳을 잃게 되는 경우는 자주 있는 모양이야. 저번 조사 지역에서도 샐러맨더 주위에 있던 건 용암 도마뱀이었고."

　"노르드 씨, 다른 마물이 샐러맨더 주변에 있는 경우는 없어?"

　"음~, 조사 중이라고 해야 하나? 지금까지 용암 도마뱀 말고 다른 마물을 본 적은 없지만, 아직 샘플의 숫자가 적으니까."

　"그걸 조사하는 게 연구자라는 건가?"

"그렇지. 샐러맨더만을 조사하는 게 아니라 그 주변에 관련된 것들까지 확실하게 조사해야 평가를 받을 수——, 그러니까, 보상금을 많이 받을 수 있어."

어떤 의미로는 애절하면서도 매우 중요한 노르드랫의 말에 아이리스는 '그렇구나' 하고 감탄했다. 고개를 끄덕이고 있자니 그가 방긋 웃으며 계속 말했다.

"저번 조사 지역에서는 거기까지 손을 못 썼으니까——, 아이리스 군. 용암 도마뱀을 사로잡아 줄 수 있겠어?"

""⋯⋯네?""

동시에 잠시 침묵. 사이좋게 고개를 갸웃거린 아이리스 씨와 케이트 씨를 보고 노르드랫이 어깨를 으쓱였다.

"아니, 용암 도마뱀은 어떻게 끓어오르는 진흙탕 속에서 살아 있을 수 있는지 신기하지 않아?"

"⋯⋯마물이니까 그런 거 아닌가?"

"그렇게 넘겨버리면 마물 연구 같은 걸 할 수가 없어. 가능하다면 원리를 규명하고, 그러지 못하더라도 어느 정도 온도까지 버틸 수 있는지, 불로 태웠을 때는 어떻게 되는지 등을 조사해야지."

"단순히 생태 조사만 하는 게 아니네요."

"그렇지. 본 것만 적어봤자 대단한 평가를 받을 순 없어. 그리고 많이 알려진 정보도 실제로 자신이 실험해서 확인해야지. 똑같은 결과를 얻게 되더라도 말이야."

하는 말은 매우 그럴싸하고, 어떤 의미로는 연구자의 귀감이다.

하지만 하는 요구는 터무니없다.

멀리서 용암 도마뱀의 눈을 쏴 꿰뚫을 수 있는 케이트도 사로잡는 건 간단히 해낼 수 있는 일이 아니다.

아니, 쏴서 꿰뚫는 건 전혀 의미가 없다고 해야 할 것이다.

사로잡는 건 완전히 힘만 쓰는 일이다.

사라사 같은 마법사가 아니라면 체력, 근력만이 효과를 보인다.

애초에 평범한 장비로는 닿기만 해도 화상을 입게 되는 용암 도마뱀.

방열 장비가 없다면 제압조차 불가능하지만.

"……할 거야? 아이리스."

케이트가 안색을 살피는 듯이 확인하자 아이리스는 떨떠름한 표정으로 고개를 끄덕였다.

"할 수밖에 없지. 시세 이상의 보수를 받는 거잖아. 의뢰자의 요청을 무시할 순 없어."

"그렇지, 편한 일만 하고 비싼 보수를 챙길 순 없으니까. 아이리스, 신체 강화는?"

"나중을 생각하지 않는다면 5분 정도는 유지할 수 있지만, 움직이지 못하게 될 수는 없으니까. 현실적으로는 2~3분이 한계일 거야. 케이트의 마법은?"

"지면을 어느 정도 부드럽게 만들 수는 있지만, 겨우 그 정도지."

케이트 일행이 사라사에게 마법을 배우는 동안, 마력으로 신체를 강화하는 법을 배운 아이리스.

마법과는 달리 뜻밖의 재능을 보인 그녀는 아직 미숙하지만, 지금도 짧은 시간 동안이라면 우락부락한 남자를 뛰어넘는 힘을 발휘할 수 있게 되었다.

다시 말해 용암 도마뱀의 포박도 불가능한 건 아니지만, 아무래도 일손이 부족하다.

"기본적으로는 제압해서 밧줄로 묶을 수밖에 없을 것 같은데……."

"어떻게 그 상황을 만들지가 문제지. ……함정이라든가?"

"하지만 내가 상반신을 제압하더라도 꼬리가 있어. 그 공격도 꽤 강력한데?"

"나 혼자서는……, 노르드 씨도 도와주실 건가요?"

"내가 할 수 있는 일이라면 물론 해야지. 싸움을 잘하는 건 아니지만, 근육이라면 빌려줄 수 있는데?"

힘을 빌려준다고 해야지.

그래도 그렇게 많은 짐을 짊어지고 아무렇지도 않게 아이리스와 케이트를 따라오는 체력과 근력은 대단하다. 용암 도마뱀을 사로잡는 데 도움이 될 건 분명하다.

그렇기 때문에 케이트는 자잘한 걸 대충 넘기고 진짜 요구를 제시했다.

"그럼 좋겠네요. 그런데 가능하면 연구자로서의 지혜도 빌려주실 수 있을까요?"

"지혜? 근육이 아니라? 그렇다면 말이야. 사로잡을 때 항상 쓰는 그물이 있으니까 그걸 쓰자고. 특수한 그물이니까 용암 도마뱀에게도 쓸 수 있을 거야."

──그런 게 있다면 처음부터 가르쳐주지.

──연구자는 두뇌 노동을 하는 사람 아니었어?

두 사람은 그런 마음을 집어삼키며 자잘한 순서를 정해나갔다.

케이트가 날린 화살이 용암 도마뱀의 머리에 부딪혀 타악, 튕겨 나왔다.

하지만 문제는 없다. 혼자 있던 용암 도마뱀은 반격이 아니라 도주를 선택했다.

그건 이미 여러 번 경험한 일이다.

"아이리스! 갔어!"

"그래! 이얍!"

기다리고 있던 아이리스가 살짝 공격을 가해 도망치는 방향을 조정했다. 용암 도마뱀을 몰아넣은 곳은 케이트가 만든 진흙 상태의 지면에 노르드랫의 그물을 숨겨둔 곳.

그 상황에 이르기까지 혼자서 느긋하게 있고, 도망칠 방향을 조정할 수 있고, 함정을 설치할 여지도 있는, 그렇게 딱 좋은 곳에 있는 용암 도마뱀을 찾기 위해 꽤 힘든 작업을 거쳐야 했지만, 일단은 생략.

모처럼 그런 용암 도마뱀을 찾았는데도 함정을 설치하는

동안 이동하거나, 예상했던 방향으로 도망치지 않아서 실패하는 등 고생하기도 했지만, 그것도 생략.

수많은 고난을 넘어서서 드디어 용암 도마뱀을 함정에 몰아넣은 두 사람은 동시에 외쳤다.

""노르드 (씨)!!""

"내게 맡겨줘!"

노르드랫이 밧줄을 당기자 숨겨두었던 그물이 솟구쳤고, 용암 도마뱀에게 얽혔다.

움직임이 가로막힌 용암 도마뱀은 버둥거리며 도망치려 했지만, 바로 아이리스가 달려들어 덮치듯 머리를 억눌렀다.

"크윽, 뜨거워! 서둘러!!"

진짜 용암조차 견뎌낼 수 있는 아이리스의 장비라면 용암 도마뱀의 체온도 문제가 되지 않는다.

하지만 드러나 있는 얼굴에는 효과가 약하고, 닿기라도 하면 확실하게 화상을 입을 것이다.

아이리스는 그것을 피하며 날뛰는 용암 도마뱀을 겨우 억눌렀지만, 근력을 강화한 상태에서도 체중 차이가 컸기에 질질 끌려가 버렸다.

급하게 뛰어온 케이트가 뒷다리에 밧줄을 걸치려 했지만, 용암 도마뱀의 발톱이 날카로웠기에 거기에 긁히기만 해도 큰 부상을 피할 수 없었다.

"꼬, 꼬리도, 힘이 꽤 센데?!"

노르드랫도 끌어안듯이 꼬리를 붙잡았지만, 용암 도마뱀

도 필사적이었다.

따악, 타앙, 세차게 지면을 내리치는 꼬리의 위력은 강했고, 굴러다니던 돌을 부술 정도였다. 제대로 맞으면 뼈까지 쉽사리 분쇄될 것이다.

"끄으으……."

노르드랫은 땅바닥을 밟으며 필사적으로 버텼지만──.

"으앗!"

발이 약간 미끄러진 그 순간, 노르드랫의 몸이 공중으로 높게 떠올랐다.

그리고 곧바로 낙하. '쿠웅!', 묵직한 소리와 동시에 바위에 내동댕이쳐졌다.

"노르드! 괜찮나?!"

"무, 문제없어……. 단련한 이 근육이 없었다면 위험했겠지만 말이야!"

꼬리에 맞은 게 아니라 내던져진 게 다행인 것 같다.

고개를 흔들며 몸을 일으킨 노르드랫은 말 그대로 크게 다치지 않았다.

숨을 내쉬며 알통을 보이는 노르드랫을 보고 아이리스의 관자놀이에 푸른 핏줄이 드러났다.

"그럼 그 근육으로 얼른 꼬리를 눌러!"

아이리스 일행에게 용암 도마뱀이 큰 위협이 되지 못했던 건 미리 준비해서 유리한 상황에 몰아넣었기 때문이다. 보통은 쉽사리 쓰러뜨릴 상대가 아니다.

신체 강화로 어떻게든 버티고 있긴 하지만, 그 효과가 끝나버리면 균형이 무너지고 아이리스 자신의 목숨도 위험할지 모른다. 말투가 거칠어지는 것도 당연하다.

"못한다면 죽인다! ──상황에 따라서는 너도."

"자, 잠깐만, 잠깐만! 지금 갈 테니까!!"

아이리스가 살벌한 말을 하며 허리에 차고 있던 검 쪽으로 손을 뻗는 모습에 노르드랫은 급하게 일어나 용암 도마뱀의 꼬리 쪽으로 달려들었다.

"여, 역시 꽤 강한데! 크윽, 이 녀석!"

노르드랫은 좀 전에 덤벼들었을 때 학습한 건지 휘두르는 위력이 강한 꼬리 끄트머리가 아니라 최대한 안쪽을 억누르려 했지만, 용암 도마뱀의 근력은 경이로웠다.

아니, 아이리스와는 달리 자신의 힘만으로 어느 정도나마 억누르고 있는 노르드랫이 경이적이라고 해야 할까.

하지만 겨우 팽팽하게 맞서고 있는 것도 다른 두 사람의 노력 덕분이다.

"이, 이렇게 강한 힘이 헬 플레임 그리즐리를 쫓아낸 요인인가!"

"이런 상황에서도 연구해?!"

"크으윽, 쓰러뜨려도 되는 거면 쉽사리 쓰러뜨릴 수 있는데!"

"힘내, 아이리스! 얼마 안 남았으니까!"

다리를 다 묶은 케이트가 몸통에도 밧줄을 둘러 용암 도마뱀의 움직임을 막았다.

함정에 사용한 그물도 더욱 조이고, 몸을 뒤집어서 데굴데굴.

그렇게 아이리스 일행에게는 영원히 이어진 것 같은 격투를 벌이다가······.

기어코 용암 도마뱀이 완전히 꽁꽁 묶인 상태가 되었고, 꿈틀거리며 몸부림만 치게 되었다.

"해, 해냈어!"

"그래! 해냈다!"

땅바닥에 철퍼덕 주저앉은 **두 사람**은 눈부신 미소를 지으며 손을 짝, 마주쳤다.

방열 장비가 있는데도 미처 막지 못한 열기와 거친 격투로 인해 솟아난 땀이 얼굴에 흘러내렸지만, 무사히 포획에 성공한 지금은 그것조차 기분이 좋았다.

케이트는 물을 한 모금 마신 다음 아이리스에게 넘기고 후드를 벗어 땀을 닦았다.

그리고 마찬가지로 땀을 닦고 있던 그녀와 마주 보고 웃고는 동시에 숨을 내쉬었다.

"이번에는 진짜 힘들었어."

"그래, 정말로. 그래도 이제——."

"응. 그럼 이런 식으로 몇 마리 더 잡아줘."

"" "어······?" ""

믿기지 않는 말을 들은 두 사람은 미소가 얼어붙은 채 천천히 노르드랫을 돌아보았다.

"아니, 검증하려면 대조 실험을 할 필요가 있으니까. 여러 마리가 필요하잖아?"

자신도 꽤 고생했을 텐데, 태연하게 웃으며 말하는 노르드랫.

"".......""

아이리스와 케이트는 용암 도마뱀을 함정에 몰아넣기까지 걸린 시간과 그 이후로 벌이게 된 격투를 떠올리고 노르드랫을 빤히 바라보았지만, 그의 미소는 여전했다.

"노르드 씨, '몇 마리 더'라고 하는 걸 보니 한 마리만 더 잡자는 게 아니죠?"

"당연하지. 두 마리를 비교해봤자 별 의미가 없으니까. 최소한 세 마리, 가능하다면 대여섯 마리는 필요하거든. 정확한 실험 결과를 얻으려면."

"......노르드, 적당히라는 말을 알고 있나?"

"연구자의 사전에는 없는 말인데. 그 대신 '엄밀히'라는 말이 있거든."

뻔뻔하게 말하는 노르드랫 때문에 아이리스와 케이트는 허무한 눈으로 하늘을 올려다보았다.

아이리스와 케이트의 시련은 그걸로 끝난 것이 아니었다.

"용암 도마뱀은 온도가 매우 높은 진흙 안에 알을 낳는다고 하거든. 케이트 군, 좀 찾아줄 수 없을까?"

"이렇게 뜨거운 진흙 속을요?!"

"아니, 어째서 알이 삶아지지 않는 건지 신기하잖아?"

"신기하더라도 다가가면 위험……."

"이 자루가 달린 그물을 빌려줄 테니까."

"갑자기 뜨거운 물이 솟구칠 수도 있는데요?!"

"방열 장비가 있으면 괜찮아! 아마도."

""…….""

"혼자 있는 용암 도마뱀을 공격했을 때는 도망치는데, 집단으로 있을 때는 반격한다는 이야기 알아?"

"……그래, 들어본 적은 있지."

"다음에는 어느 정도 집단이면 반격당할지 검증해볼까?"

"아니! 아니! 반격당하면 위험하다만?!"

"음~, 열심히 하자고!"

"아, 아무리 그래도 그건……."

"하는 김에 개체별로 어느 정도 떨어져 있으면 집단으로 간주하는지 검증도 해보고 싶거든."

""………….""

"맞아, 맞아, 화염석도 조사에 필요하거든. 미안한데 아이리스 군, 최대한 많이 모아줘."

"용암 도마뱀이 먹어서 거의 없는데?!"

"괜찮아. 봐, 저기 뜨거운 물이 뿜어져 나오는 곳 근처에는 꽤 많이 남았거든?"

"아니, 열기는 어떻게든 견딜 수 있지만 위험한 가스라든가──."

"유독 가스를 감지할 수 있는 아티팩트도 있는데?"

""………….""

◇ ◇ ◇

"……이제야 본격적으로 조사를 하겠구나."

"그래……. 정말로 이제야 말이지."

오랜 고행을 마친 두 사람의 말에는 여러 감정이 담겨 있었다.

호위 일을 맡아줄 채집자가 없어진 이유, 그리고 시세보다 훨씬 비싼 보수를 제시한 이유, 그걸 몸소 실감한 나날들.

샐러맨더의 소굴로 이어지는 동굴을 내려가며 쥐어 짜낸 듯한 목소리로 이야기하는 두 사람에 비해 그 뒤를 따라가는 노르드랫의 발걸음은 가벼웠다.

오른손에는 조명 아티팩트, 왼손에는 밧줄로 꽁꽁 묶인 용암 도마뱀 여러 마리.

그걸 질질 끌고 가며 기쁜 듯이 방긋방긋 웃고 있었다.

그럴 만도 했다. 저번 조사 지역에서는 호위 채집자들이 거부해서 하지 못했던 각종 조사, 실험이 아이리스와 케이트의 피 같은 땀을 통해 실현할 수 있게 되었기 때문이다.

"아, 정말 덕분에 살았어. 이제 힘든 건 별로 안 남았으 니까!"

"……정말인가? 정말로? 본격적인 조사는 지금부터인데?"

"물론이지! 조사는 사전 준비가 중요하니까. 괜찮아!"

노르드랫은 밝게 웃고는 엄지손가락을 치켜들었다.

지금까지 해왔던 일이 있기에 아이리스는 의심에 사로잡 혔지만, 실제로 노르드랫은 그녀들이 거부한다면 억지로 강요할 생각이 없었다.

하지만 불만을 제기하면서도 일을 확실하게 해주는 두 사 람을 보고 요구가 점점 늘어난 건 부정할 수 없기에 약간 지 나쳤다고 반성하고 있었다──, 노르드랫치고는 드물게도.

다시 말해 그 정도로 터무니없는 일을 했다고도 할 수 있 겠지만.

아이리스와 케이트가 곱게 자랐고 성실한 성격이었기에 노르드랫에게는 좋은 결과가 나왔다고 할 수 있을 것이다.

"일이니까 할 수 있는 건 하겠지만……."

"점장 씨하고는 달리 우리는 일반인이거든."

사라사가 들으면 분명히 '저도 일반인이에요!'라고 맞장 구를 칠 사람이 별로 없을 주장을 하겠지만, 안타깝게도 이 곳에 사라사를 옹호해줄 사람은 없었다.

"하하하, 무사히 끝나면 보수를 조금 더 얹어줄 테니까 조 금만 더 힘내."

"으음. 평소라면 계약 이상의 돈은 필요 없다고 거절했겠지만……."

중간까지는 '받은 돈에 비해 편한 일'이라고 생각하며 미안해하기까지 하던 두 사람도 용암 도마뱀의 서식 지역에 들어선 뒤에는 지금까지 편했던 반동이 온 것처럼 터무니없는 상황의 연속이었다.

비싼 보수에 걸맞은──, 아니, 그 전까지와는 정반대의 의미로 보수에 걸맞지 않은 일을 요구당했기에 그녀들의 정신과 체력이 팍팍 깎여나가게 되었다.

"솔직히 말해서 나는 쿠루미가 없었다면 노르드에게 살의가 싹텄을 거야."

"정말 그렇지."

"가우?"

자기 이름을 부르자 쿠루미가 아이리스의 등에서 의아하다는 듯이 고개를 갸웃거렸다.

쿠루미는 직접 아무것도 하지 않았지만, 그 폭신폭신한 느낌은 두 사람의 정신을 치유해주고 있었다.

살의 같은 이야기는 농담이겠지만, 만약에 그 치유 효과가 없었다면 아이리스와 케이트가 마지막까지 노르드랫의 실험을 도와주지는 않았을 것이다.

의외로 날카로운 시선이 날아들자 노르드랫은 식은땀을 흘렸다.

"그, 그럼 사라사 군에게 감사해야겠어!"

"쿠루미에게도 말이지. ──아, 도착했군. 여기가 샐러맨더가 있던 곳이다."

동굴을 끝까지 내려간 그곳은 빛나는 용암으로 붉게 물들어 작열하는 공간이었다.

방열 장비가 없으면 가는 것조차 힘들고, 인간의 존재를 거부하는 것 같은 곳.

하지만 노르드랫은 주위를 둘러보고는 두 팔을 벌리고 기뻐하며 소리쳤다.

"이거, 이거, 전형적인 샐러맨더의 서식지구나!"

"실제로 있었으니까. 딱히 변화는……, 없는 것 같군."

저번에 왔을 때와의 차이는 샐러맨더가 존재하지 않는 것 정도였다.

"응, 실험하기에는 딱 좋은 느낌이야. 그럼 바로──."

느르드랫은 가지고 있던 조명 아티팩트를 땅바닥에 내려놓은 다음, 용암 도마뱀을 용암 쪽으로 질질 끌고 가서 그중 한 마리의 꼬리를 그 안에 첨벙. 잔혹한 동물 학대를 시작했다.

용암 도마뱀도 당연히 몸을 꿈틀거리며 버둥버둥 날뛰었지만, 그는 그걸 억누르다가……, 꼬리를 들어 올렸다.

"잠깐이라면 문제가 없는 것 같네. 역시 '유사 샐러맨더'야."

"……저기, 노르드? 그게 무슨?"

약간 기쁜 듯한 노르드랫을 보고 표정이 굳은 아이리스가 물었지만, 그는 태연하게 대답했다.

"용암 도마뱀이 용암을 견뎌낼 수 있는지 실험하는데?"

"아니, 그건 이름뿐이고, 실제로는 용암 속에선 생존할 수가 없잖아?"

적어도 아이리스는 사라사에게 그렇게 들었다.

"나도 그 사실은 알고 있지만, 내가 직접 확인한 건 아니니까. '책에 그렇게 적혀 있었습니다'라고 하면 연구 논문으로서 너무 한심하잖아?"

"그러기 위해 실험한다는 건가?"

"검증되지 않은 연구 논문 따위는 그냥 망상을 늘어놓은 거나 마찬가지니까."

그리고 다시 첨벙. 시간을 늘려가며 몇 번 반복한 다음, 꼬리가 숯으로 변해버렸을 때는 용암 도마뱀의 저항도 약해졌다.

"상상했던 것보다 열에 강하네……. 자, 다음은 하반신을 넣어볼까!"

그런 무자비한 말과 동시에 용암에 몸을 푹 담그게 된 용암 도마뱀은 다시 날뛰기 시작했지만, 이번에도 마찬가지로 제압당해 제대로 움직이지 못했다.

"그런데 용암 속에서 움직일 수 있는 이유는……, 대체 뭐지?"

"".......""

되풀이되는 냉혹한 실험. 잘 봐줘도 동물──, 아니, 마물 학대다.

그냥 보면 고문 같은 상황.

마치 '단숨에 죽여줘!'라고 호소하는 것 같은 용암 도마뱀의 뜻밖에도 초롱초롱한 눈을 보고 아이리스와 케이트는 양심이 찔려서 눈을 슬쩍 피했다.

그리고 눈에 들어온 대조 실험 요원.

지푸라기 같은 가능성에 매달리려는 듯이 꽁꽁 묶인 채 어떻게든 도망치려 발버둥 치는 그 모습에 두 사람은 눈물조차 나오는 것 같았다.

물론 사로잡을 때 한 고생을 생각하면 풀어주자는 생각은 전혀 들지 않고, 오히려 눈물조차 쏙 들어갈 정도였지만.

평범한 동물이라면 모를까, 상대는 마물이다.

오히려 모처럼 잡은 용암 도마뱀이 소재조차 얻지 못하는 상태로 여러 마리 소비되는 쪽에 눈물이 나올 것 같았다.

"──응, 일단은 이 정도면 되려나?"

그래도 실험을 보는 것 자체는 결코 즐겁지 않았기에 노르드랫이 그렇게 말하자 아이리스와 케이트는 살짝 숨을 내쉬었다.

하지만 다음 순간, 만족스럽게 고개를 끄덕인 노르드랫은 이제 볼일이 다 끝났다는 듯이 만신창이에 가까운 용암 도마뱀을 용암 안으로 걷어차서 날려버렸다.

용암 도마뱀을 움직이지 못하게 묶어두고 있던 밧줄은 당연히 용암의 온도에 견디지 못하고 금방 녹아내렸고, 용암 도마뱀은 자유를 되찾았으나 그것도 잠시.

용암 속에서 발버둥 치던 그 몸도 이윽고 타오르며 천천히 가라앉았다.

노르드랫은 그런 용암 도마뱀의 모습을 냉정한 눈으로 빤히 관찰하며 들고 있던 노트에 결과를 적어나갔다.

"".......""

비정하다. 물론 마물을 치료해주는 게 말도 안 되는 일이라는 걸 아이리스와 케이트도 이해하고 있지만——.

"자. 그럼 대조 실험으로 한 번 더 해야지."

그렇게 말하고 꽁꽁 묶여 있던 용암 도마뱀 쪽으로 손을 뻗는 노르드랫을 본 아이리스와 케이트는 동시에 뒤로 돌아섰다.

"오래 기다렸지! 아, 유익한 실험을 할 수 있었어! 새롭게 발견한 것도 있고."

"……그거 잘됐군."

"그래, 정말……, 끝났다는 게."

용암 도마뱀의 입은 밧줄로 꽁꽁 묶여 있었기 때문에 마음을 헤집는 듯한 비명이 들리지는 않았지만, 그럼에도 불구하고 노르드랫의 빛나는 듯한 미소를 보니 뭐라 할 수 없는 마음이 솟구치는 걸 억누르기 힘든 두 사람.

"우리는 연구자가 될 수 없겠어."

"그냥 쓰러뜨리는 건 문제가 없는데……."

아이리스와 케이트도 마물을 쓰러뜨린 뒤에는 가죽을 벗기거나 해체해서 부위별로 자르거나 소재로 필요할 경우에는 눈알을 파내는 등 피비린내 나는 일을 하곤 했지만, 연구자의 방식과는 다른 부분이 있기 때문일 것이다.

"나도 딱히 좋아서 하는 일은 아니거든? 그래도 내 연구 결과로 인해 마물에게 피해를 입고 죽는 사람이 한 명이라도 줄어든다면 가치가 있다고 생각하니까."

쓴웃음을 지은 노르드랫의 표정을 보고 아이리스와 케이트는 자신들이 한 말이 그의 죄책감을 자극했다는 사실을 깨닫고는 껄끄럽다는 듯이 서로 마주 보다가 고개를 숙였다.

"그건……, 그렇지. 미안하다. 우리가 채집할 때 참고한 책도 누군가가 조사했기에 존재할 테고, 그 덕분에 보다 안전하게 채집 작업을 할 수 있는 거겠지."

"……그래. 미안해요, 노르드 씨."

"아하하, 신경 쓰지 마. 평범한 사람들은 이해하기 힘든 게 연구자니까. 주위 사람들이 수상쩍게 본다는 것도 이해하고 있고."

잔혹한 짓을 하고 있다는 생각은 들지만 그 감각은 거의 마비되었고, 새로운 실험 결과가 나오면 기뻐서 웃어버린다.

그런 노르드랫은 다른 사람이 보기에 마물을 괴롭히면서 기뻐하는 이상한 사람 같을 것이다. 스스로 그 사실을 이해하고 있으면서도 멈출 생각은 없으니 역시 일반인과는 어딘가 어긋난 게 분명하다.

"자! 마음을 다잡고. 전채 요리를 끝냈으니 이제 메인 요리야."

노르드랫이 미묘해진 분위기를 바꾸려는 듯 손뼉을 치자 아이리스도 맞장구를 치듯이 미소를 지으면서도 신경 쓰이는 걸 확실하게 물었다.

"정말 찐득한 전채 요리 같은데?"

실제로 샐러맨더 주위에 있을 뿐인 용암 도마뱀 조사에 며칠을 들였으니 맞는 말이다.

하지만 노르드랫은 손가락을 까딱거리며 씨익 웃었다.

"전채 요리를 대충 내놓으면 메인 요리가 괜찮아도 평가를 받기 힘들거든? 오히려 전채 요리부터 디저트까지 확실하게 갖추기 때문에 보상금을 받을 수 있는 거지."

"호오, 그런 구조구나……."

"구조라고 해야 하나, 내가 하고 싶은 일만 해서 돈을 받을 수 없다는 건 매우 당연한 거야. 상대방이 뭘 원하는가가 중요한 거지."

노르드랫은 가벼운 말투로 말했지만, 실제로는 그렇게 단순하지 않다.

나라에서 보상금을 내주는 이상 거기에 무언가 의도가 있는 건 당연하지만, 모두가 그 의도에 따라 연구결과를 낼 수 있다면 보상금을 받는 사람이 훨씬 많았을 것이다.

그런 와중에 노르드랫은 매번 보상금을 받고 있으니 그가 얼마나 우수한지 짐작이 된다——. 적어도 연구 쪽으로는.

"아마 여기에 들어있었을 텐데……, 아, 있네."

이야기를 하면서도 짐을 뒤적거리고 있던 노르드랫은 손

바닥보다 조금 큼직한 상자 모양 물건을 꺼낸 다음 그것을 빤히 바라보았다.

"노르드 씨, 그건?"

"이건 주변의 마력을 조사하는 계측기야. 계통까지 알 수 있는 고급품이지. 그런데……, 왠지 수속성 쪽으로 치우쳐 있네? 여기는 확실하게 화속성일 텐데. ……혹시 고장 났나?"

노르드랫은 인상을 찌푸리며 계측기를 흔들었지만, 거기에 뜬 수치는 변함이 없었다.

"화속성 계통도 충분히 높고, 떠다니는 마력량이 터무니없이 많은데……."

"아, 혹시 저번 전투 영향일지도 모르겠군."

아이리스가 생각났다는 듯이 그렇게 지적하자 노르드랫이 미심쩍어하며 고개를 들었다.

"전투의 영향이라고? 샐러맨더와 벌인 전투?"

"으음. 그때 점장님이 강력한 빙속성 계열 마법을 썼으니까. 안 그래? 케이트."

"그래. 꽤 강한 위력이었어요. 이 근처가 전부 완전히 얼어붙었으니까요."

노르드랫은 깜짝 놀라 주위를 둘러보며 용암을 손가락으로 가리켰다.

"……그럼 저기 있는 용암도?"

"네, 용암도."

다시 용암을 빤히 바라본 노르드랫은 크게 한숨을 쉬었다.

"정말 말도 안 되네. 역시 마스터 클래스가 제자로 삼을 만해."

"그 정도인가? ──아, 아니, 물론 점장님이 대단하다는 건 알고 있다만."

"그 정도야. 그야 샐러맨더에게 빙속성 계열 마법이 효과적이긴 하지만, 장소를 고려하면 현실적이지 못하지. 게다가 이 방뿐만이 아니라 용암까지 얼어붙게 하다니, 얼마나 강한 거냐고. 솔직하게 말하자면 정상이 아니지."

어이없다는 듯한 기색이 담긴 노르드의 말을 듣고 아이리스와 케이트는 서로 마주 보았다.

일단 귀족이긴 하지만, 로체 가문의 영지는 도시에서 멀리 떨어진 작은 마을.

그곳 출신인 아이리스와 케이트는 단적으로 말해 시골 사람이다.

채집자로 활동하면서 경험과 지식을 얻고 시야도 넓어졌지만 마법 같은 걸 볼 기회는 별로 없었기에, 연금술과 마찬가지로 마법의 기준도 사라사였던 것이다.

"그 정도인가? 강한 마법사라면 원래 그런 느낌 아닌가?"

"아니야. 사라사 군은 실질적인 수석 졸업자. 같은 나이 또래 중에서는 아마 이 나라에서 가장 우수할 거야. 적어도 종합적인 능력만으로는."

검술만, 마법만, 어떤 분야의 지식만.

조건을 한정 짓는다면 사라사보다 뛰어난 같은 나이 또래도 존재하겠지만, 모든 것을 높은 수준으로 갖추는 건 매우 힘들다.

　오히려 그런 능력이 있다면 졸업하기만 해도 높은 사회적 지위를 얻을 수 있는 연금술사 양성학교에 입학하지 않을 리가 없고, 그런 인재를 육성하는 게 학교의 목적이기도 하다.

　다시 말해 그곳을 수석으로 졸업한다면 필연적으로 같은 나이 또래 중 톱인 것이다.

　"그중에서도 사라사 군은 10년에 1명 나올까 말까 하는 수준 아닐까? 마스터 클래스가 제자로 삼으려고 할 정도니까. 이곳저곳에서 욕심냈을 거야."

　"그 정도라고……."

　인격은 그렇다 치더라도 연구자로서 깊은 지식을 지닌 노르드랫이 새삼 사라사의 능력을 지적하자 케이트는 깜짝 놀란 것과 동시에 감탄한 듯이 숨을 내쉬었다.

　"오히려 어째서 그런 아이가 이런 시골에 있는 건지……, 뭔가 아는 거 없어?"

　"모르는 건 아니지만……, 비밀이다. 나불나불 떠들어대는 건 마음에 들지 않아."

　아이리스는 입을 꾹 다물었지만, 노르드랫은 신경 쓰지도 않고 고개를 살짝 끄덕였다.

　"응, 딱히 억지로 말하라는 건 아니야. 약간 신경 쓰였을 뿐이고, 여자아이의 비밀을 캐낼 생각은 없으니까. ──뭐,

사라사 군이 벌인 건 그 정도로 비상식적이고 보통은 하지 못하는 행동이란 뜻이지."

"저희도 대단하다고 생각하긴 했는데……, 참고로 보통은 어떻게 쓰러뜨리죠? 샐러맨더."

"우선 소굴에서 나오게끔 꼬시지. 이게 기본이야. 아무리 방열 장비가 있다 해도 이런 곳에서 싸우면 체력이 못 버티잖아. 반대로 샐러맨더는 쾌적하고, 아무리 생각해도 불리하잖아? 검증은 불완전하지만, 용암에 들어가기만 해도 회복된다는 설이 있을 정도니까."

"나오게끔 꼬신단 말이지. 듣고 보니 그게 맞는 것 같은데, 그럼 점장 씨는 어째서……?"

"그야 셋이서는 힘드니까 그렇지. 여럿이서 교대해가면서 하지 않으면 체력을 유지할 수가 없으니까. 그렇게 쓰러뜨리는 상대라고."

동굴 입구 주변도 충분히 덥지만, 그래도 용암 바로 옆과는 비교도 안 된다.

전투를 벌이는데 어느 쪽이 더 적합한지는 굳이 말할 필요도 없을 것이다.

빙속성 계열 마법도 마찬가지니까 용암까지 한꺼번에 동결시키는 건 대체 얼마나 비효율적인지.

"아니, 어째서 셋이서 덤빈 거야? 사라사 군이라면 위험하다는 것 정도는 이해하고 있었을 텐데."

노르드랫에게는 매우 당연한 의문이었지만, 아이리스에

게는 매우 뜨끔한 말이었기에 씁쓸한 표정을 지으며 입을 다물었다.

"……자세히 말할 수는 없지만, 나를 돕기 위해서겠지."

사람을 모으는데 필요한 시간, 그렇게 모인 사람들에게 방열 장비를 마련해줄 비용, 사람이 늘어남으로써 줄어드는 보수.

사라사는 그런 것들을 고려해서 아이리스를 돕기 위해 허용할 수 있는 위험 요소를 감안하고 셋이서 샐러맨더 토벌을 실행했다.

하지만 그 원인이 로체 가문의 추문이기 때문에 아이리스는 말꼬리를 흐릴 수밖에 없었다.

"흠음? 뭐, 됐어. 나는 이렇게 실험 환경을 얻을 수 있게 되었으니 고마울 정도니까."

노르드랫도 대충 파악하고 있긴 했지만, 연구 말고는 별로 신경 쓰지 않는 그에게 자잘한 경위는 딱히 상관없는 일이었다.

이 환경을 마련해준 사라사에게 감사하며 조사 도구를 준비하기 시작했다.

"아, 시간이 좀 걸릴 테니까 두 사람은 편히 있어."

"그런가? 그럼 그렇게 하겠다만……, 이미 샐러맨더가 없어진 이곳을 조사하는 게 무슨 의미가 있지?"

"그 반대야, 아이리스 군. 샐러맨더를 조사하고 싶으면 샐러맨더가 있는 곳에 가면 되지. 하지만 서식지를 조사할 때 샐러맨더가 있으면 안 좋은 상황이야. 위험하니까. 쓰러뜨리는 것도 힘들고."

딱 좋게 샐러맨더가 쓰러졌고, 쓰러진 이후로 시간이 얼마 지나지 않은 이곳은 안전하게 서식지를 조사할 수 있는 귀중한 샘플인 모양이다.

"그러니까 한동안 기다려줘."

노르드랫이 조사를 시작한 지 벌써 사흘.

땀을 폭포수처럼 흘리면서도 그의 표정은 매우 활기가 넘쳤다.

──아이리스와 케이트는 매우 따분했지만.

그의 조사가 좀 더 흥미로운 거라면 좋았겠으나, 그가 하는 행동은 매우 수수했다.

척 보기에는 똑같은 일만 반복하고 있어서 구경해도 전혀 재미가 없었다.

그럼에도 불구하고 두 사람이 더위와 따분함을 견딜 수 있었던 건 그냥 서 있기만 해도 하루에 금화 20개를 받을 수 있기 때문이었다. 하지만 그 인내심도 곧 품절되려는 건지 아이리스가 진절머리가 났다는 듯이 조사를 계속하던 노르드랫의 뒤에서 말을 걸었다.

"이봐, 노르드. 그건 언제까지 계속할 거지?"

"……아, 미안. 다음이 마지막 실험이니까 조금만 더 기다려."

반쯤 대충 대답한 노르드랫이 땅바닥에 설치한 것은 까만 상자.

한 변이 30센티미터 정도였고, 윗면에는 손가락 세 개 정도가 들어갈 만한 틈이 있었다.

그가 그 틈에 무언가를 후두둑 쏟아붓자 바로 쿠웅, 쿠웅, 소리가 울리기 시작했다.

그 소리를 듣고 약간 멀리 떨어진 곳에 있던 아이리스와 케이트도 노르드랫에게 다가가 몸을 내밀어서 그의 손 근처를 들여다보았다.

"그건……, 혹시 빙아 박쥐의 송곳니인가요?"

"응. 부스러기 마정석도 상관없긴 한데, 왠지 모르겠지만 이걸 저렴한 가격에 살 수 있었거든, 다행히도."

"……호오, 저렴한 가격에."

아이리스와 케이트는 그 이유를 확실하게 알 수 있었지만, 아무리 저렴해도 양이 너무 많다.

평범한 사람이라면 결코 쉽사리 살 수 있는 금액이 아닐──텐데, 노르드랫은 아무렇지도 않게 송곳니를 집어서 던져넣고 있었다.

그 한 줌의 가격을 생각해보니 케이트 같은 사람은 한숨만 나왔기에 그녀는 생각하지 않으려 하면서 다시 질문했다.

"그건 뭐 하는 건가요?"

"이건 주변 마력을 늘려주는 아티팩트야. 이런 원료를 써서."

케이트는 목적을 듣고 싶었지만, 돌아온 건 효과의 설명이었다.

아무리 연구자라고 해도 '주변의 마력을 늘리는 것' 자체가 목적일 것 같지는 않았기에 중요한 건 '늘린 결과로 뭘 기대하는지'다.

하지만 노르드랫은 그 이상 설명하지도 않고 계측기로 마력량을 측정한 다음, 그 수치를 들고 있던 노트에 적어 나갔다.

"——수속성이 상승, 마력량도 상승. 마력량만 보면 어떠한 변화가 일어날 것 같은데……, 아무것도 없나? 아직 부족한 건가?"

그다음에 노르드랫이 꺼낸 것은 아이리스와 케이트가 열심히 모은 화염석.

그것이 들어있는 주머니를 마찬가지로 아무렇지도 않게 상자 위에서 뒤집었다.

후두둑, 상자 안으로 빨려 들어가는 화염석과 쿠웅, 쿠웅, 쿠웅, 더욱 큰 소리를 내기 시작한 까만 상자.

점점 소비되는 그것들의 가격을 생각하니 아이리스와 케이트는 현기증까지 나기 시작했지만, 노르드랫은 신경 쓰지도 않고 계측기를 다시 확인했다.

"수속성이 약간 떨어지고, 화속성이 상승. 마력량은 충분 이상……인가?"

"노르드! 무슨 짓을 할 셈이냐!!"

왠지 매우 불안한 느낌이 든 아이리스가 까만 상자에서

울리는 소리 못지않게 큰 목소리로 묻자 노르드랫도 그녀를 돌아보고 마찬가지로 큰 목소리로 대답했다.

"샐러맨더의 발생 조건을 확인하는 거야! 샐러맨더는 한 번 쓰러뜨리더라도 다시 똑같은 곳에서 부활하거나 그 주변에 나타나는 경우가 있거든. 나는 거기에 마력량이 큰 영향을 미친다고 생각하니까!"

이윽고 까만 상자에서 들리던 소리가 끊기고 주위에 다시 정적이 돌아왔다.

그리고 아이리스와 케이트가 중얼거리는 듯한 목소리가 울렸다.

"마력량……, 나타난다고……?"

"그렇다면……?"

"생각했던 것보다 수속성이 강하네. 화염석이 부족한 것도 있지만……, 그걸 쓸 수밖에 없나."

설명은 그걸로 끝인지, 노르드랫은 다시 짐 속을 뒤적거렸다.

그러다가 꺼낸 것은 붉은 비늘 몇 개.

손바닥 크기에 투명한 느낌이 드는 붉은빛이 매우 아름다웠지만, 그 아름다움보다 아이리스와 케이트가 신경 쓰인 건 그 비늘을 왠지 본 적이 있는 것 같다는 느낌이다.

"서, 설마, 그건…….."

아무리 생각해도 바람직한 미래가 보이지 않는다.

케이트는 착각한 것이기를 기원하며 떨리는 목소리로 조

심조심 물어보았지만, 그 기원은 매우 자연스럽게 배신당했다.

"응. 샐러맨더의 비늘이야. 지출이 심해서 쓰고 싶진 않았는데."

"잠깐──."

"어쩔 수 없지. 얍."

멈출 새도 없었다.

상자의 틈새에 비늘이 빨려 들어간 것과 동시에 다시 소리가 울리기 시작했다.

그 소리는 좀 전까지 울리던 것보다 확실하게 컸고, 상자도 덜컹덜컹 떨리기 시작했다.

"이, 이봐! 이렇게 흔들리는 게 정상이야?"

"문제는 없을 것 같은데? 봐, 화속성 수치가 상승하고 있으니까."

노르드랫은 태연하게 계측기를 아이리스에게 보여주었지만, 그녀에겐 그런 것 따위 상관이 없었다.

"아니, 그게 아니라! 이 아티팩트! 망가지는 거 아니야?!"

"그것도 괜찮아. 최근에 사우스 스트러그에서 산 거니까 망가지긴 아직 이르지."

"사우스 스트러그라면……, 레오노라에게서?"

"아니, 다른 가게. 여기 오기 전에 들렀더니 망했던데, 경영 상황이 악화되었나?"

""…….""

기분 나쁜 예감만 든다.

이야기를 나누지 않아도 아이리스와 케이트 사이에서 공유되는 그런 생각.

만약에 이곳에 사라사가 있었다면 그녀도 마찬가지로 맞장구를 쳤을 것이다.

그런 생각에 대답하는 것처럼 점점 진동이 거세지는 까만 상자.

샐러맨더의 마력이 담긴 물건을 빨아들인 상자.

만에 하나 폭주라도 한다면 무슨 일이 일어날까.

그런 공포 때문에 아이리스와 케이트는 한 발짝, 두 발짝, 뒤로 물러섰다.

덜컹덜컹, 후둑후둑.

콰악! 콰악! 콰아악!!

마치 무언가가 걸린 듯한 소리조차 들리기 시작하더니——.

퍼엉!

위쪽 판이 터져서 날아갔고, 공중에 뜬 그것이 땅바닥에 소리를 내며 굴러갔다.

그리고 상자 위쪽으로 뿜어져 나오는 붉은 빛과 반짝이는 무언가.

그걸 보고 노르드랫은 고개를 갸웃거렸다.

"……어라?"

"이, 이봐! 괜찮은, 거야?"

파멸적인 사태가 일어나지 않은 것에 아이리스는 약간 안

도했다. 하지만 분명히 원래 동작으로는 보이지 않는 상황. 안심도 할 수 없다.

"아, 응. 괜찮아. 마력량이 올라갔고 화속성 수치도 기대치를 넘어섰으니까——."

이런 상황에도 계측기를 확인하는 노르드랫을 아이리스가 다그쳤다.

"그쪽 말고! 아티팩트가 망가져서 무언가가 새어 나오고 있잖아?!"

"당장은 인체에 영향이 없을 것 같은데?"

"——당장은?"

"——같은데?"

불안해지는 말을 듣고 아이리스와 케이트의 눈빛이 사나워졌다.

그 박력에 노르드랫은 급하게 손을 저었다.

"없어, 없어요! 그냥 마력이니까! 어지간히 마력 내성이 낮은 사람이라면 속이 안 좋아질 수도 있겠지만, 평범한 사람이라면 문제가 없으니까!"

마력량이 적은 사람이나 마력을 접할 기회가 없는 사람이 급격하게 대량의 마력에 노출되면 마력 멀미라는 증상을 보이며 속이 안 좋아지거나, 술에 취한 것처럼 되거나, 상황에 따라서는 의식을 잃을 수도 있다.

그것 자체로 신체에 악영향이 남지는 않지만, 안전성이 보장되지 않는 곳에서 그런 상태에 빠지면 마력 멀미와는 다른 의미로 위험하다.

하지만 다행히 두 사람은 어느 정도 마력을 지니고 있고, 마력 내성도 평범하다.

"그렇구나."

"그럼 그렇다고 말하면 좋았을 것을."

자신들에게는 영향이 없다는 걸 알고 아이리스와 케이트는 안도의 한숨을 쉬었다.

애초에 이 공간에 떠돌고 있는 마력량은 얼마 전부터 대폭 늘어났기에 속이 안 좋아질 거였다면 이미 그랬을 것이다.

"그런데 망가진 아티팩트는 문제없어? 마력량이 기대치를 넘어섰다고 하던데."

"아, 응, 그렇지. 망가져 버린 건 물론 아쉽지만, 최소한의 일은 해주었으니까 일단 이번 실험에는 문제가 없다고 해야 하나?"

"구체적으로는? 마력량이 어쩌고저쩌고, 속성이 어쩌고 했잖아?"

노르드랫은 자신의 생각을 개진할 수 있게 된 것이 기쁜 모양인지 미소를 지으며 의기양양하게 말하기 시작했다.

"마물은 마력이 많은 곳에 발생한다. 지금까지의 연구 결과를 보면 올바른 추측일 텐데, 안타깝게도 아직 그걸 확인할 수는 없었거든. 마력은 금방 확산되고, '마물이 발생하기 쉬운 에어리어'를 알아낼 수 있더라도 '발생할 지점'을 알 수는 없어."

"……호오?"

"하지만 샐러맨더는 소굴의 조건이 꽤 한정적이란 말이지. 그러니까 발생 장소에 대한 조건도 마찬가지일 거라고 추측한 거야."

이 말 역시 기분 나쁜 예감만 들었다.

다시 똑같은 생각을 공유한 아이리스와 케이트는 굳은 표정으로 서로 마주 보았다.

그리고 이번에도 그 마음은 배신당하지 않았다.

지금까지는 약간 파도칠 뿐 조용했던 용암.

그것이 부글부글 소리를 내기 시작했고, 불안한 기척이 떠돌았다.

"오오, 이건! 급속도로 마력 농도가 떨어지고──."

"그런 말 하고 있을 때냐!! 아무리 봐도 위험해 보이는데?!"

기뻐하며 측정기를 보는 노르드랫에게 아이리스가 소리쳤지만, 그는 아랑곳하지도 않고 측정기와 거품이 일어난 용암을 번갈아 가며 보았다.

그리고 용암 표면이 단숨에 부풀어 오르자──.

좌아아아악!

나타난 것은 얼마 전에 아이리스와 케이트를 괴롭혔던 붉은 비늘을 두른 거대한 마물.

그것이 고개를 들고 아이리스 일행을 바라보았다.

"앗싸! 샐러맨더다!!"

"'앗싸!'는 무슨!"

"도망치자!"

케이트가 짐을 짊어지고 아이리스에게 달려가자 그녀도 곧바로 도망칠 태세를 취했다.

하지만 단 한 사람, 노르드는 앞으로 발을 내디딘 다음 몸을 움츠렸다.

""어……?""

"흐읍!"

그리고 단숨에 몸을 솟구치나 싶더니 머리 위를 향해 주먹을 내질렀다.

퍼억!

주먹이 샐러맨더의 턱에 꽂히자 둔탁하고 묵직한 소리와 함께 샐러맨더의 머리가 올라갔다.

""어어어어?!""

"역시 안 되나."

뜻밖의 행동에 눈을 깜빡이며 한순간 멍해진 아이리스와 케이트, 그리고 냉정한 목소리로 그렇게 중얼거리는 노르드.

그리고 그는 매우 자연스럽게 자신의 짐을 짊어지고는 곧바로 뛰어가기 시작했다.

──아이리스와 케이트를 그곳에 남겨두고.

"어? 아? 어라……? 헉?! 도, 도망치자! 아이리스!"

"그, 그래?!"

곧바로 정신을 차린 케이트가 아이리스의 손을 잡고 노르드랫을 따라 뛰어갔다.

결과만 보면 노르드랫이 한 행동은 박정하게 보일 수도 있겠지만, 그는 두 사람의 호위 대상이다.

원래는 제일 먼저 도망치게 해야 하고, 도망쳐주는 게 고마운 존재다.

그가 한 행동은 잘못되지 않았다──. 좀 전의 그 어퍼컷만 제외하면.

"아이리스, 서둘러!"

아이리스보다 한발 먼저 위쪽으로 이어지는 통로에 도착한 케이트가 뒤쪽을 돌아보자 노르드랫의 공격을 맞고 자세를 바로잡은 샐러맨더가 숨을 크게 들이마시고 있었다.

그 동작은 케이트가 얼마 전에 본 것이었다. 착각할 리가 없다.

"브레스가 와!"

"뇨와아아아아!!"

이상한 비명을 지르며 아이리스가 케이트 옆을 지나쳤다.

그와 동시에──.

"크으윽, 또 빚이 늘어나겠네~!"

피를 토하는 듯한 목소리와 함께 케이트가 주머니에서 꺼낸 돌을 던졌다.

그것은 '쓸 경우에는 대금을 지불해 주세요'라는 파격적인 조건으로 사라사에게 무료로 빌려온 아티팩트.

원래는 당연히 구입해야 하지만 케이트가 단념할 수밖에 없을 정도로 고급품이기 때문에 빌리게 된 물건이었고, 그

효과는 가격에 비례했다.

키잉!

맑고 가벼운 소리가 울렸고, 통로가 반투명하고 두꺼운 얼음으로 막혔다.

얼음은 곧바로 붉은색으로 물들었지만 열기는 전혀 느껴지지 않았다.

그러나 그 브레스의 위력은 케이트와 아이리스도 이미 체험한 바 있다. 두꺼운 얼음이라 해도 계속 버틸 수는 없을 테고, 애초에 기온 자체가 높은 이 공간에서는 자연스럽게 녹는 것도 시간문제다.

케이트는 곧바로 등을 돌리고 아이리스와 노르드랫을 따라 뛰어갔다.

샐러맨더에게서 도망친 일행은 지상으로 이어지는 통로에서 옆으로 빠져 샛길 위에 멈춰 섰다.

안전성을 고려하면 단숨에 탈출하는 게 더 좋다는 건 굳이 말할 필요도 없겠지만, 방열 장비를 벗으면 고온 때문에 죽을 수도 있는 이 동굴 안에서 무거운 짐을 짊어진 채 그렇게 오랫동안 달릴 수 있을 정도로 세 사람의 체력이 인간을 초월한 수준은 아니었다.

"휴우우~~~. 지, 지쳤어……."

아이리스가 주저앉듯 몸을 숙이고 턱에 흐른 땀을 닦았다.

방열 장비는 기본적으로 불꽃 같은 강렬한 열기로부터 몸을 지켜주는 것이다.

고온 환경에서도 정상적으로 행동할 수 있게끔 어느 정도
는 내부를 쾌적한 온도로 유지해주는 기능이 있긴 하지만,
아무리 쾌적한 온도라고 해도 심한 운동을 하면 땀을 흘리
게 된다.

그렇게 잃게 된 수분을 보충하려는 듯이 아이리스가 짐에
서 꺼낸 물을 꿀꺽꿀꺽 마시며 숨을 돌린 다음, 노르드랫을
날카로운 눈빛으로 노려보았다.

"이것저것 하고 싶은 말이 많긴 한데……, 노르드, 어째
서 그런 짓을 한 거지?"

"그런 짓이라면, 샐러맨더를 부활시킨 거 말이야?"

아이리스와는 달리 물이 아니라 노트를 꺼낸 노르드랫은
거기에 메모를 하면서 고개도 들지 않고 대답했다.

"그래. 알면서도 한 거지?"

"부활하지 않을까 하고 예측했던 건 틀림없지."

"그렇다면 어째서? 위험하다는 건 알고 있었죠?"

"그게 실험의 테마니까? 위험하다고 해서 망설이면 연구
자로서 실격이잖아?"

애초에 위험을 피하려 했다면 마물 연구자가 되지도 않았
을 것이다.

노르드랫은 그제야 고개를 들고 그렇게 말했다. 그걸 보
자 아이리스와 케이트도 따지기 곤란해졌다.

위험하기 때문에 호위를 맡은 것이니 위험했다고 불평하

는 건 이치에 맞지 않을 것이다.

애초에 일부러 위험한 행동을 하는 게 호위 대상으로서 올바른 행동인지는 다툼의 여지가 있겠지만.

"음~, 왠지 석연치 않은데……."

"저는 애초에 그런 실험이 필요하긴 했는지 묻고 싶네요."

"도움이 될 거라는 건 분명해 보이는데? 예를 들어 어떤 마물의 소재가 필요할 경우라든가. 이 나라는 게르바 록하 산록수해가 있으니까 소재를 비교적 얻기 쉽긴 하지만, 그래도 항상 필요한 소재를 얻을 수 있다는 보장은 없잖아."

"뭐, 그렇겠지. 하지만 국내에 없더라도 수입하면 되잖나?"

"그건 위험 요소야. 국가로서는 말이지. 물론 이런 행동은 너무 위험하니까 보통은 해선 안 되는 짓이겠지. 하지만 할 수 있다는 건 의미가 있어."

아이리스 같은 사람들이 살고 있는 라플로시안 왕국은 지금 현재 어떤 나라와도 전쟁 상태에 있지 않지만, 대비할 필요가 없다는 의미는 아니다.

공격할 의지가 없더라도 주위 나라에서 보기에 '침략하기에는 위험 요소가 크다'라는 상태를 유지하지 못한다면 국가의 방위를 담당하는 자로서 실격일 것이다.

이 나라가 실시하고 있는 연금술사의 우대 정책도 그 일환이며, 아티팩트나 포션의 유무가 그 전략에 중요한 역할을 하기 때문이다.

하지만 그것도 그 소재가 될 것들을 입수할 수 있어야 의미가 있다.

연성을 하지 못하더라도 연금술사가 우수한 인재라는 건 마찬가지지만, 그 가치가 크게 깎이게 된다.

"노르드는 정치가 같은 생각을 하는군. ……귀족인가?"

"음~, 뭐, 귀족 나부랭이? 하지만 나 같은 경우에는 스폰서가 기뻐할 만한 생각을 하는 것뿐이야."

모든 것은 보상금을 위하여.

당당하게 말하는 노르드랫을 보니 아이리스와 케이트는 쓴웃음을 지을 수밖에 없었다.

"아무리 그래도 샐러맨더로 실험을 할 필요는 없을 것 같은데……."

"그래도 샐러맨더라면 부활해도 다른 사람에게 폐를 끼치지 않잖아?"

건드리지만 않으면 소굴에서 거의 나오지 않는 샐러맨더.

주위 마을을 습격하지도 않으니 실험 대상으로는 적합할지도 모르겠다──. 실험 관계자의 안전을 고려하지 않는다면.

그리고 어느새 그 '실험 관계자'가 되어버린 아이리스와 케이트가 불평하고 싶어지는 건 당연한 일이었다.

"자칫하다가 브레스의 먹잇감이 될 뻔했잖아."

"점장님이 만들어준 코트가 있었다고는 해도……, 짐은 그렇지 않으니까."

짊어지고 있는 짐은 코트 바깥쪽에 있다. 아이리스와 케이트의 목숨이 무사하더라도 짐을 잃어버리게 되면 마을까지 무사히 갈 수 있을지 꽤 의심스럽다.

"쿠루미도 무서웠지~?"

"가우? 가우가우!"

아이리스의 짐에 달라붙어 있던 쿠루미는 고개를 갸웃거리다가 한쪽 앞다리를 좌우로 흔들었다.

"봐, 쿠루미도 위험했다고 하잖아."

"그런가? 오히려 문제없다고 하는 것 같은데……?"

"착각이야. 그리고 그건 뭐야? 샐러맨더에게 날린 공격. 노르드, 너무 강한 거 아니야?"

"그야 어느 정도는 단련했지. 마물을 연구하는 거잖아? 직접 다가가지 못하면 제대로 조사할 수도 없으니까. 근육의 승리야."

멀리서 관찰하기만 하는 거라면 호위만 있어도 어떻게든 된다.

하지만 살아 있는 마물에게 다가가려면 전투 능력은 필수다.

어느 정도 공격을 견뎌내지 못하면 아무리 생각해도 위험하다. 연구 같은 걸 할 수 있을 리가 없다.

"체력만 강한 게 아니었구나. 무기를 가지고 있지 않길래 난 또……."

"어느 정도는 싸울 수 있긴 해. 기본적으로는 공격을 흘리면서 호위에게 맡기는 형태지만. 어찌 됐든 조사에 집중하려면 호위가 필수니까."

참고로 노르드랫이 무기를 가지고 있지 않은 건 체술로 싸우기 때문이었고, 어째서 체술로 싸우는가 하면 연구 대상을 필요 이상으로 다치게 만들지 않기 위해서다.

무엇이든지 연구 제일.

그것이 노르드랫이다.

"뭐, 됐다. 그래서, 노르드가 하고 싶었던 실험은 이제 끝난 건가?"

"그래. 살아 있는 샐러맨더 조사는 저번 조사 지역에서 대충 마쳤으니까. 그때는 쓰러뜨리지 못했으니 이번 실험을 남겨두었던 거고."

"그럼 체력이 회복되면 일찌감치 이곳을 나가자. 샐러맨더가 쫓아오면 곤란해."

"그래요. 샐러맨더의 소굴에 있는 동안에는 안심도 할 수 없으니까요."

그 말대로 케이트는 안절부절못하며 몇 번이나 자신들이 온 방향을 확인했지만, 노르드랫은 땅바닥에 앉은 다음 짐에서 꺼낸 사탕을 먹는 여유까지 보이고 있었다.

"좀처럼 소굴에서 나오지 않는 마물이거든, 샐러맨더는. 토벌할 때는 반대로 꼬시는 데 고생할 정도로."

"그렇다면 안심인가?"

"그럼 좋겠지?"

노르드랫은 씨익 웃고는 사탕을 하나 더 입에 넣었다.

"왠지 다른 꿍꿍이가 있는 듯한 말투인데?"

"샐러맨더는 소굴에서 나오지 않지만, 어디까지가 소굴의 범위일 것 같아?"

"……그게 무슨 뜻이지? 이 동굴 안이 전부 소굴 범위고, 소굴에서 나오지 않는 샐러맨더가 돌아다닐지도 모른다는 건가?"

"가능성이 있을 것 같지 않아?"

"기분 나쁜 가능성이군. ──부정할 수는 없지만."

노르드랫은 눈살을 찌푸리는 아이리스를 안심시키려는 듯이 웃으며 어깨를 으쓱인 다음 사탕이 들어있는 주머니를 아이리스와 케이트에게 내밀었다.

"뭐, 얼마 안 되는 가능성이야. 이거라도 먹으면서 진정하도록 해. 우리 같은 잔챙이를 샐러맨더가 일부러 쫓아올 일은──."

"크오오오오오!"

마치 노르드랫의 말을 부정하려는 듯 동굴 안에 울려 퍼진 포효.

"".......""

노르드랫이 굳었고, 아이리스와 케이트의 싸늘한 시선이 그에게 꽂혔다.

쓸데없는 말을 했다는 듯이.

"아니! 내가 한 말은 상관없잖아?!"

"……말은 그렇다 치고, 누구라고 말하진 않겠지만 샐러맨더의 턱을 후려갈긴 사람이 있었죠? 누구라고 말하진 않겠지만!"

"그래, 있었지, 누구라고 말하진 않겠다만. 보통은 그런 짓을 당하면 화가 나겠지?"

"그래도 말이야! 그 일격이 없었다면 브레스 때문에 위험했을 거라고?!"

노르드랫은 급하게 변명했지만, 아이리스와 케이트의 시선은 여전했다.

"오히려 갑자기 공격해서 위험에 처했는데요?"

"움직이는 게 늦어졌고 말이야. ……그건 우리가 미숙하기 때문이기도 하지만."

어떤 상황에도 냉정하게 대처한다.

필요한 능력이긴 하지만, 노르드랫의 행동은 무심코 멍해지더라도 어쩔 수 없을 정도로 이상했다.

닿기만 해도 큰 화상을 입게 되는 샐러맨더를 때리려 할 사람이 누가 있을까.

──아니, 여기 있긴 하네. 그런 비상식적인 사람이.

"게다가 브레스도 확실하게 날아들었다고요. 점장 씨의 아티팩트가 아니었다면 위험했을 거예요."

"힐끔 보긴 했는데, 그건 뭐지?"

"점장 씨가 맡긴 '아이스 월(빙벽)' 마법을 담아둔 마정석이에요."

"그런 마법을……, 역시 대단하다고 할 수밖에 없겠네."

마정석을 가공해서 마법을 담아두는 것 자체는 대부분의 연금술사가 할 수 있는 일이지만, 그 대상은 자신이 쓸 수 있는 마법뿐이고, 그 위력은 마정석의 품질, 크기와 더불어 가공한 연금술사의 기량에 따라 달라진다.

여기서 말한 '기량'엔 연성의 기량은 물론이고 마법의 기량까지 포함되기 때문에 담을 수 있는 마법의 위력은 자신이 다룰 수 있는 위력의 범위로 제한된다.

다시 말해 강력한 마법을 담을 수 있는 연금술사는 그와 동시에 강력한 마법사이기도 한 것이다.

"하지만 그건 하나밖에 없어요. 그리고 제 귀에는 땅이 울리는 소리가 조금씩 들리는데요?"

"그, 그래? 나는 안 들리는데…….'

노르드랫은 당황한 듯이 고개를 갸웃거렸지만, 케이트의 귀에는 뭔가 커다란 생물이 걸어가는 것처럼 묵직한 소리가 확실하게 들렸다.

그리고 지금 같은 상황에서 그 생물이 무엇인지는 굳이 생각해볼 필요도 없을 것이다.

"케이트의 귀는 신뢰할 수 있어. 그 얼음벽이 돌파되었다고 보는 게 맞겠지."

"기온이 이러니까. 그냥 내버려 둬도 녹을 테고."

"어쩌지? 지금부터라도 출구를 향해 뛰어갈까?"

"……노르드 씨, 혹시 샐러맨더를 쓰러뜨릴 수는 없나요?"

케이트는 약간의 기대를 품고 노르드랫을 보았지만, 당연하게도 그는 즉시 부정했다.

"아무리 그래도 그런 건 못하지. 봤잖아? 내 주먹이 거의 통하지 않는 걸. 그게 전부야. 도발 정도라면 모를까, 대미지를 입히진 못하겠지. 그리고 내 방열 장비로는 샐러맨더의 브레스를 견뎌낼 수 없어."

"그렇겠죠. ──저는 그런 장비로 샐러맨더를 때리려 했다는 게 믿기지 않지만요."

"동감이야. 그런데 노르드. 샐러맨더가 부활한다는 사실을 알고 있었……, 아니, 적어도 부활시키려 했던 거지? 어떻게 할 생각이었나?"

아이리스의 그럴싸한 지적에 노르드랫은 눈을 슬쩍 피했다.

"……딱히 생각하지는 않았어. 뛰어서 도망치면 될 것 같아서."

"설마 하던 무계획?!"

"노르드, 사실 바보 아냐?!"

눈이 뒤집힌 두 사람을 보고 노르드랫은 웃으며 어깨를 으쓱였다.

"연구자는 바보가 되지 않으면 성과를 내지 못하는 법이야."

"그건 연구 바보 얘기고! 너는 생각 없는 바보야! 같은 바보라도 전혀 달라!"

"별다른 차이가 없을 것 같은데. 다른 사람에게 폐를 끼친다는 점에서는."

"자각하고 있다면 좀 더 생각하라고!"

한 손으로 머리를 감싼 케이트가 탕, 탕, 발을 동동 구르는 아이리스를 말리고는 '그건 그렇고'라며 노르드랫을 보았다.

"노르드 씨, 도망칠 수 있을 것 같아요?"

케이트도 아이리스와 완전히 똑같은 심정이긴 했지만, 노르드랫을 다그쳐봤자 상황이 바뀌진 않는다.

지금은 탈출할 방법이 중요하다고 생각하며 물어보았으나 그는 잠깐 생각하다가 고개를 저었다.

"좁은 통로에서 브레스가 날아들면 위험하니까. 장비가 좋은 너희들은 그렇다 치더라도 짊어지고 있는 짐하고 나는 위험할지도 몰라."

그 말을 듣고 아이리스와 케이트가 씨익 웃었다.

"흐음. 노르드는 그렇다 쳐도 짐을 잃게 되면 곤란한데."

"그래. 점장 씨에게 빌려온 것도 있으니까…… 노르드 씨는 그렇다 쳐도."

"너희는 내 호위잖아?! 호위료를 지불하잖아?!"

"호위 대상의 무모한 행동까지 돌봐줄 수는 없어."

"애초에 아직 호위료를 받지도 못했고요. ──그렇구나, 데리고 가지 않으면 돈이."

"맞아, 맞아. 돌아갈 때까지는 의뢰 대상이니까."

노르드랫은 안도한 기색을 보였지만, 아이리스는 고개를 갸웃거리며 진지한 표정으로 어떤 제안을 했다.

"그런데 말이지. 일은 절반 이상 끝냈으니 지금 어느 정도 지불하는 건 어떨까?"

"그래. 장기 계약이니까. 중간에 일부를 지불해달라고 하는 건 당연하지."

"저버릴 생각에 가득 찬 것 같은데?!"

일을 맡기 전에 하는 말이면 모를까, 이런 상황에서 그런 말을 하면 의심하는 것도 당연할 것이다.

초조해하는 노르드랫을 아이리스가 빤히 바라보다가 부드러운 표정을 지었다.

"⋯⋯농담이야. 2할 정도는."

"8할은 진심이야?!"

"더 이상 이상한 짓을 하면 10할이 될 거야. 조심하라고."

"아, 알겠어. 연구 성과를 가지고 돌아가지 못하게 되는 건 곤란하니까, 나도 탈출에 힘쓸게."

울상을 지은 노르드랫을 보고 약간 화가 가셨는지, 아이리스는 고개를 끄덕인 다음 '그랬으면 좋겠군'이라고 말한 뒤 케이트를 돌아보았다.

"케이트, 조금이라도 빨리 뛸 수 있게끔 짐을 정리하자. 노르드의 짐은⋯⋯."

"두고 가야 하지 않을까? 우리 앞을 뛰어가고 싶다면."

"비싼 아티팩트도 있는데⋯⋯, 어쩔 수 없지. 조사 결과만 가지고 돌아가도록 할게."

단순한 체력만 따지면 노르드랫이 아이리스와 케이트보다 더 뛰어나겠지만, 가지고 있는 짐의 양이 비교가 안 될 정도로 많다.

그런 상태로 아이리스와 케이트보다 빠르게 뛸 수는 없다.

그렇다고 아이리스와 케이트도 목숨이 걸린 상황에서 노르드랫에게 뛰는 속도를 맞춰주는 짓을 하고 싶진 않다.

짐을 버리라는 것도 당연한 요구일 것이다.

노르드랫은 짐에서 노트 같은 종이류를 꺼내 품속에 넣었고, 케이트도 마찬가지로 재빠르게 짐을 분류해 나갔다.

"무거운 건 두고 가기로 하고, 점장 씨에게 빌린 것들은 최대한 가지고 가야지. 그래도 플로팅 텐트는 힘들겠지만."

"그것만으로도 빚이 단숨에 늘어나겠군……. 이봐, 노르드. 여기서 잃게 된 짐은 보상해줄 수 있나?"

"일반적인 짐은 보상하겠지만……, 의논해볼 필요가 있겠어. 사라사 군이 만든 아티팩트는 가격을 파악할 수가 없으니까. 내 연구 도구도 두고 가게 될 테고."

"어쩔 수 없지. 물은 물가까지 가는 동안 버틸 수 있는 최소한만……."

"식량은……, 어느 정도 필요하지? 며칠 만에 숲을 빠져나갈 수 있을지……."

"나는 독이 없는 식물도 알아볼 수 있는데? 독이 없기만 할 뿐, 맛은 전혀 고려하지 못하겠지만."

"상황에 따라서는 그 방법에 의존할 수밖에 없겠어. 죽는 것보다는 낫지."

그렇게 짐 정리를 마치고 슬슬 가볼까 생각하며 일어선

때였다──. 그 소리가 울리기 시작한 것은.

쿠우우우…….

"무슨──."

콰앙!! 코오오오!

낮게 울리는 땅울림 같은 소리와 솟구치는 듯한 충격.

그리고 이어진 진동.

곧바로 머리를 감싸며 주저앉은 아이리스 일행.

다음 순간, 피어오른 흙먼지가 그녀들을 덮쳤다.

Episode 3

ᛗᚠᚠᛁᚾᚦᚺᛁᛚᚠᚠᛚ, ᛒᛋᚠᛁᚠᚺᚠᛁᚠᚠᛁ...

그 무렵, 사라사는...

"가버렸네요."

"그래. 무사히 돌아왔으면 좋겠는데……."

아이리스 씨 일행을 배웅한 그날, 나는 오랜만에 가게에 나와 있었다.

최근엔 로레아에게 맡겨두고 있었지만, 요 며칠 바빴기 때문에 아침 식사를 마치고 차를 마시며 숨도 돌릴 겸 느긋하게 지내기 위해서다.

"이제부터 한동안 혼자 지내실 텐데, 사라사 씨, 쓸쓸하지 않으시겠어요?"

"밤에 말이야? 음~, 그 정도까진 아닐 것 같은데?"

부모님이 거의 대부분 일 때문에 집을 비웠던 어린 시절.

정신없이 시험공부에 매달렸던 고아원 시절.

아르바이트와 공부에 매진하며 친구가 별로 없었던 학교 시절.

아이리스 씨나 케이트 씨와의 공동생활도 꽤 오래되었지만, 지금까지 살면서 혼자 지낸 기간이 더 길었던 것이다. 그게 괴롭지 않을 정도로.

물론 마음이 맞는 친구와 시끌시끌 떠드는 것도 괜찮지만──, 아.

"아~, 그렇지, 조금 쓸쓸할지도 모르겠는데?"

"그, 그러시죠? 괘, 괜찮으시다면 제가 자고 갈까요?"

손바닥을 곧바로 뒤집은 내게 로레아가 왠지 기뻐하며 제안했다.

응, 로레아의 표정을 보면 방금 한 말을 뒤집는 것 정도는 당연한 대응이지.

애초에 자고 가고 싶다면 눈치 볼 필요 없는데.

"그래? 그럼 부탁할까?"

"제게 맡겨주세요!"

뭘 맡기라는 건지는 잘 모르겠지만, 로레아가 기뻐하는 것 같으니 상관없으려나?

요즘은 로레아도 아침 식사부터 저녁 식사까지 우리 집에 있고, 목욕을 하고 가는 경우도 많으니까 정말 자는 곳이 다르기만 할 정도고.

"음, 그러면 어머니에게 말씀드리고 와도 될까요?"

"어? 지금? 딱히 상관없긴 한데——."

"감사합니다! 그럼 다녀올게요!"

내가 '그렇게 급하게 다녀올 필요는 없다'고 말하기도 전에 밝은 표정을 보인 로레아는 기운차게 대답한 다음 가게를 뛰쳐나갔다.

그런 로레아를 보고 나는 왠지 쑥스러운 느낌이 드는 와중에 오랜만에 카운터 의자에 앉았다.

그날 저녁, 나와 로레아는 평소보다 조금 호화로운 저녁 식사를 하고 있었다.

하지만 이건 결코 '아이리스 씨와 케이트 씨가 없으니까 둘이서 몰래 사치를 부리자!'라는 이유 때문이 아니다.

로레아는 평소에 가게 문을 닫은 다음 저녁 식사를 준비하고, 함께 먹고, 정리를 한 다음 집에 가는데, 아무리 마을 안이라고 해도 다른 곳에서 온 채집자도 있으니 너무 늦은 시간에 돌아다니게 하는 건 바람직하지 못하다.

하지만 오늘은 자고 간다. 제한이 전혀 없는 건 아니지만, 그래도 시간적인 여유가 생긴다.

그 성과가 조금 호화로운 저녁 식사.

"어떠신가요⋯⋯?"

"응, 오늘 요리도 맛있어, 로레아. 항상 고마워."

내 표정을 살피는 로레아에게 방긋 웃자 그녀는 안심한 듯이 숨을 내쉬고는 요리를 먹기 시작했다.

"다행이네요. 새로운 요리에 도전해본 거라 조금 불안했는데요."

"처음이라는 생각이 안 들 정도로 잘된 것 같은데?"

애초에 원래 어떤 요리인지 아는 건 아니지만.

그래도 맛있는 건 분명하니까 상관없겠지?

"그러고 보니 로레아가 자고 가는 것도 오랜만이네."

"그렇죠. 생각해보니 목욕탕을 썼던 것도 그때가 처음이었고요."

"아, 로레아가 알몸인 채로 열이 올라서——."

"저, 정말! 사라사 씨, 그건 잊어주세요!"

"아니, 아니, 그건 좀처럼 잊을 수가 없어."

부끄러운 듯이 볼을 붉히며 내 팔을 탁탁 때리는 로레아를 보고 나는 쓴웃음을 지으며 고개를 저었다. 하지만 내 실수이기도 하니까 잊어버리면 안 된다.

그때는 나도 정말 당황했다.

내가 함께 있었으니 별일이 없었지만, 만약에 로레아가 혼자서 목욕을 했다면…….

"그건 물에 포함된 마력 때문이었던 거죠?"

"맞아. 마법을 써서 끓였거든. 일반적인 서민은 마력에 익숙하지 않으니까 몸이 깜짝 놀란다고 해야 하나……, 그런 느낌?"

일상적으로 아티팩트가 있는 환경에서 자라면 성장함에 따라 조금씩 마력에도 익숙해지겠지만, 내가 올 때까지 이 마을은 아티팩트와는 거의 인연이 없었다.

아마 로레아도 진한 마력을 접해본 건 그때가 처음이었을 것이다.

"그건 지금 저도 마찬가지인가요?"

"음~, 지금이라면 아마 괜찮을걸? 로레아도 그때와는 달라졌으니까."

지금은 아티팩트를 자주 쓰고 있고, 마법 연습으로 마력에도 익숙해졌다.

아마 마력이 많이 포함된 물에 들어가도 의식을 잃지는 않을 것 같은데?

"그럼 오늘은 같이 목욕하면서 시험해볼래? 마법으로 끓인 물을 견딜 수 있을지."

"그래요. 절약도 되고, 사라사 씨랑 함께 목욕할 수도 있고."

물을 끓이는 방법은 내 마법이나 물을 끓여주는 아티팩트, 둘 중 하나다.

전자는 당연히 공짜지만 물에 마력이 남고 후자는 마정석을 약간 소비하게 된다.

그 때문에 아이리스 씨와 케이트 씨가 '몇 번이나 끓이는 건 아깝다!'라고 주장해서 우리는 두세 명씩 함께 목욕함으로써 절약에 힘쓰고 있다.

하지만 내가 마법으로 끓인 직후에는 로레아가 목욕을 할 수 없기 때문에, 조합을 고려할 필요가 있어서 거의 대부분 나와 로레아는 따로 목욕을 했다.

"그럼 이따 같이 해보자. ——그런데 로레아. 다른 이야기이긴 한데, 오늘은 왜 자고 가고 싶었던 거야? 물론 나야 상관없지만."

"……역시 알아채셨나 보네요?"

"그야 그렇지."

쓸쓸하겠다는 말은 척 보기에도 구실 같은 느낌이었고.

약간 껄끄러워하는 로레아가 나를 살짝 올려다보자 내 볼이 실룩거렸다.

"저기, 사라사 씨하고 함께 사는 아이리스 씨와 케이트 씨가 즐거워 보이니까 좀 부러워서요……."

"그래?"

"네. 왜냐하면 부모님 곁을 떠나서 혼자……, 사는 건 아니네요. 그래도 독립해서 생활……하는 건지는 미묘하지만, 일단은 어른스러우니까요."

그렇지. 아이리스 씨와 케이트 씨는 내게 완전히 의지하는 것까진 아니지만 어느 정도 얹혀사는 상태니까.

로레아도 그 사실은 알고 있기 때문에 말을 골라서 하다가 이리저리 눈을 돌렸다.

그래도 무슨 말을 하고 싶은 건지는 알겠다.

아마 어린애가 어른을 동경하는 것 같은 느낌인 모양이다.

아이리스 씨와 케이트 씨는 빚 때문에 독립하지 못하고 있지만 그건 그녀들의 잘못도 아니고, 원래는 충분히 독립해서 살 수 있는 실력을 지니고 있다.

"그리고 저도 이제 곧 성인이 되니까 집에서 나오는 것도 생각해봐야 하나 싶고요. ──오늘은 그냥 사라사 씨하고 같이 자고 싶었던 것뿐이었지만요."

"이제 1년 정도밖에 안 남았으니까……."

오히려 외모만 보면 나보다 더 연상으로 보인다. 유감스럽게도.

"음……, 그럼 지금부터라도 우리 집에 올래? 방도 비어 있으니까 나는 상관없는데?"

"……그래도 되나요?"

내 제안을 듣고 약간 놀란 듯하면서도 기대하는 듯한 눈초리로 바라보는 로레아에게 나는 고개를 살짝 끄덕였다.

"응. 나중에 그럴 생각이 있다면 1년 정도는 큰 차이도 아니니까. 하지만 그렇게 되면 본격적으로 우리 가게 점원을 평생 일로 삼게 될 텐데, 괜찮겠어?"

일용직 육체 노동처럼 기술이 필요 없는 일부 직업을 제외하고는 한번 직업을 가지게 되면 그것을 계속 해나가는 것이 일반적인 평민들의 삶이다.

특히 급료가 평균보다 높은 전문직에겐 다른 직업으로 갈아타는 건 거의 있을 수 없는 일.

그리고 연금술사의 가게 점원은 굳이 말하자면 전문직으로 분류되는 직업이다.

"일단 말해두는 건데, 나도 계속 이 마을에서 가게를 경영할 거라는 보장은 없으니까……."

이곳은 좋은 마을이지만, 연금술사로서 더 높은 곳을 목표로 삼으려고 할 경우 이곳에서 가게를 계속 운영하는 게 바람직한 건지 아직 나는 판단할 수가 없다.

만약에 가게를 옮기려 할 때 로레아는 마을을 떠날 수 있을까.

하지만 그 물음에 로레아는 당연하다는 듯이 고개를 끄덕였다.

"괜찮아요. 이미 부모님과는 의논했고, 사라사 씨가 계속 써준다면 성인이 된 이후에도 계속하라고 하셨어요. 오히려 잡화점을 이어받는 것보다 기뻐하셨고요."

와, 착실하네. 하지만……, 다들 그런 건가?

나는 부모님이 안 계시고, 열 살 때 연금술사 양성학교에 입학해서 장래가 정해졌으니 그런 경험이 없는데.

"그런데 잡화점은 어떻게 할 거야? 로레아는 외동딸이지?"

"형제는 없지만 마을에 친척이 있으니 그런 집에서 양자를 받아들이게 되겠죠. 무작정 마을을 나갈 필요도 없어지니까 기꺼이 올 테고요."

주요 산업이 없는 농촌의 취직 사정은 꽤 힘들다.

개간하려면 일손과 비용이 들기 때문에 이어받을 농지가 없는 사람은 마을을 나갈 수밖에 없다.

내 약초밭을 맡고 있는 마이켈 씨 같은 사람이 그랬다.

그런 사람을 양자로 받아들이면 마을에 가게가 없어지는 걸 걱정할 필요는 없는 모양이다.

"그리고 제가 집에서 나오면 남동생이나 여동생이 생길지도 몰라요. 어머니도 아직 젊으시니까 아마 오늘쯤 그러고 있지 않을까요?"

로레아는 볼에 손가락을 대고 아무렇지도 않게 그런 말을 했다. 나는 동요했다.

그래도 여기선 연상의 위엄을 보이며 태연하게 맞장구를——.

"그, 그렇구나? 호, 호오……."

치지 못했다. 그, 그런 건 시골이 더 적극적이라는 소문을 들은 적이 있긴 한데, 정말인가?

참고로 나는 자신이 그쪽 방면에 순진하다는 자각이 있다.

왜냐하면 학교에서는 공부에만 몰두했고, 몇 안 되는 친구들은 귀족 아가씨니까!

스승님네 가게 점원분들하고 쉬는 시간에 잡담을 할 때도 있었지만, 나이 차이가 많이 나서 그런지 그런 이야기는 꺼내지도 않았다.

그나마 '사라사, 좋아하는 사람은 없니?' 라든가, 그런 정도.

그리고 그때, '아뇨, 저는 친구가 두 명밖에 없어서요'라고 솔직하게 대답하자 그 자리가 얼어붙었고, 그 이후로 그런 이야기는 나오지 않게 되었다(그 이후로 후배가 입학해서 친구가 세 명으로 늘어났지만).

뭐, 그렇게 된 관계로 내 사춘기 때는 그런 이야기를 접할 기회가 거의 없었던 것이다.

아니, 일단은 지금도 사춘기가 계속 이어지고 있긴 한데.

……응? 혹시 지금부터 그런 이야기를 할 기회가 생기는 흐름인가?

아이리스 씨와 케이트 씨는 일단 상류 계급이지만, 로레아는 순수한 평민.

우리에게 그런 로레아가 끼게 되면──.

"어라? 사라사 씨, 사실 이런 이야기는 껄끄러우신가요?"

"어?! 아니이! 그, 그렇지 않은데~?"

"그래요?"

나는 눈을 이리저리 굴리며 대답했다. 로레아는 고개를 살짝 갸웃거리며 입술에 집게손가락을 가져다 대고는 '음~' 하고 생각하는 시늉과 함께 장난기 어린 미소를 지었다.

"······참고로 어머니가 저를 낳은 건 지금 저와 거의 비슷한 나이였거든요?"

"흐에?! 아, 호, 호오······."

다르나 씨, 뭐 하는 거야!

그거 범죄 아니야?!

나는 결혼은커녕, 남자하고 사귄 적도 없다고!

"두 사람은 소꿉친구였고, 서로 좋아하는 사이라 결혼하는 것 자체는 거의 정해져 있었던 것 같은데요, 아무리 그래도 아이는 너무 이르다고 혼난 모양이에요."

"그, 그렇지? 시골이라고 해서 그게 평범한 건 아니지?"

"네. 조금 이르죠."

"······조금?"

"네. 사라사 씨 정도라면 아이가 있는 것도 보통이고요."

성인이 되어 바로 결혼.

곧바로 이러쿵저러쿵해서 출산.

······응, 있을 수 없는 일은 아니지만──, 왠지 복잡해!

내 주변에서는 학교를 졸업하는 15세까지는 물론이고 졸업한 뒤에도 곧바로 수행을 하게 되는 관계로 결혼 같은 화제는 나오지도 않았으니까.

"이건 이웃집 아주머니에게 들은 이야기인데요──, 아, 그냥 안 할래요."

"어어?! 그렇게 멈추면 왠지 엄청 신경 쓰이는데!"

짭짤해 보이는 걸 내민 다음 곧바로 집어넣어 버리는 로레아의 행동에 내가 발끈하며 항의했다.

하지만 로레아는 좀 전까지 보여주던 장난기 어린 미소를 거두고 껄끄럽다는 듯이 눈을 피했다.

"음……, 사라사 씨는 듣지 않으시는 게 나을지도 모르겠는데요?"

"나는?! 더 신경 쓰여!"

"……후회 안 하실 건가요?"

"으……, 할지도 모르겠지만, 그래도 말해줘!"

다시 확인한 로레아를 보고 나는 한순간 말문이 막혔지만, 그래도 대답을 재촉했다.

이런 상태로 넘기고 못 듣는 쪽이 더 후회될 테니까.

"저기……, 실은 제가 **생긴 게** 이 집이었다는데요?"

"…………네?"

생겼다고? 뭐가?

"아뇨, 저기, 당시에 빈집이었던 이 가게에 부모님이 숨어들어와서 세——."

"스톱이야! 로레아!!"

이미 거의 다 말한 거나 마찬가지지만, 나는 급하게 말을 가로막았다.

어디서 그랬다든가. 이야기를 자세히 들어버리면 여러모로 마음에 걸리게 된다.

방에서 잘 때라든지, 꽤 신경 쓰일 것이다.

입을 다문 로레아와 나는 서로 빤히 마주 보고는 눈을 깜빡였다.

너무 대놓고 이야기했다고 생각한 건지 로레아의 볼이 점점 붉어졌고, 나도 얼굴이 화끈거렸다.

"다, 다른 이야기 하자, 로레아."

"그, 그렇죠."

껄끄러워진 내 제안에 그녀도 곧바로 넘어왔다.

"음……, 그래. 로레아의 일 이야기를 하고 있었지? 물어보고 싶은 거라든가, 희망사항 같은 거 있어?"

"아뇨, 지금도 충분히 잘해주고 계시니까요. 아, 그런데……."

"응? 뭔데? 뭐든지 말해줘. 로레아하고는 오랫동안 함께 지내게 될 것 같으니까."

오히려 오랫동안 함께 지낼 수 있게끔 끌어들이고 싶다.

스승님하고 마리아 씨처럼.

마리아 씨만큼 믿음직한 점원이 있다면 나도 연금술에 집중할 수 있으니까.

내가 재촉하자 로레아는 잠시 망설인 다음, 조심조심 입을 열었다.

"저기, 저, 사라사 씨를 동경해서……, 연금술사, 역시, 될수는……, 없겠죠? 학교에 들어갈 수 있는 나이도 아니고."

"연금술사라, 나이 쪽은 그렇게까지 엄격하지 않은데……."

예상하지 못했던 말에 나는 기쁜 마음과 함께 약간 당황한 마음으로 생각에 잠겼다.

일단 열 살에 칠 수 있게끔 정해져 있는 연금술사 양성학교의 입학 시험.

단, 그 나이는 자신이 신고한 나이에 불과하다.

귀족이라면 모를까, 평민, 그것도 농촌에 살던 아이의 나이 같은 건 나라에서 파악하지 못하고 있기에 엄밀하게 확인하려 해도 불가능한 것이다.

그렇기 때문에 첫 번째 시험이라면 어느 정도 실제 나이가 더 들어도 문제가 없다.

"그래도……, 로레아는 힘들겠는데."

안 그래도 나이보다 발육이 좋은 로레아. 나와 알고 지내게 된 이후에도 순조롭게 성장해서 이제 곧 열네 살이 되는 지금은 성인이라고 해도 문제가 없을 수준이다.

애초에 그 입학 시험은 몇 년 동안 필사적으로 공부해야 붙을 수 있을 정도로 어려운 시험이다.

그 때문에 평민 중에 입학할 수 있는 건 아이가 공부에만 몰두할 수 있을 정도로 유복한 가정이거나, 다른 아이들이 도와줄 수 있는 여유가 있는 고아원 출신이 대부분이다.

아무리 머리가 좋은 로레아도 합격할 수 있을 정도의 지식을 갖출 무렵에는 열 살이라고 주장하기 힘든 외모가 되어 있을 것이다.

"역시 그렇겠죠……."

"하지만 연금술사가 될 방법이……, 전혀 없는 건 아니야."

"그런가요?"

눈을 크게 뜨고 몸을 앞으로 내미는 로레아를 달래며 내가 계속 말했다.

"응. 실은 말이지. 보통은 학교를 졸업해야 '연금 허가증(알케미즈 라이센스)'을 취득할 수 있지만, 세상에는 우수한 연금술사가 숨어 있을지도 모르잖아."

나라에서 학교를 만든 목적은 연금술사의 질과 숫자를 확보하기 위해서인데, 질은 그렇다 치더라도 숫자 면에선 그곳 이외의 문호를 완전히 닫는 건 역효과를 낳는다.

그래서 생겨난 구제조치가 고위 연금술사(최소 중급, 일반적으로는 상급 이상)에게 추천을 받고 몇 년에 한 번 시행되는 시험에 합격하면 허가증을 주는 것이다.

단, 실제로 이걸로 자격을 얻는 건 학교에 입학하는 것보다 힘들다.

학교에서는 5년 동안, 아침부터 밤까지 계속 공부, 실습, 시험을 반복한다.

그런 수준으로 배운다고 생각하면 시간과 비용이 얼마나 들까.

그리고 교사의 존재. 학교를 졸업한 연금술사도 배운 것을 전부 다른 사람에게 가르칠 수 있냐하면 결코 그렇지 않다.

학교의 교수와 강사진은 각자 특기인 분야를 가르치기 때문이다.

그것들을 혼자서 담당하는 건 보통 불가능하다.

그런 데다 연금 허가증 취득 시험 난이도는 일반적인 수

업의 평가점이 없는 관계상 학교에서 시행되는 정기 시험이나 졸업 시험보다 더 높다.

학교의 성적 기준으로 '겨우 낙제는 하지 않았다'는 수준으로는 합격할 수 없다.

어떻게든 아이를 연금술사로 만들고 싶어 하는 귀족이나 부자가 여러 연금술사와 다른 가정교사를 고용해서 큰돈과 몇 년의 시간을 투자해야 가능성이 생긴다.

굳이 말하자면 그런 느낌일 것이다.

"……다시 말해서 실질적으로는 불가능하다는 거네요."

"아니, 그렇지도 않을 것 같은데?"

로레아가 체념한 기색이 섞인 한숨을 쉬었지만, 나는 고개를 저으며 그 말을 부정했다.

가능성이 없다면 희망을 가질 만한 말을 하지 않는다.

"나라면 가르쳐줄 수 있을지도 몰라. 지금 당장은 힘들겠지만, 장기적으로는."

이래 봬도 나는 모든 과목에서 톱에 가까운 성적을 거두었다.

다시 말해 지도할 만한 지식은 갖추고 있다……, 그러니까.

"그럼!"

"그런데 난 다른 사람을 가르친 경험이 거의 없단 말이지."

친구들끼리 가르쳐주거나 그런 것과는 인연이 없는 생활을 해왔으니까!

자랑은 아니지만, 공부 모임 같은 걸 한 적은 있어도 우리는 기본적으로 우수한 학생이었으니까 그냥 함께 책상을 붙이고 공부한 것뿐이다.

모르는 부분을 서로 가르쳐줄 때도 한두 마디 조언을 해줄 뿐, 스스로 해결해버리니까 '가르친다'는 느낌은 아니었다.

물론 처음 배우는 사람을 지도한 경험 같은 건 전혀 없고.

이런 내가 로레아를 제자로 삼는다고 해도 연금술사 자격시험에 합격할 수 있는 수준까지 끌어올릴 수 있을지는……, 솔직히 자신이 없다.

"그리고 또 한 가지. 로레아가 가지고 있는 마력량은 그렇게까지 크지 않으니까 혹시 다른 모든 게 잘 풀린다고 해도 연금술사로서 대성할 가능성은 꽤 낮거든?"

연금술사에게 가장 필요한 것은 '마력 조작의 정밀함'이지만 마력의 절대적인 양이 적으면 연성할 수 있는 횟수에 제한이 생기고, 많은 마력이 필요한 물건을 만들 수가 없다.

그리고 연금술 대사전에는 그런 물건들도 있다.

다시 말해 거기에 걸린 시점에서 한계, 레벨을 올릴 수 없게 된다.

지금부터 늘어날 가능성도 전혀 없는 건 아니지만, 마력량은 선천적인 부분이 크기 때문에 별로 기대는 할 수 없다.

연금술 대사전 5권까지──, 다시 말해 중급까지는 그렇게까지 큰 마력량이 필요 없기에 평균적인 연금술사라도 좋다면 그리 큰 장애물은 아니지만 말이지.

"그래도 상관없어요. 굳이 말하자면 일을 할 수 있게 되어서 좀 더 사라사 씨에게 도움이 되고 싶다는 생각이 더 크니까요."

"그, 그렇구나."

로레아가 기쁜 말을 솔직하게 해주니 나도 모르게 얼굴이 실룩거렸다.

나는 딱히 상관없지만, 그냥 카운터에 앉아 있기만 하는 시간이 많다는 게 마음에 걸렸는지도 모르겠다.

"그래도……, 연금술사 공부는 꽤 힘들 텐데? 각고면려. 난관인 입학시험을 통과한 사람들도 9할은 좌절하고 사라져가는 세계야. 그래도 할래?"

로레아 같은 경우에는 연금술사가 되지 않아도 우리 가게에서 일할 수 있지만, 오랜 기간──, 10년 이상 공부해서 합격하지 못한다면 충격이 클 것이다.

그리고 그 확률은 결코 낮지 않다.

하지만 그런 설명을 듣고도 로레아는 고개를 끄덕였다.

"네. 얼마나 힘든지 확실하게 알진 못하지만 중간에 포기하지 않는다는 건 맹세할게요. 사라사 씨, 제자로 삼아주시겠어요?"

나를 빤히 바라보는 로레아의 진지한 눈빛을 보고 나도 각오를 다졌다.

"알았어. 반드시 연금술사로 만들어주겠다고 보장해줄 수는 없지만, 제자로 받아들이겠습니다."

"감사합니다!"

로레아는 기쁜 듯이 고맙다는 인사를 하고 다시 내 얼굴을 보며 입가를 약간 실룩였다.

"저기, 사라사 씨."

"왜?"

"스승님이라고 부르는 게 나을까요?"

"그러지 마. 너무 부담되니까."

장난기 어린 미소를 보이는 로레아에게 나는 곧바로 고개를 저었다.

졸업하고 1년 차에 신출내기인 내가 '스승님'이라니, 아무리 생각해도 분수에 넘친다.

그런 이야기를 스승님이 알게 되면……, 혼나지는 않겠지만, 크게 웃어대려나?

──응, 그건 아니지.

"지금까지처럼 불러도 돼, 지금까지처럼."

"네~, 알겠어요. 사라사 씨. 앞으로 잘 부탁드립니다."

"나야말로. 열심히 해보자!"

하지만 연금술사 수행은 처음엔 거의 지식 습득뿐이다.

지금까지 이것저것 가르쳤으니 일단 그걸 강화하는 느낌이려나?

실습 같은 건 한참 뒤에나 할 테니 당장 뭔가 바뀌는 건 아니다.

그렇게 생각하고 있었는데──.

"오늘부터 잘 부탁드립니다!"

다음 날 아침, 내 눈앞에는 천 주머니를 하나 끌어안은 로레아가 서 있었다.

이제 막 뜬 아침 햇살을 받으며 빛나는 그녀의 미소가 눈부시다.

"저기……, 로레아, 벌써? 어제 막 나온 얘긴데?"

"네! 쇠뿔도 단김에 빼라고 하니까요."

놀랍게도 로레아는 가게 문을 열기 전에 집에 갔나 싶더니, 재빠르게 짐을 정리해서 출근함과 동시에 이사를 온 것이다.

가지고 있는 건 두 팔로 끌어안아야 할 정도로 커다란 주머니 하나.

이삿짐치고는 너무 적——, 응?

……지도 않나? 잘 생각해보니 내 이삿짐은 더 적었지.

그리고 로레아의 집은 이 근처다.

생활필수품은 대충 우리 집에 다 있고, 필요하면 금방 가지러 갈 수 있다.

이번에 가지고 온 건 갈아입을 옷이나 그런 건가?

"저기……, 안 되나요?"

내가 잠시 생각에 잠겨서 그런지 빛나던 로레아의 표정이 어두워졌다.

그 모습을 보고 나는 급하게 그 불안한 마음을 가시게 해주었다.

"아니, 안 되는 건 아니거든? 안 되는 건 아닌데, 이사 올 거라면 나도 다르나 씨에게 인사를 제대로 해줘야 하니까."

말하자면 이건 로레아를 도제로 우리 가게에 맞이하는 거나 마찬가지다.

그녀의 출신이 다른 마을이라면 모를까, 같은 마을, 게다가 비교적 가까운 곳에 부모님이 살고 계시는데도 인사를 하지 않을 수는 없다.

고아원 아이가 제자로 들어갈 경우에도 그곳 사람이 고아원까지 인사를 하러 왔었다.

그 무렵에는 나도 나이가 한 자릿수였기에 자세히 기억나진 않지만, 아마 원래 그렇게 해야 하는 거겠지.

하지만 내가 그렇게 말하자 로레아는 의아한 표정으로 나를 바라보았다.

"네? 인사요? 확실하게 말하고 왔으니까 딱히 그럴 필요 없을 걸요? 부모님께서도 신경 쓰지 않으실 거예요. ――아니, 오히려 저희 부모님께서 인사를 하러 와야 한다고 해야 하나."

"그럴 수는 없어. 따님을 맡게 될 테니까 내가 확실하게 인사를 해야지. 어른의 책임으로서."

"어른……요?"

어째서 그 부분에 의문을 품는 거야?

"어른이거든요! 두 살 차이라도 나는 성인이고 로레아는 미성년자. 이건 확실해!"

거기! 로레아가 더 연상처럼 보인다는 말은 하면 안 돼.

외모는 상관없거든? 입장하고 책임엔 말이지.

나는 사회적 지위가 높다고! 연금 허가증은 허세가 아니거든? 흐흥.

"알겠어요. 그럼 얼른 끝내버릴까요? 가게 문을 여는 시간까지 여유가 별로 없으니까."

"어, 아니, 그렇게 간단히 끝나진 않을 테니 오늘은 좀 늦게 열어도……."

오히려 오전은 쉬어도 될 정도?

나도 인사하는 데 마음의 준비 같은 걸 하고 싶으니까.

선물 같은 걸 준비해 가야 하나?

……내일 하는 게 나으려나?

"안 돼요. 제 사정 때문에 가게에 영향을 끼칠 순 없죠. 서둘러요!"

가지고 있던 주머니를 방에 던져 넣은 로레아는 처음 하는 경험이라 약간 겁을 먹은 나를 재촉하듯 등을 떠밀며 다르나 씨에게 갔다.

이렇게 된 이상 나도 어른으로서 각오를 다질 수밖에 없다.

잡화점으로 들어가서 다르나 씨와 마리 씨에게 '따님을 맡게 되더라도 괜찮을까요'라고 묻자 뜻밖이라고 해야 하나, 로레아 말대로라고 해야 하나, 두 사람은 매우 쉽사리, 아니, 오히려 미안해하는 듯이 '폐를 끼치게 될지도 모르겠지만, 딸을 잘 부탁합니다'라고 대답했다.

로레아가 말한 대로 다르나 씨와 마리 씨는 그녀가 잡화점 일을 이어받는 걸 별로 환영하지 않았던 모양이었다.

마을에 필요한 직업이긴 하지만 마을과 도시를 왕복하는 일이 많은 잡화점 일은 결코 안전하다고 할 수 없고, 선대인 다르나 씨의 부모님은 도적에게 습격당해 목숨을 잃었으며 다르나 씨와 마리 씨도 위험한 일을 겪은 적이 있다.

그렇다고 해서 아무런 대책도 없이 도시로 일하러 가는 것도 불안하다.

적어도 힘이 센 남편이라도 맞이해서——, 하고 생각하고 있던 참에 이번 이야기가 들어온 것이다.

안정성, 안전성, 수입도 불평할 여지가 없는 연금술사의 가게에 취직할 수 있다면 부모로서는 만만세. 반대할 이유 따위는 전혀 없다고 한다.

——그런데 안전해 보이는 이 마을과 사우스 스트러그 사이에서도 도적이 출몰하는구나?

나도 습격당하긴 했지만, 그건 요크 바루가 고용한 녀석들이었으니까.

사우스 스트러그라는 교역 도시가 있는 커크 준남작 영지는 가도의 안전이 생명줄이다. 도적 같은 걸 방치하다간 치명적일 텐데.

나쁜 꿍꿍이를 꾸밀 시간이 있다면 그쪽을 신경 쓰라고.

……글러먹은 후계자라든가 그런 느낌인가? 사우스 스트러그의 상황을 생각하면.

정말로 위험할 것 같으면 다르나 씨와 마리 씨를 위해서라도, 나아가서는 로레아를 위해서라도 가끔은 청소하러 가는 게 좋을지도 모르겠다.

쓰레기가 남아있으면 개운하지 못하잖아?

——뭐, 그렇게 되어 나는 유망한 점원을 확실하게 끌어 들이게 되었다.

◇ ◇ ◇

"사라사 씨, 오늘 일정은 어떻게 되시나요?"

다르나 씨와 마리 씨에게 인사를 하는 게 예상보다 일찍 끝났기 때문에 가게 문은 평소처럼 열었다.

재빠르게 개점 작업을 마치자 로레아가 내 오늘 일정에 대해 물었다.

"음…… 오늘은 우선 옆에 있는 약초밭을 확인할 거야. 상황에 따라서는 지도도 하게 되려나?"

잠깐 생각하고 대답한 나를 보고 로레아가 왠지 기쁜 듯이 고개를 끄덕였다.

"순조로운 것 같네요. 마이켈 씨에게 이야기를 들었어요."

"일단은 말이지. 키우기 쉬운 게 대부분이니까."

로레아는 은근히 소문에 밝단 말이지, 나하고 비교하면.

뭐, 정기적으로 식료품을 사러 나가는 로레아에 비해 나는 이 집 밖으로 거의 안 나가니까. 볼일도 별로 없고.

정확히 말하자면 가끔은 나가지만, 마을보다는 숲이나 사우스 스트러그에 가는 기회가 더 많다는 느낌? 로레아 덕분에 디랄 씨네 가게에도 갈 일이 없어졌고.

"그다음에는 방치된 느낌인 뒤뜰 약초밭을 처리해볼까?"

"어, 그 밭을 없애버리는 건가요?"

"아니야, 아니야. 다른 걸 심을까 해서. 마이켈 씨가 키울 수 있는 약초를 내가 재배할 필요는 없으니까."

"아, 그렇군요. 같은 약초를 심어봤자 소용없으니까요."

"그렇지. 그러니까 키우는 게 힘든 걸로 할 예정인데……, 그만큼 씨앗도 비싸단 말이지."

"그렇다면?"

"실패하면 큰 손해! 지금의 나라도 꽤 뼈아플 정도로."

하지만 그런 약초가 있는 것과 없는 것은 만들 수 있는 포션 종류에 큰 차이가 있기 때문에 언젠가는 손에 넣을 필요가 있다.

대수해에도 있긴 하겠지만, 마을에 있는 채집자들의 수준으로는 목숨을 걸어야 할 정도로 깊은 곳에 있기에 '채집해 와요!'라고 부탁할 수는 없고, 다른 곳에서 들여오는 것보다는 그나마 낫다고는 해도 사들이는 가격도 비쌀 것이다.

"혹시 연금술로 편하게 재배할 수는 없나요?"

"일단은 '완전 육묘기'라고, 알고 있는 식물이라면 마력만 불어넣어도 완벽하게 키워주는 아티팩트가 있긴 한데……."

아, 정확히는 '재배 방법이 확립되어 있으며, 알고 있는 식물'이지.

식물에 정통한 연금술사라도 키울 수 없는 식물은 대상이 아니다.

그 대신, 재배 방법이 확립되어 있다면 물이나 비료, 햇빛조차 필요가 없을 정도로 터무니없는 아티팩트다.

부자 귀족은 여기에 관엽 식물을 넣어서 방에 장식하는 모양이다.

내가 보기에는 믿기지 않지만.

"어? 대단하네요. 그걸 만들면 약초 문제는 해결되는 것 아닌가요?"

"아니, 아니, 그렇게 간단하다면 고생도 안 하겠지. 지금 나는 만들 수가 없고, 엄청나게 비싼 아티팩트라서 다른 연금술사에게 살 자금도 없어. 그리고 만드는 사람도 별로 없어서 비용도 수지가 안 맞고."

이건 연금술 대사전 9권에 나와있는 아티팩트라서 정말 희귀한 물건이다.

심지어 유리로 만든 돔 형태라 작은 풀 모양의 약초라면 모를까, 큰 약초를 키우려고 하면 완전 육묘기의 크기도 거대해진다. 제작에 드는 비용도, 그것을 유지하기 위해 필요한 마력도 막대하게 들어간다.

어느 정도 비싼가 하면, 작은 화분이 들어가는 크기로 서민의 집을 여러 채 지을 수 있는 수준. 그런 걸로 키우는 약초의 생산 비용에 대해서는 굳이 말할 필요도 없을 것이다.

그런 것에 관엽 식물을 넣는 귀족이 믿기지 않는다는 내 심정을 이해하겠지?

"휴우~, 그런 함정이…… 그런데 모르는 식물을 넣으면 어떻게 되나요?"

"그럴 경우에는 '완전'하지가 않게 되지. 잘 클지 여부는……, 운?"

나도 써본 적이 없고 잘 아는 것도 아니지만, 품종이 약간 다른 정도라면 괜찮은 느낌으로 조정해주는 모양이다.

단, 미지의 식물을 넣을 경우의 확률은 반반──보다 더 낮다고 하던가?

신종 씨앗은 귀중할 테니 위험 부담이 꽤 크지.

그럴 바엔 평범한 사람은 자기가 키우는 방법을 선택한다.

"뭐, 나하고는 상관이 없는 이야기지만. 살 수 있는 물건도 아니고."

"다시 말해서 사라사 씨가 열심히 돌봐줄 수밖에 없다는 거군요."

"응, 기본적으로는. 하지만 '육묘 보조기'라는 아티팩트도 있고, 이건 나도 만들 수 있으니까 이걸 이용할 생각이야."

이쪽은 포트에 심은 씨앗이 싹트고 뿌리를 내릴 때까지 사용할 수 있는 물건이다.

그다음에는 밭에 이식해서 재배. 그래도 그냥 심는 것보다는 성공할 확률이 높다.

키우는 게 힘든 식물은 우선 싹이 트는지 여부가 최초의 관문이니 포트에 제대로 뿌리를 내릴 때까지 키우면 그 뒤로는 꽤 잘 풀린다.

물론 밭에 심은 뒤에도 기온, 서리, 눈, 건조, 비료, 마력 등, 신경 써야만 하는 요소가 잔뜩 있지만.

"그래도 편리하네요. 농가 사람들이 기뻐할 만한 아티팩트예요."

"돈만 안 든다면 말이지. 완전 육묘기하고는 비교도 안 되지만 충분히 비싸고 마정석이든 자신의 마력이든, 평범한 농가에서 쓰긴 힘들 거야."

"아하, 평범한 농작물에 쓰면 적자가 나버리겠네요."

"그런 거야. 마력에 문제가 없는 나도 약초 재배 목적만으로 만들진 않겠지. 어지간해선 본전을 회수할 수가 없을 테니까."

연금술 대사전에 나와 있어서 만들어야만 하니 만들 뿐이다.

사줄 사람이 있다면 팔고 싶긴 한데, 이 마을에서는 힘들겠지.

식물 연구자라도 되지 않으면 보통은 쓸 일이 없는 아티팩트니까.

"뭐, 당분간 일정은 그런 느낌? 그러니까 나는 나갔다 올게. 로레아, 가게 잘 부탁해."

"네, 제게 맡겨주세요. 다녀오세요."

옆의 밭에서는 오늘도 마이켈 씨와 이즈 씨가 열심히 일하고 있었다.

예전에 거트 씨가 말한 대로 마이켈 씨 부부는 매우 성실했고, 배운 것을 확실하게, 빼먹지 않고 하고 있었다.

기술 면은 그렇다 치더라도 그런 점은 안심하고 맡길 수 있기에 고맙다.

"안녕하세요. 아침 일찍부터 고생이 많으시네요."

"아, 사라사 씨. 안녕하세요. 날씨가 좋네요."

내가 말을 걸자 이즈 씨가 고개를 들고 방긋 웃으며 인사를 받아주었다. 멀리서 작업하고 있던 마이켈 씨도 나를 보고는 약간 빠른 걸음으로 다가왔다.

"상황은 어떤가요?"

"문제는 없는 것 같은데……, 확인해 주실 수 있을까요?"

약간 불안해하는 마이켈 씨를 보고 나는 밭 몇 군데에서 약초를 확인해보았다. 병에 걸리지도 않았고, 성장도 문제가 없다. 벌레도 안 생겼네.

"……네, 괜찮은 것 같네요. 이제 곧……, 서리가 내리기 전에는 수확할 수 있겠어요."

"드디어 말이죠! 첫 수확이라 기대됩니다!"

친가 쪽 일을 도운 적이 있는 마이켈 씨는 그렇다 치더라도 도시에서 자란 이즈 씨는 그야말로 이번이 처음 키운 작물이다. 그렇기에 왠지 감개무량한 듯이 약초밭을 바라보았다.

그녀가 문득 뭔가 생각났다는 듯이 이쪽을 보며 입을 열었다.

"그런데 이걸 수확한 뒤에는 봄까지 아무것도 안 하나요? 겨울에 심을 수 있는 건 없을까요?"

"겨울에 자라는 약초도 있긴 한데, 힘드실걸요? 돌보는 걸 게을리하면 금방 말라버릴 테고."

"추워도 열심히 할게요! 그렇지? 마이켈?"

이즈 씨가 그렇게 묻자 마이켈 씨는 허둥대며 고개를 힘차게 끄덕였다.

"그, 그래, 물론이고말고! 사라사 씨, 부탁드릴 수 있을까요?"

"준비할 수 있긴 한데……, 무슨 일 있으신가요?"

"저기……, 시, 실은, 아이가……."

"어? 이즈 씨가요?"

깜짝 놀란 나를 보고 이즈 씨가 쑥스러운 듯이 볼을 붉히며 고개를 끄덕였다.

"네. 봄에 태어날 것 같은데요."

"축하드려요! 그런데 그러면 마이켈 씨 혼자서 하셔야 하니 더 힘드실 것 같은데, 하실 건가요? 먹고사는 것 정도는 괜찮으시잖아요?"

마이켈 씨와 이즈 씨에게는 당분간 에린 씨가 급료를 지불하지만, 약초의 일부도 두 사람의 몫이 되기 때문에 많이 수확하게 되면 그만큼 수입도 늘어난다.

그래서 두 사람의 의욕은 이해가 되는데, 무리할 필요가 있냐 하면…….

 "음, 저도 조금은——."

 돕겠다고 말하려는 이즈 씨를 보고 나는 고개를 저었다.

 "안 돼요. 임산부에게 겨울 농작업을 허가할 순 없어요. 이즈 씨께서 도울 필요가 있다면 이 이야기는 없던 걸로 하죠."

 "이즈, 괜찮아. 나는 재주가 좋은 편이 아니지만, 꾸준히 해나가는 건 잘하니까. 혼자서도 확실하게 일을 해낼게. 그러니까 이즈는 건강한 아이를 낳아줘."

 "마이켈……, 알았어. 힘내! 나는 집에서 당신을 기다릴 테니까!"

 손을 맞잡고 바라보는 두 사람.

 경사스럽긴 하지만, 보기 좀 그러니까 그런 건 집에서 해줬으면 좋겠다.

 그리고——, 어이, 이봐. 얼굴을 가까이 대지 마!

 "어흠! 그럼 저는 이만. 계속 열심히 해주세요."

 내가 고의적으로 헛기침을 하자 급하게 물러서는 두 사람.

 나는 그렇게 말한 다음 그런 두 사람에게 등을 돌렸다.

 일정한 직업도 없이 결혼부터 한 걸 보니 정열적인 것 같긴 한데, 때와 장소를 고려해줬으면 좋겠다. 참고로 '계속' 하라는 건 농사거든?

 그런 부분은 착각하지 마시고!

◇ ◇ ◇

원래 하던 일을 하면서 짬짬이 뒤뜰 약초밭을 정리한 나는 약간 방치해둔 느낌이었던 가게 앞쪽 화단 정비에 착수했다.

봄부터 여름까지는 다양한 꽃이 피어났던 그 화단도 가을에 접어든 요즘은 모든 꽃이 지고 잎도 조금씩 갈색으로 변해가기 시작했다.

그 꽃들의 알뿌리를 파내고 절반은 내년에 쓸 수 있게끔, 나머지 절반은 소재용으로 챙겨두었다.

관상용과 실용. 난 공간과 수고를 낭비할 생각이 없다.

빈 화단에는 가을부터 겨울까지 꽃이 피는 약초를 심었다.

별로 화려한 꽃은 아니지만, 없는 것보다는 낫겠지?

그리고 일단은 장식이 목적이니 선택 기준은 나름대로 꽃이 예쁜 것들.

약초로서의 가치는 그렇게까지 중시하지 않았다.

"뭐, 나도 일단은 여자애니까. 여자력이 좀 필요하지. 응."

대충 가져다 붙인 것 같은 여자력 어필도 아마, 없는 것보다는 나을 거다.

여러 가지 면에서 로레아에게 뒤처지고 있으니까.

하지만 아무리 그래도 아이리스 씨보다는 낫겠지──, 외모를 제외하고.

그쪽은 이미 경쟁할 생각도 없으니까. 부모님이 낳아주신 있는 그대로의 자신을 좋아하고 싶다──, 그런 식으로 마음을 속이며 다음 작업에 들어갔다.

"다음은 육묘 보조기를 만들 차례지."

이 아티팩트는 유백색 판자 모양에 네 모퉁이에는 약간 큼직한 마정석이 있고, 한 변에는 약간 작은 마정석이 일렬로 배치되어 있다.

사용 방법은 간단하다. 이 위에 씨앗을 뿌린 포트를 늘어놓기만 하면 된다.

완전 육묘기 정도로 완벽하지는 않지만 마력만 떨어지지 않는다면 거의 100퍼센트 싹이 트고, 밭에 심을 수 있는 묘목 상태까지 성장시켜준다.

10만 레어를 가볍게 넘는 비용만 모른 체하면 그리 어렵지 않은 아티팩트이기 때문에 재빨리 제작했다. 포트를 늘어놓고 얼마 전에 스승님에게 부탁해서 들여온 조금 비싼 약초 씨앗을 심어나갔다.

"이건 치레이 노브, 이쪽은 지바 웨이하고 샤르닐스, 그리고 이게 반 카오. ……떨어뜨리면 끝장이겠구나, 이거."

씨앗이 비슷하게 생겼기에 이름표를 끼워두며 착각하지 않게끔 심고……, 어라?

"이 씨앗은……, 뭐지?"

종류별로 작은 주머니에 담겨 있는 씨앗, 그 씨앗을 정리해둔 주머니 바닥에 내 기억에 없는 씨앗이 하나 굴러다니고 있었다.

다른 씨앗보다 조금 크고, 조금 단단해 보이는 씨앗.

밀의 일종인 것 같기도 하고, 사과 씨앗하고도 비슷하게 생겼다──, 하지만 잘 모르겠다.

"……조사해 볼까. '연금 소재 사전'도 샀으니까."

로레아의 공부를 위해 스승님에게 부탁해서 함께 보내달라고 한 연금 소재 사전.

모처럼 산 거니까 그걸로 확인하기 위해 나는 그 씨앗을 들고 일어섰다.

가게 카운터에서는 옆에 연금 소재 사전을 펼쳐놓은 로레아가 그걸 보며 종이에 펜을 놀리고 있었다.

내가 살며시 고개를 내밀자 곧바로 나를 눈치챈 로레아가 내 얼굴을 보고 의아하다는 듯이 시간을 확인했다.

"사라사 씨, 무슨 일 있으신가요? 점심 식사를 하긴 아직 이른데……."

"조사해보고 싶은 게 좀 생겨서. 그거 잠깐 빌려도 될까?"

"네, 물론이죠. 여기요."

"고마워."

로레아가 내민 연금 소재 사전을 받아들고 팔랑팔랑 넘겼다.

그와 동시에 로레아가 쓰고 있던 종이도 보았다.

"로레아는 어때? 순조로워?"

지금 그녀가 하고 있는 건 연금 소재 사전을 읽고 거기에 나와 있는 소재를 익히는 것과 동시에 내용을 다른 종이에 옮기는 것.

하지만 통째로 베껴 쓰라는 건 아니었다.

'채집할 때 필요한 정보만을 빼내고, 그것을 알아보기 쉽게 정리한다.'

이 작업은 두 가지 목적으로 부탁했다.

한 가지는 이 마을의 채집자들이 모르는 소재를 알림으로써 그것을 모아달라고 하려는 목적. 그것을 통해 채집자들의 수입을 증가시킴과 동시에 우리 상품 베리에이션도 늘어나면 좋을 것 같다고 생각한다.

다른 한 가지는 정보를 정리하는 과정에서 로레아 스스로 깊게 이해하게 만드려는 목적.

연금술사라면 직접 채집할 수 있는 지식이 필요하기에 꽤 중요한 작업이다.

손을 움직이면서 쓰면 분명히 기억에도 잘 남을 것이다.

"어떤가요? 이런 느낌인데요."

"응, 제대로 하고 있네――, 아니, 꽤 능숙한데? 로레아."

그녀가 내민 종이 다발을 훑어보며 나는 깜짝 놀랐다.

사전의 세밀한 묘사와는 다르지만, 제대로 특징을 파악하고 채집에 필요한 정보는 확실하게 들어가 있으며 그림도 꽤 능숙하다. 이건 약간 뜻밖의 재능일지도 모르겠다.

게다가 약초의 설명은 문장을 읽는 걸 껄끄러워하는 채집자도 요점을 파악할 수 있게끔 필요한 정보만 간단히 적어두었다.

"이 정도면 기대할 만하겠어."

"그런가요? 감사합니다. ——사라사 씨는 어땠어요?"

"음~, 이 씨앗을 찾고 있는데……, 안 보이네."

학생 시절에 몇 번이고 반복해서 본 책이기에 내용은 거의 파악하고 있다.

애초에 여기 나와 있는 건 연금 소재로 쓰는 식물뿐이기에 일반적인 식물은 나와 있지 않고, 그중에서도 씨앗 그림까지 그려져 있는 건 씨앗 자체를 쓰는 일부 식물뿐이다.

내가 써본 적이 있는 식물이라 해도 씨앗까지 기억하고 있지는 않다.

"설마 스승님이 먹은 과일 씨앗이 우연히 주머니 안에 떨어졌다거나, 마리아 씨가 사용한 식재료 씨앗이 섞였다거나, 그렇지는……, 않겠지?"

큰 주머니 구석에 하나만 굴러다니던 걸 보면 말도 안 된다고 단정 짓기도 힘든데…….

시험 삼아 로레아에게도 씨앗을 보여주었지만——.

"이건……, 저도 본 적이 없어요. 적어도 이 마을에서 재배하는 농작물 씨앗은 아니네요."

"그렇지? 어떻게 할까……?"

스승님에게 물어보는 방법도 있긴 하지만, 아무렇게나 쓰고 있는 것 같아도 전송진에 드는 마력량은 엄청나게 크다.

이곳에서 왕도까지 거리라면 마력량이 조금 많은 정도인

사람은 종이 한 장조차 전송하지 못할 정도이기에 나는 그렇다 치더라도 별것 아닌 질문 때문에 스승님께 그런 마력을 소비하게 하는 건 미안하다.

"심어보면 되는 것 아닌가요? 싹이 트면 뭔가 알 수 있을지도 모르잖아요?"

"……그건 그렇지. 포트를 하나 늘리는 정도면 수고가 크게 드는 것도 아니고."

스승님이 먹던 과일 씨앗이라면 뒤뜰에 심어보는 것도 재미있을 것 같다.

혹시나 맛있는 과일 수확을 기대할 수 있을지도 모르고?

"응, 그렇게 하자. 고마워, 로레아. 옮겨적는 건 계속 부탁할게."

"맡겨주세요. 이 전단지가 가게에 도움이 된다면 하는 보람도 있으니까요!"

미소를 지으며 주먹을 꼬옥 쥐는 로레아. 그녀의 어깨를 살짝 두드려준 나는 안쪽으로 돌아와 포트를 하나 더 준비해서 그 씨앗도 심었다.

"이제 됐다. 다음에는 육묘 보조기를 기동시켜서……."

아래쪽 판에 손을 대고 마력을 불어넣자 모퉁이에 배치된 마정석이 각각 붉은색, 푸른색, 녹색, 노란색으로 빛나기 시작했다. 그런 다음 마력을 더 불어넣자 측면에 일렬로 배치된 작은 마정석도 차례차례 하얗게 물들기 시작했고, 전부 하얗게 변하자 마력 보충이 끝났다.

주위 기온과 습도에 따라 다르긴 하겠지만, 이제 한 달 정도는 마력이 유지될 것이다.

"자, 이건 어디에 두지?"

희미한 빛을 뿜어내는 반투명 유백색 판자는 꽤 예쁘다.

하지만 실용성을 중시해서 만든 농업용 포트가 그 위에 놓여 있어 모양을 망치고 있었다.

뭐, 이건 인테리어가 아니라 실용품이니까.

"비를 맞지 않으면서 빛이 어느 정도 들어오는 곳……, 선택지는 거의 없지."

1층 방은 창고와 응접실, 햇빛이 들지 않는 연금 공방과 점포, 그리고 식당 겸 부엌.

2층에 빈방이 있긴 하지만 일단은 게스트 룸이니 이걸 가져다 두고 싶진 않고, 아이리스 씨와 케이트 씨의 방이나 창고도 당연하게도 대상에서 제외.

그러니 2층에 있는 내 방이나 부엌 창가 근처.

둘 중 하나를 고른다면 밭이 있는 뒤뜰하고 가까운 후자려나?

"나무 상자 위에 올려두고……, 응. 이제 기다리기만 하면 되겠네."

다음 날, 점심 시간을 이용해서 나는 로레아에게 마력 조작 기초를 가르쳐주고 있었다.

이건 중요한 실습 사전 단계. 이걸 소홀히 하면 매우 위험하다.

나 같은 경우에는 이걸 하지 않고 실습에 손을 댔다가 큰일 날 뻔했으니까.

아니, 정확히 말하자면 손을 대게 되어서인가?

스승님이 시키는 대로 한 것뿐이었으니까.

지금 생각해보면 그건 내 마력이 많다는 것과 그 위험성을 인식시키기 위해 필요했다는 사실을 알 수 있지만, 솔직히 매우 겁먹었다. 필사적으로 마력 조작을 연습할 정도로.

그 덕분에 학교 실습이 시작된 이후로도 고생하지 않았지만.

다시 말해서, 제대로 해두면 매우 유익하다.

"그래, 그래. 로레아, 재능이 있는데?"

"정말인가요? 감사합니다."

"로레아는 마법 연습도 순조로우니 그쪽 방면으로는 걱정할 필요가 없을지도 모르겠어."

"와아, 기뻐요!"

당연히 그대로 계속 노력한다면, 이라는 전제가 있긴 하지만.

하지만 내게는 제자를 칭찬해서 키운다는 지도 방침이 있으니까!

응? 지도는 처음 아니냐고?

응. 그러니까 오늘 정했지. 아마 성실한 로레아에게는 잘 맞을 것 같다.

그럴 예정은 없지만, 건방진 타입의 제자를 받게 되면 그 때 가서 생각하자.

"마력 조작은 수수한 작업이지만, 이건 꽤 중요해. 극단 적으로 말하자면 이것만 능숙하게 하면 연금술사로서 일을 해나갈 수 있거든."

물론 연금 허가증을 받을만한 최소한의 지식, 기량이 필 요하지만.

"아, 일단 말해두는 건데, 연금술을 쓸 수 있게 되더라도 멋대로 연성하면 안 된다? 들키면 잡혀갈 테니까. 자칫하다 간 머리와 몸통이 슬픈 이별을 하게 되어버리거든."

이건 농담이 아니다. 빤히 바라보며 그렇게 말하자 로레 아는 주눅이 든 듯이 침을 꿀꺽 삼켰다.

"할 생각은 없는데……, 원래 그런 건가요?"

"그렇단 말이죠. 연금 허가증은 장식이 아니에요."

그야말로 '허가증'. 이게 없는 상태에서 연성을 하면 왕국 법으로 처벌받게 된다.

예외는 연금 허가증을 지닌 정규 연금술사의 지도 아래에 서 진행했을 때뿐.

연금술사 양성학교를 중간에 그만두는 사람이 꽤 많기 때 문에 그런 사람이 허가도 받지 않고 연금술사 행세를 하다 가 가끔 적발되는 모양……이다.

나도 이야기로 들었을 뿐이지만.

어째서 그렇게 엄격하게 제한하는가 하면, 매우 위험하기 때문이다.

어설프게 만든 아티팩트가 사고를 일으킬 수도 있지만 특히 문제가 되는 건 포션이다.

대충 만들면 동작조차 하지 않는 아티팩트에 비해, 포션은 보기만 해선 효과를 알 수 없다.

그 결과 몸에 터무니없는 악영향을 끼치는 물건이 유통되어버릴 위험성이 있다.

그 때문에 연금술사 행세를 하는 사람에 대한 벌칙도 엄해진 것이다.

학교에서는 그런 부분에 대해 엄중하게 주의를 주었고, 정기 시험에 낙제해서 퇴학당할 경우에는 다시 경고하고 서약서를 쓰게 한다고 한다.

다행히 나와는 인연이 없었던 이벤트지만.

애초에 연금 허가증을 가지고 있으면서도 악질적인 행위를 하는 연금술사도 존재하니 뭐라 하기가 힘들다. 성실하게 하면 나름대로 돈을 벌 수 있는데도 말이지?

"그러니까 만약에 로레아가 연금술사가 되는 걸 포기한다 해도, 그런 규칙에 얽매이게 될 거랍니다. 주의하도록 해."

"물론이죠. 아니, 포기하지 않을 거예요!"

"응, 그렇게 되길 바랄게."

학교에 입학한 사람들 모두가 그렇게 생각하지만, 실제로 실현할 수 있는 사람은 일부뿐.

그 정도로 힘든 것이 연금술사다.

뭐, 로레아는 학교 시험으로 낙제할 일이 없으니 마음이 꺾이지만 않으면 '포기하지 않는다'라는 마음은 실현할 수 있겠지만.

"자, 오늘 연습은 이 정도만 할까? 너무 오래 해도 효율만 나빠지고, 날마다 꾸준히 하는 게 중요하니까."

"알겠어요. 감사합니다."

"그래, 고생했어."

고개를 꾸벅 숙인 로레아를 보고 나는 고개를 끄덕인 다음, 기지개를 켜고 숨을 내쉬었다.

"쉬는 시간은⋯⋯, 조금 남은 것 같네요. 차를 타 올게요."

"응, 고마워~."

내가 하는 건 아니지만, 마력 조작 연습을 보고 있으면 은 근히 피곤하다.

아니, 오히려 내가 하는 것보다 더 피곤하다.

제대로 조작을 하고 있는지 다른 사람의 마력을 '볼' 필요 가 있으니까.

눈가를 살짝 마사지하며 기다리고 있자니 내 앞에 컵이 살며시 놓였다.

피어오르는 향기가 코를 간지럽히자 마음이 가라앉았다.

로레아에게 고맙다는 인사를 하고 차를 한 입 마셨다. 적 당한 습도와 떫은맛이 마음을 편하게 해주었다.

"휴~, 맛있네."

"별말씀을요. ──저기, 마력 조작을 잘하게 되는 방법 같은 게 있을까요?"

"당연한 거지만, 기본적으로는 꾸준한 연습이지. 마법을 정밀하게 쓰는 것도 효과적이긴 하지만, 지금 로레아가 쓸 수 있는 마법하고는 안 맞으니까 그건 나중에나 하려나? 그리고 아티팩트를 다루는 것도 효과가 있어. 마력을 흘려 넣는 감각을 알 수 있으니까."

"아티팩트……, 마도 풍로 같은 것도요?"

"그건 일반인도 쓰기 편하게 만들었으니까 그 정도까지는 아니지만……, 예전에 로레아가 프라이팬을 녹일 뻔했던 마력로 같은 게 어떤 의미로는 최적이지."

그건 우리 집에 마도 풍로를 들여놓기 전.

식사를 조촐하게, 대충 때우던 내게 로레아가 '제가 해드릴게요!'라고 요리를 해준 적이 있었는데……, 그때 쓴 것이 공방에 있는 마력로였다.

대형이 아니라 대장간 작업에 쓰는 소형이긴 했지만, 그래도 금속을 녹일 만한 능력은 있었기 때문에.

마력 조작이 미숙했던 로레아는 필요 이상의 마력을 불어넣었고, 그 결과 집에서 가져온 프라이팬을 망치고 큰 화상을 입을 뻔했다.

프라이팬은 내가 수리하긴 했지만 그때는 나도 좀 초조했다.

그리고 실수를 한 가지 더 하기도 했기에 당연하게도 그 이후로는 공방에서 요리를 시키지도 않았고, 이미 부엌이 정비된 지금은 시킬 필요도 없다.

그때 생각이 났는지 로레아는 껄끄러운 듯이 눈을 내리깔고는 입을 다물었다.

"그, 그건……, 쓸쓸한 추억이에요."

"응, 나도 그걸 만지게 할 생각은 없어, 지금까지는. 다른 거라면……, 그래. 마침 여기 있는 육묘 보조기 같은 건 위험하지 않으니까 괜찮을 것 같네."

"저거 말이죠. 예쁜 아티팩트네요."

로레아는 들고 있던 컵을 내려놓고 일어선 다음 육묘 보조기 앞에 서서 그 위에 늘어서 있는 포트를 지긋이 관찰했다.

"싹은 아직……, 안 났네요."

"아무리 그래도 하루 만에 나진 않지~. 보조해주는 것뿐이고, 성장을 촉진하는 건 아니니까."

육묘 보조기는 식물의 최적 환경에 맞춰줄 뿐이기에 싹트는 데 걸리는 기간은 그냥 심었을 경우와 큰 차이가 없다.

식물 중에는 하루 만에 싹이 틀 정도로 성장이 빠른 것도 있지만, 이번에 심은 것들은 전부 가격이 비싼──, 다시 말해 재배하기 어려운 약초다. 간단히 싹이 틀 리가 없다.

"아, 그런데 육묘 보조기 쪽은 어제 봤을 때와 좀 달라졌네요. 왠지 빛이 희미해진 것 같은데요……?"

"어? 정말? 그렇게 금방 알아볼 수 있을 정도로 마력을 소비하진 않을 텐데……."

"그런데 여기가 다르지 않나요?"

로로에가 손가락으로 가리킨 것은 측면에 배치된 마정석.

척 보기에도 어제보다 흰색이 희미해져서 마력 소비 징후를 알아볼 수 있었다.

"……정말이네. 으응?"

이 육묘 보조기는 내가 물건을 사러 나갈 때처럼 가게를 비울 경우도 고려해서 마력을 약간 많이 비축해둘 수 있게끔 설계했다.

보통은 하루 만에 마력 소비를 알아볼 수 있을 만큼 변화가 생길 리가 없다.

그럼에도 불구하고 이렇게 되었으니…….

혹시 만들 때 뭔가 실수한 건가?

"좀 신경 쓰이긴 하지만……, 뭐, 보충해두면 되겠지. 동작에는 문제가 없는 것 같고."

"아, 사라사 씨. 제가 해봐도 될까요?"

"그래, 좋아. 해봐. 여기에 손가락을 올려놓고."

"으으음, 이건 확실히……, 마도 풍로를 쓰는 것과는 다르네요."

"그렇지? 그래도 제대로 하고 있어."

약간 어색하지만 마력이 확실하게 보충되고 있다.

그대로 지켜보고 있자니 이윽고 로레아가 육묘 보조기에서 손을 뗐다.

"휴우……. 저는 이 정도가 한계 같은데요."

"응, 너무 무리하지 마. 거의 가득 찼으니까."

나는 육묘 보조기를 만져서 부족한 부분을 불어넣은 다음, 마력을 소비해서 비틀거리는 로레아를 의자에 앉히고 그 옆에 앉았다.

"어느 정도로 소비하면 행동에 지장이 생기는지, 어느 정도 쉬면 회복되는지를 파악해두는 것도 중요하니까. 한동안 앉아서 쉬어."

"네. 감사합니다."

내가 로레아의 몸에 손을 댄 채 약간 미지근해진 차를 마시자 나른한 듯이 테이블에 몸을 기댄 그녀는 빈 의자를 멍하니 바라보았다.

"……아이리스 씨랑 케이트 씨는 지금쯤 어떻게 지내고 계실까요?"

"음~, 샐러맨더는 없으니까 위험하진 않을 거고, 순조롭게 나아갔다면 슬슬 돌아오기 시작했을 텐데……, 동행한 사람이 연구자니까."

자기 흥미를 우선시하며 예정에도 없던 행동을 하는 사람이 연구자다. 나는 그렇게 생각한다.

약간 편견이 들어가 있는 생각이지만, 아마 그리 크게 빗나가진 않았을 것이다.

그걸 고려하면 중간에 다른 곳으로 완전히 빠져서 겨우 현지에 도착했을 수도 있다.

"뭐, 그래도 식량 문제가 있으니까 그 범위 안에서 돌아올 것 같긴 해."

아무리 그래도 식량을 현지에서 조달하며 버티는 일은 없었으면 좋겠다.

샐러맨더의 동굴 주변에서 확보할 수 있는 식량은 용암도마뱀 정도밖에 없다.

연구를 제일 우선시하고 다른 것들을 제쳐두는 것 같은 노르드 씨는 그렇다 치더라도 거기 함께 있어야 하는 아이리스 씨와 케이트 씨가 너무 가엾으니까.

"그래도 위험하지 않다니 좀 안심이 되네요."

"응, 뭐, 무슨 일이 생기더라도 그럴 때를 위해서———."

그때, 마치 타이밍을 재고 있었던 것처럼 집안에 목소리가 울려 퍼졌다.

"구해달라냥! 구해달라냥!"

"".......""

어디선가 들어본 듯한 목소리에, 보통은 그 사람이 하지 않을 듯한 말.

왠지 싸늘해 보이는 로레아의 시선이 내게 푹 꽂혔다.

"……사라사 씨, 이건 뭐죠?"

"이건 공명석, 그러니까 아이리스 씨와 케이트 씨가 보낸 구원 요청이야. 뭔가 자신들의 힘만으로는 해결할 수 없는 문제가 발생한 것 같은데."

"아뇨, 그게 아니라. 아, 아니, 그쪽도 중요하지만요, 이 대사는 뭐죠?"

"이거? 그냥 벨소리 같은 걸로 하면 못 듣고 놓칠지도 모르니까 아이리스 씨에게 부탁해서 반드시 눈치챌 소리로 해 봤지."

"──그런 명분으로?"

"아이리스 씨에게 귀여운 대사를 시켜보고 싶었어."

"사라사 씨……."

로레아의 어이없어하는 목소리에 약간 자극된 내 죄책감.

하지만 오히려 그걸 위해서 공명석을 만들었다고 해도 과 언은 아니지!

어떤 대사로 할지 정하는 과정에서 이것저것 즐겼으니까!

수치심으로 물든 아이리스 씨가──, 어흠.

그 대신, 공명석 자체는 공짜로 제공했으니 문제는 없겠지?

"그런데 실제로 쓰게 될 줄이야."

"앗! 그러니까, 아이리스 씨랑 케이트 씨가 위험한 상황 에 처했다는 거죠?!"

"실수로 부숴버렸을 수도 있긴 하지만……, 아마도?"

"크, 큰일이잖아요!! 어떻게 하죠?!"

급하게 일어서려다가 비틀거리는 로레아를 부축해서 다 시 의자에 앉힌 다음, 나는 조용히 대답했다.

"진정해, 로레아. 이때를 위해서 호문쿨루스를 함께 보낸 거니까."

"그랬죠! 어, 어서 확인해주세요!"

"알겠어. 좀 멀어서 힘들긴 하지만──."

호문쿨루스와 의식을 동조시키면 내 몸 관리가 소홀해진다.

원래는 누운 상태가 제일 좋긴 하지만, 불안에 떠는 로레아의 눈을 보니 '잠깐 침대에 가서 누울게!'라고 말하기 껄끄러웠다.

나는 의자에 앉아서 두 손을 테이블 위에 올려 몸을 안정시킨 다음, 천천히 마력을 짜내기 시작했다.

연금술 대사전 : 제8권 등재
제작 난이도 : 하드
표준 가격 : 18,000 제어 ~

〈투명 잉크〉

ЯПIfЯlfЯ Яng

투명감이 있는 색을 찾다 보니 정말로 투명해져 버린 잉크. 실패작인가 싶었는데 한 쌍으로 딸린
특별한 안경을 쓰면 확실하게 보입니다. 비밀 편지를 쓸 때 유용하니 다른 사람들에게는 말할 수
없는 관계를 가지고 계신 분께서는 꼭 써보세요.

Episode 4

ᛏᚻᛖ
ᚾᛖᛖᚠᚠ ᚢᛖ Afill

구원 요성

진동이 멎자, 바위가 무너지는 소리가 들리지 않게 되었다.

이윽고 주위에 떠돌아다니던 흙먼지가 가라앉아 귀가 아플 정도의 정적이 돌아왔다.

그것은 짧은 순간에 일어난 일이었지만, 당사자에게는 영원처럼 느껴지는 시간이었다.

"머, 멈춘, 건가?"

머리를 감싸고 주저앉아있던 아이리스 일행이 천천히 움직이기 시작했다.

"다, 다들 무사해?"

"나는 괜찮아. 이 근처에서 무너진 게 아닌 모양이야."

흘러들어 온 흙먼지로 인해 아이리스 일행과 짐이 더러워지긴 했지만, 주위에 무너진 흔적은 없었다.

그 사실을 확인하고 말한 노르드랫에게 아이리스도 고개를 끄덕인 다음, 소리가 들린 쪽을 돌아보았다.

"무너진 건 우리가 온 방향인가? 아무리 생각해도 기분 나쁜 예감만 든다만……."

"그래. 그런데 다행인지 아닌지는 모르겠지만, 샐러맨더의 발소리 같은 건 들리지 않게 되었어."

"돌아간 거라면 좋겠는데……. 상태를 확인하지 않으면 대책도 세울 수 없겠지. 보러 가볼까."

노르드랫이 속 편한 소리를 하는 것 같지만, 하는 말 자체는 틀리지 않았다.

짐을 그곳에 두고 왔던 길을 돌아가기 시작한 그를 따라 아이리스와 케이트가 걸었다. 얼마 가지 않았는데도 그게 보이기 시작했다.

세 사람이 나란히 걸어갈 수 있을 정도로 넓었던 통로를 가로막듯 천장과 벽이 무너진 현장.

알아볼 수 있는 건 빛이 닿는 범위뿐이었지만, 그 피해의 크기는 확실하게 살펴볼 수 있었다.

반쯤 상상한 대로라고는 하지만, 꽤 곤란한 상황이었기에 일행은 어두운 표정을 지으며 주위를 둘러보았다.

"이건……, 꽤 많이 무너졌는데."

"노르드 씨, 조명을 좀 더 밝게 할 순 없을까요?"

"너무 밝게 하면 마력 소비가 늘어나는데……, 알겠어."

약간 불평하면서도 필요한 일이라는 걸 느꼈는지 노르드랫은 조명 아티팩트를 조절해서 광량을 대폭 강하게 만들었다.

그로 인해 비춰진 것은 동굴의 천장 부분까지 쌓인 바위와 흙먼지의 산.

어딘가에 틈새가 있을지도 모르겠다는 희망을 품지 못할 정도로 붕괴 규모는 컸다.

"역시 완전히 막혔나."

"게다가 꽤 두꺼운 것 같은데? 발소리가 들리지 않게 된 것도 이것 때문일까?"

"그렇겠지. 치우는 건 현실적이지 못할 것 같아."

왠지 남 일 같은 노르드랫의 말을 듣고 아이리스가 눈을 살짝 치켜떴다.

"자랑하는 근육으로도 어떻게 안 되나?"

샐러맨더의 부활과 동굴의 붕괴, 아무리 생각해도 관련이 없을 것 같지는 않으니까.

하지만 그렇게 비꼬는 소리가 통할지 여부는 다른 문제다.

"응. 바위를 치우는 것만이라면 문제가 없지만, 무너지는 건 막을 수가 없지."

눈치챈 건지 아닌지 노르드랫은 전혀 신경 쓰지도 않고 태연하게 대답했고, 그 말을 들은 아이리스는 약간 입을 일 그러뜨렸지만 케이트가 허리를 툭 치자 한숨과 함께 불만을 집어삼켰다.

이런 상황에선 사이가 틀어져봤자 백해무익하다. 아이리스는 그런 생각을 할 수 있을 정도로 냉정함을 유지하고 있었다.

"샐러맨더가 쫓아올 걱정이 없다는 것만은 고맙지만, 여기서 밖으로 나가는 건 힘들겠는데."

"시간을 들여서 파나가는 방법도 있겠지만, 무너질 우려가 있으니까. 케이트 군은 토속성 계통 마법을 쓸 수 있지? 그걸로 흙을 굳힐 수는……, 없어?"

"안타깝게도 제가 쓸 수 있는 건 지면을 부드럽게 만드는 마법이라서……."

케이트가 사라사에게 배우고 있는 것은 개척할 때 도움이 되는 마법이다. 흙을 파내는 마법이긴 하지만, 그것은 지면을 부드럽게 만들기 위한 마법이기에 이런 상황에서는 오히려 역효과가 생길 것이다.

사라사만큼 마법과 마력 조작 실력이 뛰어나다면 그래도 어떻게든 하겠지만, 케이트처럼 초보자의 마법에 목숨을 맡기는 건 아무리 생각해도 악수다.

"역시 여기를 파는 건 현실적이지 못하겠구나. 우선 돌아갈까?"

원래 있던 곳으로 돌아온 일행은 일단 마음을 가라앉히기 위해 따뜻한 차를 마시며 숨을 돌리고 있었다.

불행 중 다행으로 붕괴 현장에 가로막혀 있다고는 해도 샐러맨더라는 위험 요소가 있는 동굴에 갇힌 상황. 왠지 안절부절못하는 아이리스와 케이트에 비해 노르드랫만은 초조해하지 않으며 천천히 찻잔을 기울이고 있었다.

물론 패닉 상태에 빠지는 것보다는 훨씬 낫겠지만, 아이리스와 케이트가 그 모습을 보고 왠지 석연치 않게 생각하는 것도 어쩔 수 없을 것이다.

"노르드, 차분하구나?"

"마물 연구자 같은 일을 하다 보면 궁지에 처할 기회가 엄청 많아서 곤란할 정도거든. 그런 상황에서도 생환할 수 있게끔 근육을 단련하는 거고. ──뭐, 이번에는 도움이 안 되었지만."

"저는 근육을 단련하기 전에 자신의 행동을 돌아보셨으면 하는데요."

이번 일도 노르드랫이 묘한 실험을 하지 않았다면 일어나지 않았을 사고이기에, 케이트의 말은 지당하다.

하지만 비난하는 듯한 케이트의 말을 듣고도 노르드랫은 밝게 웃었다.

"하하하, 그건 힘들지. 탐구심과 모험심이 없다면 그건 이미 연구자가 아니야."

"모험심 안에 신중함까지 넣었으면 하는데요. 협력자가 없어질걸요?"

"역시 그런가? 두 번 호위를 맡아주는 사람이 별로 없단 말이지. 보수는 나쁘지 않은 것 같은데."

──그건 분명히 첫 번째에 질렸기 때문일 것이다.

아이리스와 케이트의 심정은 확실하게 일치했지만, 지금 그 말을 해봤자 소용이 없으니 두 사람은 서로 마주 보며 몇 번째일지 모를 깊은 한숨을 쉬고 있었다.

"……일단 타개책을 생각해볼까요."

"그래. 온 길은 써먹지 못할 것 같지만, 여기는 아직 안쪽으로 이어져 있으니까. 이쪽은 어디로 이어져 있는지 알아?"

"아니, 저번에 왔을 때는 샛길로 전혀 새지 않았으니까. 어디론가 이어져 있을 가능성이 없다고는 못하겠지만, 그와 동시에 위험하기도 할 것 같다."

원래 이 근처는 헬 플레임 그리즐리가 서식하던 에어리어다.

쓰러뜨리는 것만 놓고 보면 아이리스와 케이트에겐 용암 도마뱀도 위협적이지 않지만, 그건 상성 문제와 상황을 조정하고 전투에 임하기 때문이다. 아무런 생각도 없이 싸우면 충분히 강적이고, 비슷한 수준인 다른 마물과 싸우게 되면 꽤 위험하다.

이번 호위를 맡은 것도 마주칠 마물의 종류가 한정되어 있고, 샐러맨더가 없다는 사실을 전제로 했기 때문이다.

"돌아가지 못하는 이상 앞으로 나아갈 수밖에 없잖아. 아니면 다른 방법이 있어? 좋은 생각이 있다면 채용할 의도도 충분히 있는데?"

"하지만 우리가 노르드를 지킬 자신이······."

"만약 죽게 되더라도 따질 생각은 없으니까 걱정 안 해도 돼. 여기서 가만히 있는 것보다는 살아날 확률이 올라갈 것 같으니까."

자신의 목숨이 걸려 있는데도 합리적으로 생각하는 걸 보니 역시 연구자라고 해야 할지도 모르겠지만, 호위를 맡은 아이리스는 간단히 그렇게 말할 수가 없었다.

고민하는 아이리스를 보고 케이트가 생각났다는 듯이 짐 쪽을 보았다.

"──그러고 보니, 아이리스, 점장 씨가 공명석을 줬잖아."

"으······, 그건가. 그걸 쓰는, 건가."

말을 얼버무리는 모습을 본 케이트는 의아하다는 듯이 고개를 갸웃거렸다.

"……? 왜 그래? 점장 씨가 공짜로 줬잖아? 지금 쓰지 않으면 언제 쓸 건데? 혹시 쓰면 돈을 청구당하게 되는 거야?"

"아니, 그렇진 않아. 이걸 써도 돈은 필요 없다고 확인해 줬으니까. ──그 대신, 소중한 걸 팔아넘기게 되었지만."

"어? 뭐라고?"

"아니, 아무것도 아니야."

아이리스는 조용히 말했고, 케이트가 되묻자 고개를 천천히 저었다.

참고로 아이리스가 사라사에게 팔아넘긴 것은 수치심이다.

채용된 그 대사 말고도 신이 난 사라사가 아이리스에게 약간 창피한 대사를 몇 가지 말하게 시켰기에 정신력이 팍팍 깎여나갔던 것이다.

그런 대사가 사라사의 집에서 재생되어서 사라사와 로레아는 물론이고 자칫하다간 가게에 온 손님들까지 듣게 될 가능성이 있다는 걸 생각하면 사용하는 걸 망설이는 것도 당연할 것이다.

하지만, 확실히 말해 상황이 좋지 않았다.

케이트의 말대로 오히려 지금 쓰지 않으면 언제 쓸 거냐고 따질 정도로.

느릿느릿, 짐에서 공명석을 꺼낸 아이리스는 휴우~ 하고 무겁게 한숨을 쉬었다.

"에잇, 될 대로 돼라!"

그리고 자포자기하듯 그것을 땅바닥에 내던졌다.

돌처럼 보이지만 그것은 깨지는 게 목적인 아티팩트.

공명석은 쉽사리 깨졌고, 마치 공중에 녹아드는 것처럼 사라졌다.

그 수수한 모습에 케이트는 왠지 맥이 빠진 듯이 눈을 깜빡였다.

"……그게 전부야? 소리 같은 것도 안 나네."

"그, 그래, 그렇군."

하지만 아이리스는 오히려 아무 일도 없었다는 사실에 가슴을 쓸어내렸다.

이쪽에서도 똑같은 목소리가 재생되었다면 그녀의 정신적인 대미지는 이루 말할 수가 없을 정도로 컸을 것이다.

보기에는 수수하지만 이 수수함에는 의미가 있다.

공명석을 쓸 만한 상황에는, 경우에 따라서 적에게 쫓기거나 어딘가에 갇혀서 구조를 기다리게 될 수도 있다.

그럴 때 큰 소리를 내는 건 치명적이다.

공명석에는 송신 쪽, 수신 쪽 구별이 없지만, 그런 이유 때문에 먼저 부숴진 쪽에서는 소리가 나지 않게끔 되어 있었던 것이다.

"그건 사라사 군에게 연락할 수 있는 아티팩트야?"

"네. 이제 점장 씨에게 우리가 위기에 처했다는 사실이 전해졌……겠지?"

"그래. 전해지면 호문쿨루스로 이쪽 상황을 확인해줄 텐데……."

처음 써본 아티팩트이기 때문에 아이리스는 왠지 자신 없게 대답한 다음 짐 위에 앉아 가만히 있던 쿠루미를 안아 들고 자기 앞에 앉혔다.

그리고 케이트와 함께 쿠루미를 빤히 바라보았지만, 쿠루미는 그런 두 사람의 시선 같은 건 아랑곳하지 않고 드러누워 '흐아아암~', 크게 하품을 했다.

"".......""

그럼에도 불구하고 눈을 돌리지 않고 가만히 기다리는 두 사람을 보고 노르드랫이 조심스레 말을 걸었다.

"아~, 이봐. 의식의 동조 같은 걸 금방 할 수는 없을 텐데?"

"응? 그런가? 예전에 보여주었을 때는 단숨에 해내던데."

"그건 거리가 가까웠기 때문일 거야. ......아니, 보통은 바로 곁에 있더라도 어느 정도 시간이 걸릴 텐데, 제작자의 실력 덕분인가? 애초에 이렇게 멀리 떨어져 있는데도 호문쿨루스가 움직인다는 것 자체가 있을 수 없는 일이지만."

"......그리고 보니 점장 씨도 아슬아슬하다고 했었지."

"그래도 움직이는 걸 보니 대단하네. 평소에 움직이지 않는 건 에너지를 절약하기 위해서인가?"

"흐음, 그런가."

시간이 좀 걸릴 거라는 사실을 알아서 그런지 아이리스가 쿠루미의 배를 간지럽히자 쿠루미도 그에 맞춰서 다리를 버둥거렸다.

"후후후, 귀엽네……, 아니, 아이리스, 혹시 점장 씨 아닐까?"

훈훈하게 그 모습을 보고 있던 케이트가 중간부터 쿠루미의 움직임이 바뀐 것을 눈치채고는 급하게 아이리스의 손을 잡았다.

"어? 벌써?"

그녀가 급하게 손을 거두자 쿠루미는 왠지 인간 같은 움직임으로 '이런, 이런'이라고 말하는 듯이 몸을 일으켜서 주위를 둘러보았다.

"……점장님인가?"

"가우."

"미, 미안하다! 동조할 때까지 시간이 걸린다고 들어서……."

고개를 끄덕인 쿠루미에게 아이리스가 급하게 고개를 숙이자 쿠루미는 신경 쓰지 말라는 듯이 고개를 젓고는 주위를 둘러보며 고개를 갸웃거렸다.

"가우?"

"실은 동굴이 무너져서 말이다. 아마 원인은 샐러맨더겠지만."

"노르드 씨가 엄청난 실험을 한 탓에 말이지."

"아니~. 그렇게 칭찬하면 쑥스럽잖아."

아무리 생각해도 비꼬는 말이다.

"가우~."

""에휴…….""

쿠루미까지 포함해 셋이 싸늘한 눈으로 바라보는데도 전혀 아랑곳하지 않는 노르드랫의 강철 같은 정신은 어떤 의미에선 연구자로서 얻기 힘든 재능일지도 모르겠지만, 여러모로 살기 힘들어 보인다. 하지만 지금 그런 말을 해봤자 의미가 없다.

"가우가우가우~."

쿠루미는 어쩔 수 없다는 듯이 손짓 발짓으로 무언가를 호소했지만──.

"미안하다, 점장님. 무슨 말을 하고 싶은지……."

안타깝게도 아이리스 일행에겐 동물(?)의 말을 이해할 수 있는 능력이 없었다. 쿠루미는 곤란하다는 듯이 제자리에서 어슬렁대다가 잠시 후 땅바닥에 사각사각 글자를 쓰기 시작했다.

『마정석 없어? 이대로 가다간 마력이 바닥나겠어.』

호문쿨루스는 그냥 존재하기만 해도 저장해둔 마력을 소비한다.

짐에 달라붙어 있기만 하는 에너지 절약 모드에서 의식을 동조시켜 활동 모드로 전환하면 마력 소비가 커지는 건 당연할 것이다.

그리고 마력이 다 떨어지면 호문쿨루스는 활동을 정지하게 된다.

사라사의 요구를 듣고 케이트와 아이리스는 급하게 자기 짐을 뒤적거렸다.

"어느 정도 남았을 텐데……."

"나도 조금……."

"마정석 말이야? 실험용으로 모아왔으니까 꽤 남아있어."

노르드랫도 자기 짐을 뒤지다가 그 안에서 가죽 주머니를 끄집어냈다.

그 가죽 주머니를 받은 쿠루미는 마정석을 하나 꺼내 입에 넣고 우득우득 씹었다.

"……이렇게 보니 평범한 생물이 아니라는 게 실감되는군."

쿠루미는 그렇게 말한 아이리스를 힐끔 보며 추가로 마정석을 하나 더 먹고 나서 다시 땅바닥에 사각사각 글자를 썼다.

『덕분에 살았어. 계산을 좀 잘못했네.』

원래 사라사가 예측하기로는 아이리스 일행이 돌아올 때까지 마력이 유지될 줄 알았지만, 사라사도 호문쿨루스를 만든 건 이번이 처음이었다.

장거리 동조로 소비되는 호문쿨루스쪽 마력량 예상을 잘못한 것이다.

그 마력을 마정석으로 급하게 보충했지만, 사라사가 직접 보충해주는 마력과 마정석으로 보충할 수 있는 마력은 크게 차이나기에 결코 마력이 풍부해졌다고 할 수는 없다.

그래서 마정석이 들어 있는 가죽 주머니는 손에 그대로 들고 있었다.

"사라사 군, 비상 사태니까 그 마정석을 소비하는 건 상관없는데, 조명 아티팩트에도 써야 하니까 어느 정도는 남겨줄래?"

"노르드 씨, 그건 마력으로도 작동시킬 수 있는 거죠? 그렇다면 저도 마력을 보충할 수 있어요. 마법 쪽은 거의 쓸 일이 없으니까요."

"오, 그래? 그럼 다행이고. 내 마력량으로는 이걸 쓸 수가 없거든. 약간 특수해서."

조명 아티팩트는 비교적 일반적인 물건이지만 종류가 다양하고, 거리의 밤길을 돌아다니기 위해 쓰는 물건부터 넓은 범위를 대낮처럼 비춰주는 대규모 아티팩트까지 있다.

노르드랫이 가지고 있는 아티팩트는 그중에서도 비싼 물건이고, 좀 전에 붕괴 현장 전체를 비춘 것처럼 꽤 강력하지만 마력을 많이 소비한다는 단점이 있다.

"어두운 곳에서도 연구를 할 수 있어서 편리하긴 한데……, 좀 더 큰맘 먹고 효율이 좋은 걸 사야 했나?"

"저희가 보기에는 그 아티팩트도 좀처럼 살 수가 없는 물건 같은데요……."

케이트는 약간의 부러움과 어이가 없다는 감정을 섞어 말했다. 그녀의 주의를 끌려는 듯이 쿠루미가 다리를 탁탁 때렸다.

"가우가우!"

『시간이 없어. 좀 더 자세히 설명해줘.』

"아, 그렇지. 음, 우선——."

『잘 알겠어. 검토해 볼게. 다시 연락할게. 긴급 팩을 확인해.』

케이트 일행의 설명을 듣자마자 사라사는 시간과 마력이 아깝다는 듯이 곧바로 동조를 끊었다.

그와 동시에 마치 실이 끊어진 것처럼 쿠루미의 몸이 뒹굴었지만, 곧바로 아무 일도 없었다는 듯이 일어나 마석이 들어있는 가죽 주머니를 확실하게 든 채 다시 앉았다.

"쿠루미로 돌아온 거야?"

"가우~."

확인 차 물어본 케이트에게 울음소리가 돌아오자 케이트는 왠지 안심한 듯이 쿠루미를 안아 들었다.

노르드랫은 그런 쿠루미를 연구자로서의 눈으로 빤히 관찰했다.

"흐음. 흥미로운데. 이렇게 멀리 떨어진 거리에서 시각이나 청각 동조뿐만이 아니라 마음대로 움직일 수 있다니."

"노르드 씨, 상황을 생각해요."

케이트는 노르드랫의 시선으로부터 지키듯 쿠루미를 꼬옥 끌어안고 그에게 싸늘한 시선을 보냈지만, 그 시선을 받은 장본인은 별로 신경 쓰지도 않는지 어깨를 으쓱이며 고개를 저었다.

"아무 짓도 안 할 거야. 그건 그렇고, '긴급 팩'은 뭐야?"

"아, 그거 말이지. 출발하기 전에 점장님이 혹시 위험하게 되면 열어보라면서 준 물건이다. 나도 안에 뭐가 들었는지 자세히는 모른다만⋯⋯."

자신의 짐을 부스럭부스럭 뒤지던 아이리스는 제일 안쪽에 넣어두었던 금속제 상자를 꺼냈다.

펼쳐 놓은 노트 정도의 크기에, 두께는 주먹 하나 정도.

확실하게 밀폐되어 있는 그 상자의 뚜껑을 아이리스가 열자 케이트와 노르드랫도 흥미를 보이며 안을 들여다보았다.

"⋯⋯이것저것 들어있네?"

"그렇군. 이 포션은⋯⋯, 해독, 병 치료, 상처 치료용이야. 범용이니 좀 비싼 걸 넣어두었다고 했지."

"점장 씨가 '좀 비싼 거'라고 했단 말이지. 약간 겁나네."

"으음. 공명석과는 달리 이 상자의 내용물은 '쓰면 요금을 청구할 거예요'라고 했으니까."

"'빙벽' 마법을 담아두었던 그 마정석과 똑같구나."

쓰지 않으면 무료라는 뜻은, 돈을 지불하지 않아도 위험할 때 보험이 생긴다는 뜻이기에 평소였다면 엄청나게 좋은 조건이다.

하지만 청구당할 금액을 생각하니 빚을 진 채 살아가고 있는 아이리스와 케이트는 전전긍긍했다.

긴급 상황이기에 좋은 게 들어있어서 기쁘기도 하고, 겁나기도 하고. 그런 복잡한 기분인 것이다.

"노르드, 이건 부담해줄 수 있나?"

"음~, 이런 상황이 된 건 내 책임도 있으니 전부 부담하겠다고 말하고 싶지만……, 그 포션은 꽤 비싸지?"

"역시 그런가?"

"범용품은 그렇지. 특정한 병, 특정한 독에 맞는 포션하고 비교하면 몇 배……, 아니 몇십 배나 비쌀 수도 있어. 그만큼 효과적이라는 건 틀림없겠지만."

효과로 따지면 범용품이 더 떨어진다고는 하나 어떤 병에 걸리고 어떤 독에 걸릴지 모르는 상황에서는 특정한 포션을 가지고 다니기가 힘들다.

그렇기 때문에 범용품이 유용하긴 하지만, 당연히 많은 증상에 효과를 발휘하는 포션의 제작 난이도와 필요한 소재의 비용은 높기 때문에 필연적으로 가격도 비싸지게 된다.

아이리스와 케이트는 구입하기가 힘들 정도로.

"뭐, 독이나 병 쪽 포션은 쓸 기회도 없겠지. 상처용 포션이라면 모를까."

"아이리스, 그런 건 플래그라고 하는 거 아니야? 여기 가만히 있는다면 모르겠지만, 안쪽에서 독사나 독충이 나오지 않을 거라는 보장은 없을 텐데?"

플래그 이야기는 제쳐두더라도, 이곳은 탐색해본 적도 없는 정체불명에 가까운 동굴 속이다.

강약은 몰라도 독이 있는 벌레 같은 게 있을 확률은 결코 낮지 않다.

케이트가 매우 그럴싸한 말을 하자 아이리스는 '윽' 하는 소리를 내며 말문이 막혔다.

"그 부분은……, 만에 하나 쓰게 되면 우리도 점장님과 교섭하자."

"부탁할게. 나도 없는 돈을 낼 수는 없으니까."

"으음. 자, 다음은……, '용수통'이군. 본 적이 있어."

"이건 고맙네. 식량은 어느 정도 남았지만, 물 쪽은 불안했는데."

척 보면 평범한 수통처럼 보이지만 엄연한 아티팩트다.

크기는 세로로 긴 컵 정도이며, 마력을 불어넣으면 수통 하나 분량의 물을 만들어내서 마력량이 평균적인 사람이라면 물을 따로 챙기지 않고 여행을 할 수 있을 정도로 편리한 물건이다.

하지만 마력량과는 무관하게 일정 시간마다 만들어낼 수 있는 물의 양에 한계가 있기에 케이트와 사라사가 같은 시간 동안 용수통을 써도 얻을 수 있는 물의 양은 같다.

그럼에도 불구하고 쉬지 않고 마력을 계속 불어넣으면 하루에 욕조 몇 개를 채울 수 있는 물을 확보할 수 있지만, 평범한 사람이라면 10분도 안 걸려서 마력이 바닥나기 때문에 별로 현실적이지 못하다.

"색깔이 다른 게 하나 더 있네. 주황색인데, 이건 뭐지?"

"그쪽도 물이 나오는데……, 왠지 달콤하고 맛있는 물이 나온다."

"……그게 무슨 소리야?"

"아니, 나한테 물어봐도 곤란한데. 점장님이 만든 물건이니……."

케이트가 진지한 표정으로 묻자 아이리스는 곤란한 듯 말꼬리를 흐렸다.

하지만 노르드랫은 약간 놀라서 눈을 크게 떴다.

"그건 좀처럼 보기 힘든 아티팩트야. 만드는 경우가 거의 없으니까."

"그런가? 점장님은 '하는 김에 만들어봤다'라고 가벼운 느낌으로 말했다만."

"만드는 것도 어려워 보이지만, 수요가 없거든. 그냥 물을 만드는 것보다 더 많은 마력이 필요하고, 보통은 용수통이 필요한 상황에서 사치를 부리려 하진 않겠지? 도시에서는 달콤한 걸 마시고 싶다면 사 먹는 게 나으니까."

참고로 비슷한 품질의 일반적인 용수통과 비교해서 소비되는 마력은 10배, 용수량은 10분의 1.

수분 보급을 고려하면 너무나도 효율이 안 좋다.

단, 수분 말고도 당분을 섭취할 수 있다는 장점이 있어서 조난당했을 때는 꽤 큰 도움이 될 것 같지만──, 사실 그렇게 편리하진 않다.

이 용수통으로 평범한 사람이 하루에 만들 수 있는 양은 겨우 한두 컵 정도가 한계다.

어지간히 마력량이 많지 않은 한, 이것으로 활동할 에너지를 충당하는 건 불가능하다.

그럼에도 불구하고 사라사가 이걸 넣어둔 것은 단것을 섭

취함으로써 위기 상황에서 정신적인 스트레스를 경감시키기를 바랐기 때문일 것이다.

"그렇다면 그건 덤인가? 달고 맛있었다만……."

아이리스는 케이트가 든 용수통을 약간 아쉽다는 듯이 바라봤다. 다음으로 꺼낸 것은 마정석이었다.

하지만 긴급 팩에 들어있는 걸 보니 단순한 마정석은 아닐 것이다.

"그거 혹시 아까 얼음 벽을 만들었던 것과 똑같은 건가?"

"그렇군. 담아둔 마법은 여러 종류가 있는 것 같다만."

"이것도 비싸단 말이지……, 노르드 씨."

"나도 알아. 위험할 때는 신경 쓰지 말고 사용해. 대금은 내가 지불할 테니까."

"다행이군. 이런 것들을 우리가 부담하면 노르드에게 받을 의뢰료를 전부 써도 부족할 테니……."

아이리스와 케이트는 마정석의 효과를 확인하며 그것을 주머니에 넣었다.

숫자는 많지 않았기에 정말로 비장의 수로만 써야겠지만, 강력한 마법을 쓸 수 없는 이 세 사람에게는 든든한 생명줄이라는 건 분명할 것이다.

그리고 마지막으로 남은 것은 한 손 위에 올려둘 수 있을 정도로 작은 상자 세 개.

"이 상자는……, 휴대용 보존 식량(레이션)이구나. 이건 나도 본 적이 있어. 먹어본 적은 없지만."

"나는 먹어봤다. 한두 개 정도가 하루치라더군."

"겨우 그 정도로? 그렇다면 당분간은 굶어 죽을 걱정은 없겠네. 좋은 소식이야."

종이 상자 안에 들어있던 것은 한 변이 1센티미터 정도인 큐브.

그것이 삼단으로 쌓여서 한 상자 안에 300개 정도 들어차 있었다.

"나머지 두 상자는……, 윽, 색만 다른 게 세 종류인가."

케이트가 열어본 상자──, 하얀 큐브를 봤을 때는 약간 기뻐하던 아이리스의 표정이 두 번째, 세 번째 상자를 열고 녹색과 노란색 큐브를 보고는 씁쓸한 표정으로 바뀌었다.

"왜 그래? 그쪽은 뭐가 다른데?"

"으음, 우선 케이트가 가지고 있는 타입. 그게 제일 좋은 거다. 적당히 먹을 만하고, 영양도 풍부하지. 좀 전에 말한 것처럼 그거 하나로 하루는 버틸 수 있다."

단, 평범한 성인 남자가 도시에서 일상생활을 할 경우를 말한다.

육체 노동자나 채집자처럼 몸을 심하게 움직이는 사람일 경우에는 하나만으로는 약간 부족하기 때문에 하나 더 먹거나 다른 음식으로 보충할 필요가 있다.

"다음은 노란색. 이건 달고 맛있다. 하루 분량의 에너지를 섭취할 수 있는 모양인데, 이것만 먹으면 병에 걸린다더군. 나는 잘 모르겠다만."

"그런 뜻이구나. 빵만 먹어도 배가 부르긴 하지만, 고기나 채소도 같이 먹지 않으면 몸에 안 좋은 거하고 마찬가지야."

곡물만 먹으면 신체의 건강이나 성장에 영향이 생긴다는 것이 경험적으로 알려져 있긴 하지만, 자세한 내용을 이해하고 있는 것은 의사를 흉내 내기도 하는 연금술사나 연구자 같은 지식인들, 극히 일부에 불과하다. 그렇기 때문에 일반인들보다는 지식인에 가까운 아이리스와 케이트도 애매한 지식만을 지니고 있다.

"그렇구나. 그렇게 말하니 이해가 되네. ……하얀 쪽은 괜찮다는 게 신기하지만."

"그런 문제도 해소했다는 거겠지. 비싼 만큼."

"역시 비싼가? 이 하얀 쪽."

"비싸지. 구체적으로는 녹색의 다섯 배는 할 거야. 확실하게."

"다섯 배……, 그렇다면 노르드는 이쪽 녹색도 알고 있었나? 맛이 없다는 것도?"

"어? 그렇게까지 맛이 없진 않은데? 물론 맛있다고 하긴 힘들겠지만 맛 말고는 문제가 없고, 하루 식사가 10초 만에 끝나니까. 바쁠 때는 유용하거든."

녹색 휴대용 보존 식량의 판매 가격은 하나에 서민의 하루 식비보다 조금 비싼 모양이다.

절약할 수 있는 시간과 편리함을 고려하면 두뇌 노동자에게는 그렇게까지 비싼 물건은 아니지만 세간의 맛 평가는 아이리스 쪽에 가까웠고, '쓴 풀 같고 푸석푸석한 쿠키'라고 한다.

노르드랫처럼 특수한 사람을 제외하면 마음에 들어서 먹는 사람은 거의 없다.

그리고 노란 쪽 가격은 녹색과 하얀색의 중간.

그렇기 때문에 이 휴대용 보존 식량 세 상자만 해도 은근히 큰돈이다.

"……뭐, 맛은 일단 제쳐두자. 전부 합쳐서 900개가 있으니 두 개씩 먹어도 150일은 버틸 수 있겠어."

케이트는 왠지 안심한 듯이 그렇게 말하며 휴대용 보존 식량 상자를 닫았지만──.

"음~, 과연 그럴까?"

노르드랫은 그 말에 의문을 제기하듯 굳은 표정으로 끙끙댔다.

"휴우."

"어, 어떻게 되었나요? 사라사 씨!"

의식을 내 몸으로 되돌린 것과 동시에 옆에 앉아 있던 로레아가 나를 마구 흔들었다.

"아~, 미안, 잠깐만 기다려……."

"네, 네."

익숙하지 않은 장거리 의식 동조는 생각했던 것보다 부담이 컸고, 내 신체 감각과 어긋나는 부분도 있었기에 어지러운 머리를 받치고는 크게 숨을 내쉬었다.

"저기, 괜찮으신가요?"

"응, 조금 지쳤을 뿐이야. ──좋아. 저기 말이지."

감각이 회복되어 고개를 들고 방금 들은 상황을 이러쿵저러쿵 설명해주자 로레아는 얼굴에서 점점 핏기가 가신 채 부들부들 떨기 시작했다.

"어어어, 어떻게 하죠?"

"진정해. 상황이 좋진 않지만, 최악은 아니니까. 갇히긴 했어도 지금 시점에서 위험하진 않고, 다치지도 않았어. 뭐가 있는지는 모르겠지만 안쪽으로 이어지는 길도 있고, 식량도……. 나름대로 남아있을 거야."

아이리스 씨에게 건넨 긴급 팩 안에는 휴대용 보존 식량이 있다.

맛이 없다는 걸 참고 먹기만 하면 오랫동안 살아남을 수 있고, 이런 일이 생길까 해서 큰맘 먹고 그밖에도 이것저것 넣어두었으니까──, 아니, 거짓말입니다.

공명석을 만든 다음, 얼굴을 새빨갛게 물들인 채 아으아으 소리를 내고 있는 아이리스 씨를 보니 죄책감이 들어서 원래 예정보다 좋은 걸 많이 넣었을 뿐입니다.

만들긴 했지만, 나는 써먹을 곳이 없었던 물건들도 같이.

"그래도 바깥으로 나갈 방법이 없다면 죽을 때까지 걸리는 시간이 늘어날 뿐이겠지."

"큰일이잖아요!!"

"응. 그러니까 방법을 생각해 봐야지."

초조해해봤자 의미가 없다. 애써 냉정하게 말하는 나를 보고 로레아도 물러나서 의자에 다시 앉은 다음 끙끙대며 지혜를 짜내기 시작했다.

"……사라사 씨가 구해주러 갈 수는 없나요?"

"그게 좋긴 하겠지만, 나 혼자서는 힘들 테고 장소와 상황이 좋지 않아."

우선 장소. 저번에 아이리스 씨와 케이트 씨만 데리고 갈 수 있었던 것처럼, 특별한 장비가 필요한 데다 그 장비는 지금 내 몫밖에 없다.

다음으로는 상황. 무너지기만 한 거라면 최악의 경우 나 혼자서도 구출할 수 있었을지도 모르겠지만, 지금은 샐러맨더가 부활해버렸다.

이런 상황에서 구출하러 가더라도 내가 위험하다.

구출 활동은 우선 자신의 안전을 확보하는 것이 대전제다.

그런 상황에서 무리하게 나서봤자 2차 조난 등으로 희생을 늘리는 결과가 될 뿐이다.

"다시 샐러맨더를 쓰러뜨리는 건——."

"힘들지. 저번에는 힘으로 밀어붙여서 어떻게 되긴 했는데, 엄청 아슬아슬했으니까."

빙아 박쥐의 송곳니가 풍부하게 있었기 때문에 어떻게든

된 것이다.

지금부터 짧은 시간 만에 비슷한 양을 모으는 건 당연히 불가능하다.

"그, 그럼, 어떻게 해야……."

"기본적으로는 그쪽에서 스스로 탈출하게끔 해야 할 것 같은데. 안쪽으로 이어지는 길은 있는 것 같으니까 그쪽 탐색을 해달라고 하고……, 지원이 필요하겠지."

"뭔가 방법이 있나요?"

"예를 들어서 출구 방향을 나타내는 아티팩트——, 정확히 말하자면 동굴 끝이 바깥으로 이어져 있는지 여부를 확인할 수 있는 아티팩트가 있긴 한데……."

바깥으로 이어져 있는지**만은** 알 수 있다는 게 중요하다.

실제로 가보니 인간이 통과할 수 없을 정도로 작은 구멍이었다든가, 깊은 구멍 바닥에서 위쪽으로 하늘이 보인다든가, 깎아지른 절벽에 구멍이 뚫려있다든가, 그렇게 평범한 방법으로는 탈출하기 힘든 곳에 도착할 수도 있다.

심지어 어지간히 성능이 좋은 게 아니라면 그 정도 판정도 힘들기에 보통은 '여기서 일정 거리까지는 막다른 길이 아니다'라는 정도밖에 모른다.

"그래도 충분히 편리할 것 같긴 한데, 가져다주지 못하면 의미가 없겠네요."

"그건 일단 방법이 있어. 그쪽에는 쿠루미가 있으니까."

원래 아티팩트란 누구나 마법을 쓸 수 있게 해주는 물건이다.

다시 말해 아티팩트로 실현할 수 있는 것은 마법으로도 실현 가능하다고 할 수 있다——, 원리상으로는.

실제로는 조금 더 복잡하다.

예를 들어 콰앙, 쿠웅, 날리는 공격 마법이라면 직접 마법을 쓰는 쪽이 더 간단하고, 정밀하고 복잡한 마법이라면 시간을 들여서 마력 회로를 그리고 귀중한 소재를 써서 아티팩트를 만드는 쪽이 성공할 확률이 높은 식으로 상황에 따라 다르다.

전체적으로 어느 한쪽이 더 뛰어나다고 할 수 있는 게 아니다.

유일하게 절대적으로 나은 점이 있다면 마법을 쓸 수 없는 사람도 아티팩트를 쓸 수 있다는 점?

"음……, 그러니까, 그 탐색 마법? 맞나요? 그걸 사라사 씨가 쿠루미를 통해 쓴다는 건가요?"

"감이 좋구나, 로레아. 이것저것 문제가 있긴 하지만 그거하고 비슷해. 도움은 될 거야. 하지만……."

"하지만?"

"나는 그 아티팩트를 아직 못 만든단 말이지."

"그러면 안 되잖아요!"

아마 6권인가 7권에 나와 있다고 들은 적이 있는 것 같은데.

연금술 대사전은 연금술사의 레벨에 따라 읽을 수 있는

권수가 정해져 있다. 아무리 그래도 지금부터 5권의 나머지 물건을 전부 만들어서 6권을 읽을 수 있게 하는 건 비현실적인 방법이다.

"음~, 꼼수 같은 방법이 있긴 한데……."

그것은 읽을 수 있는 사람에게 복사해달라고 하거나, 직접 배우는 방법.

그 방법을 쓰면 연금술 대사전과는 상관없이 아티팩트를 만들 수 있게 된다.

"음……, 그래도 괜찮은 건가요?"

"사실은 별로 바람직하지 않지만……, 괜찮다고 할 수는 있지."

연금술사도 장사꾼이다. 수행하러 온 신입에게 팔 예정도 없는 아이템을 만들게 해줄 정도로 착한 사람들은 아니다. 그렇기 때문에 보통은 선배나 스승의 지도 아래 권수와 상관없이 주문이 들어온 물건을 만들게 된다.

내가 스승님의 가게에서 아르바이트를 할 때도 1권부터 차례대로 만들어나갔던 건 아니다.

스승님이 시키는 대로 만들다 보니 결과적으로 3권까지 나와 있던 아이템을 전부 만들었을 뿐이다. 아마──, 아니, 분명히 스승님이 조정해준 거겠지만.

"하지만 이번에는……, 미묘하네. 안 된다고 하면 다른 방법을 생각해보자."

원래는 실패했을 때 감독하는 사람이 보조해주기 때문에

인정받을 수 있는 수단이고.

"아무튼 일단은 물어봐야지."

쇠뿔은 단김에 빼라고 했으니까, 나는 스승님에게 편지를 쓰기 시작했다.

사정을 적어두지 않으면 '안 돼'라고 할 테니 그런 부분도 꼼꼼하게.

"저기, 뭔가 도와드릴 건 없을까요?"

"음~, 로레아는 평소처럼 가게를 봐주는 게 제일 큰 도움이 될 것 같은데? 가게를 맡길 수 있는 사람이 없으면 나도 구출 작업에 전념할 수가 없으니까."

"그야 물론 하겠지만, 그밖에 뭔가⋯⋯."

"으음⋯⋯."

아이리스 씨와 케이트 씨를 위해 뭔가 해주고 싶다는 마음은 이해가 되지만, 같은 나이 또래보다 똑똑하고 재치가 있다고는 해도 아직 미성년자인 로레아.

체력이 좋은 것도 아니고, 전투력도 일반인 수준.

2차 조난이나 숲에 들어가는 위험성을 고려하면 직접 도와달라고 할 건 없다.

"아, 그렇지. 육묘 보조기 마력 공급을 부탁해도 될까? 내 마력은 절약하고 싶으니까."

내 총 마력량으로 따지면 그렇게 많은 양은 아니지만, 그 약간의 차이가 아이리스 씨와 케이트 씨의 생사를 가를 가능성도 없다고는——, 응, 아마 없겠지.

하지만 전혀 없는 건 아니고, 로레아도 돕는다는 마음이 들 테고, 게다가 마력 조작 훈련도 된다.

실제로 로레아도 콧김을 거세게 내뿜으면서 기합을 넣고 있으니까.

"알겠어요! 제게 맡겨주세요. 그밖에도 시키실 게 있다면 뭐든 말씀하세요!"

"응. 그렇게 되면 부탁할게."

스승님의 답장은 예상했던 것보다 빨리 도착했다.

물어보았던 아티팩트――, '탈출로 감지기'의 자세한 내용과 함께 '어떻게 해볼 수 없을 것 같으면 연락해라'라는 편지도 있긴 했지만, 가능하다면 그건 피하고 싶다.

아니, 마스터 클래스인 스승님에게 구출을 부탁하면 진짜로 엄청난 금액을 내야 하니까.

얼마 전에 겨우 갚았던 로체 가문의 빚 따위는 비교도 안 될 정도로.

뭐, 이러쿵저러쿵하면서도 자상한 스승님이니까 우리가 마련할 수 있는 범위로 봐주신 하겠지만……, 아무리 그래도 그건 좀.

마스터 클래스의 사회적 영향력을 고려하면 이야기가 그렇게 단순한 게 아니라는 건 나도 알고 있다.

"그래도 두 사람의 목숨이 위험해진다면 울면서 매달리는 것도 생각해 봐야겠지."

아이리스 씨와 케이트 씨의 목숨과는 바꿀 수가 없으니까.

노르드 씨? 차가워 보이긴 하지만 그 사람은 어찌 되든 상관없을 것 같은데?

——아니, 오히려 책임을 지라고 하고 싶다.

나도 연금술을 제일 우선시하니까, 연구를 제일 우선시하는 건 이해가 안 되는 것도 아니다.

하지만 거기에 아이리스 씨와 케이트 씨를 끌어들이지 말라고.

아무리 보수가 많다고 해도 이번 상황은 좀 아니다.

"……뭐, 지금은 이걸 먼저 해석해야지."

스승님이 보내준 종이에 적혀 있는 것은 탈출로 감지기를 만드는 방법.

이것의 구조를 이해하고 분해해서 마법을 추출할 필요가 있다.

평소에는 마법을 아티팩트에 담는 식으로 설계하니까 정반대의 공정이 되겠지만, 그건 그렇게 어렵지 않다. 조립하는 것보다 분해하는 게 간단하다는 건 분명하니까.

문제는 그 마법을 쿠루미가 쓸 수 있게 하는 방법인데…….

"역시 마력 회로를 병용하는 게 나으려나? 쿠루미가 유지할 수 있는 마력량도 고려해야만 하고, 마정석은 필수겠지? 음, 내가 쓰는 것보다 훨씬 어렵네……."

게다가 이게 완성되더라도 '바깥으로 이어져 있을지도 모르는 길을 알아볼 수 있는 것'뿐이다.

이것만으로 바깥으로 나갈 수 있다고 생각하는 건 너무나도 낙관적인 생각이다.

나 자신이 구출하러 가는 것까지 포함해서 여러 가지 계획을 검토해야 할 것이다.

"그밖에도 뭔가 써먹을 수 있을 만한 아티팩트는……. 만에 하나를 대비해서 포션도 만들어야 할지 모르겠는데……?"

나는 몇 가지 방법을 검토하다가 퇴짜를 놓기를 반복하며 아이리스 씨 일행을 무사히 구출한다는 목적을 실현하기 위해 정신없이 고민했다.

"노르드, 뭔가 문제가 있나?"

당분간은 괜찮겠다고 말한 케이트의 말을 부정한 노르드랫을 보고 아이리스가 불안함과 짜증이 뒤섞인 듯한 표정으로 눈살을 찌푸렸다.

"아니, 너희는 별로 의식하지 않는 것 같은데, 이곳은 꽤 덥거든."

"어……, 앗!"

노르드랫이 지적하자 케이트가 정신이 번쩍 든 듯이 소리쳤다.

아이리스와 케이트가 걸치고 있는 방열 장비는 용암 바로 옆에서도 열기를 별로 느끼지 못할 정도로 품질이 좋기 때문에 이 근처 기온이라면 불쾌감조차 없다.

하지만 노르드랫의 방열 장비는 두 사람의 장비보다 성능이 꽤 떨어진다.

그를 잘 살펴보니 지금도 이마에 땀이 맺혀 있고, 그것이 가끔씩 흘러내려서 지면을 적시고 있었다.

그 정도로 주위의 온도가 높기에 필연적으로 수분의 소모가 늘어나게 되어, 노르드랫은 숨도 제대로 쉬지 못했다.

"그런 문제가 있었나……, 노르드, 괜찮나?"

"이래 봬도 단련했으니까. 다행히 사라사 군이 만들어준 플로팅 텐트에는 온도 조절 기능이 있으니까 마력만 신경 쓰지 않는다면 거기서 쉴 수 있어. 괜찮아.

"그렇구나. ……응? 그럼 뭐가 문제지?"

아이리스는 약간 안심한 듯이 고개를 끄덕인 다음, 의아하다는 듯이 고개를 갸웃거렸다.

"그러니까 마력 말이야. 내 방열 장비도 그렇고, 입고 있기만 해도 마력을 항상 소비하게 돼. 주위가 덥다면 더더욱 그렇고."

방열 장비는 소재 자체에도 뛰어난 단열 성능을 갖추고 있지만, 그것만으로 고온 환경에서 쾌적하게 지낼 수는 없기에 단열 성능을 강화하고 내부를 냉각시킬 때는 마력을 사용한다.

그 마력은 보통 착용자의 마력을 소비하는데, 그 소비량은 주위 기온에 비례하며 소비량이 적다 해도 항상 마력이 소비되는 상황은 몸에 부담을 주게 된다.

"너희 방열 장비가 아무리 좋은 거라도 마력을 전혀 소비하지 않는 건 아닐 텐데?"

실제로 아이리스와 케이트의 방열 장비는 가게에서 파는 게 말도 안 될 정도로 뛰어난 성능을 지니고 있다.

전투력과 마력은 높지만 체력에는 자신이 없는 사라사가 오랫동안 활동할 수 있는 쾌적성.

그것과 동등한 성능을 유지하면서도 아이리스와 케이트의 마력량으로도 사라사와 함께 행동할 수 있을 정도의 뛰어난 마력 효율.

사라사의 '나만 편하게 지내는 건 좀……'이라는 죄책감 때문에 만들어진 그것은 일반적인 경우에는 마력의 소비를 신경 쓸 필요가 없을 정도의 성능을 지니고 있지만, 수십 일에 걸친 고온 환경에서의 활동에도 아이리스의 마력이 버틸 수 있을지 여부는 알 수가 없었다.

그 사실을 알게 되자 아이리스와 케이트도 심각한 표정을 지었다.

"하, 하긴, 그건 큰 문제로군."

"그렇지? 더위를 견디지 못하면 마력 회복도 느려질 테고, 물 소비량도 늘어날 거야."

"게다가 그 물도 마력으로 만들어내야만 하니……, 악순환이구나."

"응. 나는……, 뭐, 최소한만 움직일 수 있어도 괜찮겠지만, 너희는 싸울 수 있는 체력을 남겨두어야만 하니까."

"이걸 벗으면……, 아, 안 되겠군. 전투가 없더라도 하루를 버틸 수 있을지 모르겠어."

주위의 기온은 '방열 장비가 없으면 금방 목숨이 위험한 정도'로 높진 않았지만, 아무런 대비도 없이 하룻밤 자고 나면 아침에는 열사병으로 죽을 정도로 더웠다.

시험 삼아 코트를 벗은 아이리스도 그 더위에 고개를 저으며 곧바로 다시 걸쳤다.

"다시 말해 마력을 모두 잃은 시점이 목숨을 잃게 되는 시점이라는 거로군."

"그렇지. 어느 정도로는 마정석으로 보충할 수 있지만, 아마 마정석이 다 떨어진 시점에서 단숨에 무너질 거야. 너희의 마력 회복 능력이 특별히 높다면 모르겠지만."

"……아니, 아마 노르드 씨 말이 맞을 거야."

하다못해 방열 장비와 용수통으로 소비하는 마력이 마력 회복량과 비슷하다면 현재 상황을 유지하는 것도 가능하겠지만, 아이리스와 노르드랫은 물론이고 세 사람 중에서는 마력이 가장 많은 케이트도 이런 환경에서는 꽤 미묘한 라인일 것이다.

그런 데다 전투 등으로 체력을 소비하면 마력의 회복량에도 영향이 생길 테고, 당연히 물 소비량도 늘게 되어 결과적으로 마력 소비량도 늘어난다.

"으으음……. 점장님이라면 아무 문제도 없을 텐데……."

"우리는 힘들지. 지금 상황도 충분히 축복받은 상황이겠지만."

긴급 팩의 존재 자체가 행운이고, 원래는 세 사람이 알아서 대처해야 하는 문제다.

"그걸 감안해서 방침을 생각해볼까."

노르드랫은 약간 피곤한 표정으로 땀을 닦으며 방긋 웃었다.

일행은 한동안 이야기를 나누었지만, 현실적으로 선택지는 거의 없었다.

지금 있는 곳에서 구조를 기다리려 해도 구해주리 올 가능성이 있는 건 사라사뿐.

하지만 사라사에게는 원래 아이리스 일행을 구출할 의무나 책임이 없다.

물론 그녀는 아이리스 일행의 구출에 온 힘을 다하겠지만, 그것만 믿을 정도로 아이리스 일행은 뻔뻔하지 않았다.

하지만 무너진 곳을 파내기라도 하지 않는 이상, 할 수 있는 건 안쪽으로 나아가는 것뿐이다.

새로운 위험 요소와 마주칠 위험성도 있지만 다른 방법이 없고, 주변 기온이 내려가기만 해도 마력 소비를 낮출 수 있다는 장점이 있다.

아이리스 일행은 그런 이유로 걸어가기 시작했는데——.

"……왠지, 주위 기온이, 올라가고 있는 것, 같지 않아?"

노르드랫이 띄엄띄엄 그렇게 말한 것은 한나절 정도 지났을 무렵이었다.

자잘한 경사가 있긴 했지만 처음에는 위쪽으로 뻗어있던 동굴.

그런데 나중에는 그것이 아래쪽으로 변했고, 지금은 붕괴 현장보다 낮은 위치까지 내려온 것 같다는 생각이 들었다. 기온이 올라간 것도 이게 원인일 것이다.

케이트와 아이리스는 품질이 좋은 방열 장비 덕분에 변화를 느끼지 못했지만, 그렇게 말하기는 껄끄러웠는지 다른 화제를 꺼냈다.

"물을 보급해드릴까요?"

"고마워……."

노르드랫은 흐르는 땀을 닦으며 거의 텅 비었던 물주머니를 케이트에게 내밀었다.

그것을 받아든 케이트는 용수통을 기울이고 자신의 마력을 사용해서 물을 부었다.

"케이트 군, 마력은 괜찮아?"

"지금까지는……, 점장 씨에게 고마워해야죠."

케이트가 노르드랫에게 물을 보급해준 건 이번이 벌써 네 번째.

평범한 사람이 하루에 만들 수 있는 물의 양이 15~20리터 정도라는 것과 방열 장비를 계속 쓰고 있다는 점을 감안하면 마력량이 많은 케이트도 문제가 생길 만한 무렵이었지만, 아직 케이트는 마력의 감소로 인한 피로를 느끼지 않고 있었다.

"그거 좋은 소식이네. 물까지 절약해야만 했다면 단련한 내 근육이라도 비명을 질렀을 거야."

""…….""

아이리스와 케이트는 '근육이 아니라 몸이겠지'라고 태클을 걸고 싶었지만, 아예 틀린 말인 건 아니었다.

동굴 입구에서 샐러맨더가 있는 곳으로 이어져 있던 길과는 달리 지금 나아가고 있는 길은 그야말로 **자연의 동굴**이었다. 커다란 바위를 넘어서, 암벽을 기어오르고, 몸을 숙인 채 천장이 낮은 통로를 지나가고, 폭이 좁은 곳에서는 짊어지고 있던 짐을 내린 다음 몸을 옆으로 틀어서 지나갔다.

좀처럼 빠르게 나아갈 수 없는 데다 그 과정에서 완력을 혹사하는 경우도 많았기에 짐을 가장 많이 가지고 있는 노르드랫의 팔에는 피로가 많이 축적되고 있었다.

"예상했던 것보다 길이 험하군."

"처음에 지나왔던 길하고 비교하면 차이가 많이 나지."

"그곳은 샐러맨더가 드나드는 곳이라 그럴 거야. 척 보기에도 지나다니기 편했으니까."

"다시 말해 이 근처에는 샐러맨더도 오지 않는다는 건가?"

안심할 만한 이야기이긴 하지만, 다른 시점에서 보면 바깥으로 이어져 있는지 여부조차 알 수 없다는 뜻이다.

그러나 그런 생각이 들더라도 소리 내어 말하는 사람은

없었다.

"……노르드, 체력은 괜찮나?"

"솔직히 아슬아슬한데. 조사라면 모를까, 샐러맨더와 술래잡기를 하다가 길도 제대로 나 있지 않은 동굴만 연달아 돌아다니고 있잖아. 꽤 힘든 하루였거든."

"그렇, 지……."

"그래, 그렇지……."

노르드랫이 한 말을 듣고 아이리스와 케이트는 서로 마주 보며 감정이 담긴 표정으로 고개를 끄덕였다.

이벤트가 잔뜩 있긴 했지만, 그 이후로 아직 하루도 지나지 않았다.

뜻밖의 사고——, 아니, 고의로 일으킨 사고만 없었다면 지금쯤은 집으로 돌아가고 있었을 텐데.

그렇게 생각하니 자연스럽게 솟구치는 미묘하게 까만 것.

아이리스는 그 감정을 억누르며 노르드랫에게 물었다.

"지금 시간을 알 수 있나? 슬슬 쉬어야 할 것 같은데."

"그래, 잠깐만 기다려. 시간대마다 관찰할 필요도 있어서 시계를 가지고 다니거든. 음……, 바깥은 이미 해가 졌을 시간이네. 자기는 좀 이른데, 쉴까?"

짐에서 시계를 꺼내서 보고 그렇게 말한 노르드랫에게 아이리스가 고개를 끄덕였다.

"그게 좋겠지. 노르드도 한계잖나?"

"솔직히 그래. 며칠이라면 모를까 장기간에 걸쳐서 이렇게 행동하려면 무리할 수는 없을 테고."

"알겠습니다. 그럼 저녁 식사를 하고 쉬죠. 휴대용 보존 식량 말고 다른 식량은……, 일찌감치 소비하는 게 좋을 것 같네요."

"맞아. 상해서 못 먹게 되면 아까우니까. ……주변 온도가 너무 높아서 오히려 괜찮을지도 모르겠지만. 하하하……."

"글쎄요……, 위험할 것 같은 건 일찌감치 먹어버리죠. 좀 사치스러운 식사가 되겠네요."

"이게 최후의 만찬이 되지 않는다면 좋겠는데……."

""…….""

농담으로 들리지 않는 아이리스의 말에 일행은 말이 없어졌고, 케이트가 만든 약간 사치스러운 저녁 식사를 조용히 마친 다음, 그날은 일찍 잠들었다.

플로팅 텐트와 방열 장비를 함께 사용한 야영은 아이리스 일행이 상상했던 것보다 쾌적했지만, 마력을 계속 소비해서 그런지 아니면 갇혀있다는 정신적인 압박 때문인지 아쉽게도 상쾌하게 깨어났다고 할 수는 없었다.

왠지 무겁게 느껴지는 고개를 흔들며 느릿느릿 일어난 일행은 어제 저녁보다 꽤 조촐해진 아침 식사를 마치고 오늘도 동굴 안쪽으로 걷기 시작했다.

길은 여전히 험했지만 그나마 다행인 건 갈림길이 없다는 것이었다.

군데군데 들어갈 수 없을 것 같은 틈새가 있긴 했지만, 만약 그곳이 바깥으로 이어져 있다고 하더라도 지나갈 수가 없으면 의미가 없다. 헤맬 필요가 없다는 점에서 그들은 운이 좋았다.

하지만 그런 행운도 그날 점심 무렵까지였다.

"──갈림길, 이군."

"그러게. 굳이 말하자면 갈라진 틈새 같은 느낌이지만."

"선택하는 데 고민할 필요는 없을 것 같네요."

세 사람 앞에 나타난 것은 사람 한 명이 겨우 들어갈 수 있을 것 같은 세로 방향으로 갈라진 틈새 세 군데.

땅속 깊게 파고든 그 틈새의 아래쪽은 다리가 들어가지 않을 정도로 좁았다. 양쪽 벽으로 몸을 지탱하며 앞으로 나아갈 수밖에 없어 보였다.

어느 쪽을 골라도 힘들다는 건 별 차이가 없을 것 같았기에, 케이트가 말한 대로 통로의 난이도는 선택에 영향을 주지 않을 것 같았다.

"……생각하고 있어봤자 소용이 없지. 차례대로 가보는 수밖에 없겠어."

아이리스는 앞에 도사리고 있을 험난한 길을 생각하며 크게 한숨을 쉬었다.

이틀째 이후로는 일행의 탐색에 별로 진도가 없었다.

그렇지 않아도 험한 동굴이다. 그런 상황에서 갈림길까지

나왔고, 게다가 중간에 막다른 길이라 돌아오게 되니 정신적으로도, 육체적으로도 매우 지쳤기에 휴식은 필수였다.

그 결과 탐색에 들이는 시간은 줄어들었으며 실질적으로 나아간 거리도 얼마 되지 않았다.

그리고 나흘째. 피로로 인한 스트레스로 모두의 말수가 줄어들었을 무렵, 아이리스의 짐에 에너지 절약 모드로 달라붙어 있던 쿠루미가 움직임을 보였다.

"가우, 가우!"

"……어? 오, 왜 그러나, 쿠루미. 배가 고픈가?"

"바보야, 아이리스, 정신 차려! 아마 점장 씨일 거야."

지쳐서 멍하니 그런 말을 한 아이리스의 손을 케이트가 잡아당겨서 멈춰 서자, 쿠루미가 땅바닥에 훌쩍 뛰어내린 다음 맞장구를 치듯 고개를 끄덕였다.

쿠루미는 아이리스 일행의 얼굴을 둘러보고는 땅바닥에 글자를 적었다.

『힘들어?』

"한심하게도 말이지. 점장님 덕분에 더위를 견딜 수는 있고, 심한 전투를 벌인 것도 아닌데……."

원래 아이리스는 이래 봬도 귀족 아가씨다.

채집자가 되어 예전보다 힘든 환경에서 생활하게 되긴 했지만, 기본적으로는 당일치기로 다녀오기에 며칠 동안 머무르는 본격적인 채집 활동 경험은 적다.

저번 샐러맨더 토벌은 힘든 일정이었지만, 그때는 전투 면으로 든든한 사라사 같은 존재, 그리고 아델버트와 카테리나 같은 보호자도 함께 있었기에 정신적인 안심감이 컸다.

하지만 지금은 전투 면으로 기대할 수 있는 건 자신들뿐, 노르드랫은 지켜야 할 대상이고 무사히 탈출할 수 있을지 알 수가 없는 상황이다.

체력보다는 정신적인 부분에서 큰 스트레스를 받는 상태였다.

그에 비해 노르드랫은 아이리스와 케이트보다 장비가 뒤쳐져 체력 소모가 심했지만, 더 가혹한 환경에서 오랜 기간 동안 마물을 관찰한 경험이나 위기 상황에 처한 경험을 쌓아왔기에 정신적으로는 어느 정도 여유가 있었다.

"실은 마력 쪽이 불안하거든. 용수통하고 방열 장비가 생명줄이니까 마력이 떨어지면 곧바로 목숨이 위험해질 거야. 사라사 군, 그런 부분은 괜찮나?"

그 질문을 들은 쿠루미는 고개를 갸웃거리다가 땅바닥에 사각사각 글자를 적었다.

『아이리스 씨와 케이트 씨라면 마력량에 문제는 없어. 주황색 용수통을 너무 많이 쓰지만 않으면.』

"뭐라고! 그런가?!"

"아슬아슬할 것 같았는데?"

『그렇지 않아. 이 정도 기온이라면 목욕 같은 걸 하려고 들지만 않으면 괜찮아.』

쿠루미가 적은 문장을 본 아이리스와 케이트는 동시에 크게 숨을 내쉬며 어깨를 늘어뜨렸다.

"아니, 아무리 그래도 이런 상황에서 목욕 같은 걸 할 생각은 없다만……, 그렇다면 방열 장비를 계속 걸치고 있는 상태에서 플로팅 텐트를 쓰고, 용수통으로 다 먹지 못할 정도로 물을 만들더라도 괜찮다는 건가?"

『그래. 케이트 씨는 물론이고 아이리스 씨도 마력을 꽤 많이 가지고 있으니까.』

"그랬나……, 왠지 단숨에 맥이 빠지는군."

『주황색 쪽도 하루에 한 컵 정도라면 문제없어. 단 걸 마시면서 숨을 돌려.』

실제로 사라사가 주황색 용수통을 긴급 팩에 넣은 목적도 그것이다.

휴대용 보존 식량이 떨어져서 현지에서 조달한 지독한 식사를 하게 되는 상황에 처하더라도 하루에 한 번, 단 걸 마시면 정신적으로도 꽤 달라질 거라는 배려였다.

『하지만 내가 준 아티팩트만 썼을 때 이야기야. 다른 아티팩트를 쓰게 되면 나도 몰라.』

"그야 그렇겠지. 아티팩트의 마력 효율은 저마다 다르니까. 마스터 클래스에게 직접 지도를 받은 제자와 어지간한 연금술사가 만든 것은 비교도 할 수가 없어. 그런데 효율이 그 정도로……, 역시 대단하군."

『플로팅 텐트라면 마물의 소재로도 가동시킬 수 있어. 좀 아깝긴 하지만.』

보통 아티팩트를 가동시킬 때는 사용자의 마력이나 마정석이 필요하지만, 예를 들어 빙아 박쥐의 송곳니처럼 마력이 많이 담겨있는 소재라면 그것을 연료로 쓸 수 있다.

하지만 '냉장고와 빙아 박쥐의 송곳니'처럼 상성이 좋은 조합을 제외하면 마력 사용 효율이 매우 나쁘다.

그것은 한때 사라사가 검토했던 '빙아 박쥐의 송곳니를 마정석으로 가공하는 것' 이상이기에 소재의 가치를 감안해도 매우 아까운 사용 방식이다.

"그렇구나. 여차하면 쓰자고. 비싼 소재도 돌아가지 못하면 팔 수가 없으니까."

"불길한 소릴?!"

"사실이잖아? 나는 항상 내 목숨을 제일 우선시해 왔으니까 지금까지 살아남은 거야. 필요하다면 비싼 실험도구를 버리고서라도 도망칠 거라고. 그렇게 딱 잘라서 생각하지 못하면 마물 연구 같은 건 못하지."

노르드랫은 왠지 자랑하듯 그런 말을 했지만, 그 말을 들은 아이리스와 케이트의 표정은 확실히 씁쓸했다.

"그럼 좀 더 신중하게 실험을 했으면 좋겠는데……."

"노르드, 이번 위기를 불러온 원인은 너한테 있다만?"

"그렇다는 자각은 하고 있어. 하지만 실험이 우선이니까. 실험을 하고 목숨도 건지게끔 다른 것들을 버릴 각오가 되어 있는 거지."

왠지 모순되는 것 같지만, 애초에 목숨을 가장 우선시한다면 위험한 마물 연구 같은 걸 할 수 있을 리가 없다. 실험의 필요성과 거기에 따르는 생명의 위기. 노르드랫 자신에게는 뭔가 기준이 있겠지만, 그걸 다른 사람이 이해하는 건 꽤 어려울 것 같다.

적어도 아이리스와 케이트는 이해할 수 없었던 모양이다. 당당하게 주장하는 노르드랫을 본 아이리스는 어깨를 축 늘어뜨렸고, 쿠루미를 보았다.

"그래서 점장님. 뭔가 도움을……, 받을 수 있을까?"

상황이 상황인 만큼 소극적으로 물어본 아이리스에게 쿠루미가 고개를 끄덕였다.

『그랬지 참. 탈출로 감지기 준비를 해두었어.』

쿠루미가 적은 내용을 보고 아이리스와 케이트는 고개를 갸웃거렸지만, 노르드랫은 짐작 가는 게 있는지 '흐음' 하며 고개를 끄덕였다.

"탈출로 감지기……, 들어본 적은 있어."

"그런가? 나는 모른다만."

"평범한 사람은 별로 쓸 일이 없는 아티팩트니까. 미지의 동굴을 탐색하거나 갱도에서 사고가 일어날 경우 등, 꽤 한정적인 상황에서만 쓰는 물건이거든."

그런 물건을 노르드랫이 알고 있는 이유는 동굴에 서식하는 마물을 연구할까 하는 생각에 사전 조사를 하다가 들어볼 기회가 있었기 때문이다.

『그럼 이야기하기 편하겠네. 설명해줘.』

"응. 그건 말 그대로 빠져나갈 수 있는 길을 찾아주는 아티팩트야. 다시 말해 지금까지와는 달리 열심히 가봤는데 막다른 길이었다, 같은 상황에 처하지 않게 되지. 길이 험하면 험할수록 헛수고를 했다는 느낌이 강하게 들 테니까 그걸 피할 수 있다는 것만으로도 큰 가치가 있어."

『하지만, 단점도 있어.』

"맞아. 그걸로 알 수 있는 건 **일정한 거리** 이내에 막다른 길이 없다는 것뿐이지. 중간에 갈림길이 있거나 쭉 이어지기만 한 길이라도 너무 멀면 알아볼 수가 없어. 어느 정도 거리를 조사할 수 있는지는 성능과 소비 마력에 의존하겠지만, 그런 부분은……."

『별로 좋지 않아. 특이한 사용 방식으로 쓸 테니까.』

"그야 그렇겠지. 아니, 어떻게 할 건데? 실력이 좋은 연금술사는 호문쿨루스를 통해서 마법을 쓸 수 있다는 소문 같은 걸 들어본 적이 있긴 한데."

『소문이 아니야. 사실이지. 하지만 어려워. 그러니까 여기서 만들 거야.』

쿠루미가 적은 말을 보고 아이리스와 케이트뿐만 아니라 연구자로서 지식이 풍부한 노르드랫까지 깜짝 놀랐다.

"만들다니……, 아티팩트를 말이야? 그런 걸 할 수 있다는 이야기는 들어본 적도 없는데……."

『스승님에게 조력을 부탁했어. 불가능하진 않아.』

"그렇구나, 마스터 클래스의 경험과 기술이 있다면 가능한가……?"

『단, 정식 아티팩트가 아니라 마법을 쓸 때 사용하는 보조 도구 같은 거야. 사용하는 건 쿠루미고.』

"쿠루미……, 점장 씨가 쿠루미를 통해서 쓴다는 거지?"

확인하는 케이트의 말을 쿠루미가 고개를 저으며 부정했다.

『아니야. 쿠루미가 쓸 거야. 쓰고 싶을 때 딱 맞춰서 내가 동조할 수도 없고, 만약에 그럴 수 있다고 해도 마력이 부족해. 그리고 슬슬 위험하잖아. 마정석.』

쿠루미가 그렇게 적은 다음 손을 내밀었다.

아이리스와 케이트는 그 손을 잠시 바라봤지만, 곧바로 케이트가 정신이 번쩍 든 듯이 급하게 마정석을 꺼내 그 손 위에 올려놓았다.

쿠루미는 그것을 입에 넣고 우득우득.

"그렇구나, 쿠루미의 몸을 유지하려면……."

"마정석에도 한도가 있으니까."

지금 사라사와 동조하고 있는 것만으로도 쿠루미의 몸을 유지하는 데 필요한 마력은 점점 소비되고 있다. 그 사실을 생각하면 계속 동조하는 건 당연히 불가능하다.

정기적으로 짧은 시간 동안 동조를 반복하는 것조차 힘들 것이다.

『시간이 아까워. 만드는 데는 소재가 필요해. 여기 있는 아티팩트와 소재를 다 꺼내봐.』

"아, 알았다!"

아이리스와 케이트가 지금까지 확보한 마물의 소재를, 노르드랫이 자신의 실험도구를 땅바닥에 늘어놓자 쿠루미가 그 사이를 돌아다니며 몇 가지 물건을 골랐다.

『망가질 텐데, 괜찮겠어?』

"물론 상관없지. 목숨이 더 중요하니까. 지갑에는 타격이 꽤 크겠지만."

『감사.』

쿠루미는 그렇게 적은 다음 급하게 작업에 착수했다.

시원스럽게 발톱을 휘둘러 아티팩트를 해체하고 조립한 다음, 사각사각 긁어서 회로를 그렸다.

아이리스 일행 세 명이 가만히 지켜보는 와중에 곰의 앞다리로는 상상할 수도 없을 만큼 세밀한 작업을 계속 진행하면서 마정석을 세 개 정도 더 소비한 다음에야 그 아티팩트 같은 물건이 완성되었다.

『다 됐어.』

척 보기에는 복잡한 문양이 그려진 판자에 물체가 허술하게 붙어있는 아이템.

연금술사가 아닌 아이리스 일행은 전혀 이해할 수가 없었지만, 만든 본인이 다 되었다고 하는 이상 믿을 수밖에 없다.

"이걸……, 쓸 수 있는 건가?"

『괜찮아. 쿠루미에게 '길을 판별'이라고 말하면 쓸 수 있어. 튼튼하지는 않으니까 조심히 옮기고.』

"그럼 그건 내가 옮기지. 짐도……, 줄어들었으니까."

그렇게 말한 노르드랫이 바라본 곳에 있는 것은 해체된 아티팩트의 잔해.

유사 탈출로 감지기를 만들 때 사용한 재료보다 그쪽에 쌓여있는 물건들 쪽이 훨씬 많았고, 잃게 된 가치도 클 것 같았다.

"이건 이제 써먹을 수 없나?"

『쓰레기.』

아이리스가 약간 아쉽다는 듯이 묻자 쿠루미의 대답은 간단했다.

하지만 실제로 아티팩트라는 물건은 연성에 실패하면 쓴 소재를 통째로 파기할 수 밖에 없을 정도로 섬세한 조립을 통해 만드는 물건이다.

거기에서 써먹을 수 있는 부분을 빼내는 건 원래 매우 어려운 작업이고, '부품을 빼내는 것'이라기 보다는 '아티팩트의 불필요한 부분을 깎아내는 것'에 가깝다.

깎아낸 것에까지 가치를 남기는 건 불가능한 일이다.

"그럼 이건 버리고 가도 되는 거지? 점장 씨, 고마워."

『이제 끊을게. 앞으로는 완전 동조는 거의 하지 않을 거야. 힘내.』

케이트의 말에 고개를 끄덕인 쿠루미는 땅바닥에 약간 급하게 그렇게 적은 다음 저번처럼 쓰러졌다.

"어? 벌써? ……점장님? 끊긴 건가?"

"가우."

아이리스에게 대답하듯 일어난 쿠루미가 그렇게 울음소리를 내자 그녀는 뜻밖이라는 것처럼 쿠루미의 몸을 안아 들었다.

"왠지 마지막은 급하게 끊었군⋯⋯. 나는 아직 고맙다는 인사를 하지도 못했는데."

"아마 한계였던 것 아닐까? 거리나 작업 난이도를 고려하면."

"그렇지, 꽤 대단한 일을 해냈으니까. ⋯⋯점장 씨에게 또 빚이 생겨버렸어."

"그렇지. 고맙다는 인사를 하기 위해서, 그리고 은혜를 갚기 위해서라도 어떻게 해서든 돌아가야 해. 그리고 완전 동조는 하지 않겠다고 했는데⋯⋯."

불완전한 동조도 있는 건가? 그렇게 고개를 갸웃거리던 아이리스에게 대답한 사람은 노르드랫이었다.

"아마 시각이나 청각만 동조시키는 거겠지. 당연히 그러는 쪽이 소비하는 마력도 적으니까. 이제부터 쿠루미가 이 탈출로 감지기를 쓸 마력도 필요할 거야. 아마 어지간하면 동조는 안 할 것 같은데?"

"다시 말해서, 점장 씨의 도움은 이제 기대할 수가 없는 거구나."

케이트가 약간 아쉽다는 듯이 말하자 아이리스는 진지한 표정으로 고개를 저었다.

"원래는 도움을 받을 수 있을 만한 상황도 아니야. 긴급 팩과 이 아티팩트의 존재만으로도 충분하고도 남을 정도지. 지금부터는 가지고 있는 것들, 그리고 우리의 힘으로 헤쳐나가야 해. 쿠루미도 부탁한다?"

"가우!"

자신을 끌어안은 채 빤히 바라보는 아이리스에게 쿠루미는 기운차게 손을 들었다.

사라사가 원격으로 만들어낸 유사 탈출로 감지기.

아이리스 일행은 그것을 실제로 써먹을 수 있을지 왠지 불안했지만, 실험해볼 기회는 금방 왔다.

사라사의 조언에 따라 주황색 용수통으로 만든 음료를 마신 아이리스 일행이 탐색을 다시 시작한 지 수십 분 정도 뒤, 그들의 앞에 세 갈래로 나뉜 길이 나타난 것이다.

첫 번째는 아이리스라면 겨우 선 채 지나갈 수 있을 정도의 통로, 두 번째는 몸을 옆으로 틀면 지나갈 수 있을 정도로 갈라진 틈새, 그리고 마지막 하나는 기어가야만 나아갈 수 있을 것 같은 구멍.

"지금까지는 넓은 길부터 가봤지만……."

"써봐야겠지. 점장 씨가 만들어주었으니까."

"그럼 이건……, 땅바닥에 내려놓으면 되는 건가?"

노르드랫이 유사 탈출로 감지기를 땅바닥에 내려놓고 아이리스를 돌아보자 그녀도 대답처럼 고개를 끄덕이고는 쿠루미를 보았다.

"그럼, 쿠루미. '길을 판별'."

"가우!"

아이리스의 말을 듣자마자 땅바닥에 폴짝 뛰어내린 쿠루미는 유사 탈출로 감지기 앞에 선 다음, 거기에 손을 대고 '크르르~', 소리를 냈다.

그 소리와 함께 유사 탈출로 감지기가 희미한 빛을 내뿜기 시작했고, 그걸 확인한 쿠루미는 손을 떼고 나서 다음 동작으로 넘어갔다.

"가우~, 가우~, 가우가우~!"

왠지 춤을 추는 것처럼 땅바닥에 내려놓은 유사 탈출로 감지기 주위를 돌아다니는 쿠루미.

한 바퀴, 두 바퀴, 세 바퀴. 점점 빛이 강해졌고──.

"가가우~!!"

쿠루미는 울음소리와 함께 버티고 서서 두 손을 올린 채 굳었다.

그런 의식(?)을 가만히 지켜보고 있던 아이리스 일행은 더 이상 쿠루미가 움직이지 않는 걸 보고 조심스럽게 말을 걸었다.

"……끝난, 건가?"

"가우!"

힘차게 대답한 쿠루미가 제일 넓은 통로를 가리키고는 '가우' 하며 두 팔로 X를 만들었다.

"이 길은 막다른 길이라고?"

"가우."

아이리스가 묻자 쿠루미는 고개를 끄덕인 다음 좁은 틈새를 가리키며 똑같은 동작을 보였다.

그리고 마지막으로 기어가야만 지나갈 수 있는 구멍을 가리키며 두 손을 들어 동그라미…… 같은 동작을 취했지만, 팔이 너무 짧아서 동그라미처럼 보이지 않았다.

"크흡……. 여, 여기는 지나갈 수 있다는 건가?"

"가우."

웃음을 터뜨릴 뻔하다가 그렇게 말한 아이리스에게 고개를 끄덕인 쿠루미.

"그렇구나. 고맙다. 정말 고마워……, 그런데 여기로 가야 하는 건가."

방긋 웃으며 고맙다는 인사를 한 아이리스는 다시 그 작은 구멍을 보고 우울하게 한숨을 쉬었다.

짐을 짊어진 채로 들어가면 걸릴 정도로 좁은 그 구멍.

앞이 보이지 않는 그런 곳으로 들어가는 건 가능하다면 당연히 피하고 싶을 것이다.

"하지만 갈 수밖에 없지. 짐은……, 밧줄로 묶어서 끌어당겨야겠어."

"그렇지……, 에휴."

"아이리스 군, 정 뭐하면 내가 먼저 갈까?"

한숨을 쉬고 짐을 내려놓은 아이리스에게 노르드랫이 그

렇게 말했지만, 그녀는 망설임 없이 고개를 저었다.

"아니, 아무리 그래도 그럴 순 없지. 우리는 명색이 호위 니까. ⋯⋯좋아!"

아이리스가 기합을 넣고 몸을 숙였을 때, 그녀를 말리려 는 듯이 그 앞에 쿠루미가 서서 자신의 가슴을 두드렸다.

"가우가우~."

"응? 뭐지?"

"⋯⋯혹시 자기가 먼저 가겠다고 하는 걸까?"

"가우!"

쿠루미는 '맞아!'라는 듯 케이트를 가리키고는 아이리스 보다 먼저 좁은 구멍으로 발을 내디뎠다.

"가우우~!"

곧바로 들려온 힘찬 목소리에 세 사람은 서로 얼굴을 마 주 보았다.

"괜찮은 것 같은데?"

"⋯⋯오라고 하는 걸까?"

"아마 그렇겠지. 그래도 이제 좀 안심할 수 있겠어. 쿠루 미에게 고마워해야지."

아이리스는 땅에 엎드리고는 쿠루미를 따라 구멍 안으로 기어 들어갔다.

일행이 동굴에 갇힌 뒤 20일 정도가 지났다.

마력 부족 때문에 불안해할 필요가 없다는 사실을 알고

정신적으로는 꽤 편해진 아이리스 일행. 실제로 상황은 좋기도 하고 나쁘기도 했다.

쿠루미 덕분에 헛수고를 하는 횟수가 대폭 줄어들긴 했지만 유사 탈출로 감지기의 성능에도 제한이 있어서 헛수고가 전혀 없는 것은 아니었고, 열흘째 무렵부터는 주변 온도가 내려간 대신 마물이 나타나게 되었다.

다행히도 나타난 마물은 아이리스 일행도 대처할 수 있는 수준이었고 숫자도 많지 않았지만 그중에는 블랙 바이퍼처럼 강력한 독을 지닌 마물도 존재했기에 결코 방심할 상황은 아니었다.

그럼에도 불구하고 포션을 쓰지 않을 수 있었던 건 블랙 바이퍼의 이빨도 뚫지 못할 정도로 튼튼한 방열 장비가 있었기 때문일 것이다.

하지만 그런 식으로 약간 쾌적한 상태도 한나절 정도 전부터는 변화가 생기기 시작하고 있었다.

"왠지 다시 기온이 올라가는 것 같은데, 너희는 어때?"

"……습도는 올라간 것 같네요."

방열 장비를 걸치고 있는 케이트는 온도 변화를 알 수가 없었지만, 얼굴에 닿는 공기가 축축하게 느껴졌기에 아이리스를 보았다. 그녀도 마찬가지로 맞장구를 치며 고개를 끄덕였다.

"꽤 많이 내려왔으니까. 지하수라도 새어 나오고 있는 건지……. 통로도 넓어졌으니 좋은 징조라면 고맙겠는데……."

"이대로 바깥으로 나갈 수 있으면 좋겠는데."

"그건 힘들겠지. 바깥이 가까운 것치고는 공기의 흐름이 너무 적어."

케이트가 말한 희망사항을 노르드랫이 현실적인 사고로 없애버렸다.

직설적인 그 말투에 케이트는 한숨을 쉬며 고개를 저었다.

"저도 알아요. 하지만 그렇게 긍정적으로 생각해야 뭐라도 하죠."

"관찰한 사실을 통해 예측하는 게 연구자니까. ──하지만 출구는 아니더라도 변화는 생긴 것 같아."

노르드랫이 조명 마도구의 광량을 올린 다음 완만한 내리막길 너머를 손가락으로 가리켰다.

그가 비춘 곳은 광대한 공간. 광량을 올린 조명으로도 전체를 내다볼 수 없을 정도로 넓었고, 바닥에는 대량의 물이 잔뜩 고인 채 빛을 반사하고 있었다.

"지저 호수로군."

"아니, 척 보기에도 온도가 높을 것 같은데? 말하자면 지저 온천?"

노르드랫이 지적한 대로 그 지저 호수 전체에서 하얀 김이 피어오르고 있었다.

주변 온도가 높아서 주위에 연기가 자욱하게 낄 정도는 아니었지만, 분명히 일반적인 지하수와는 달랐다.

"좀 전부터 습도가 올라간 건 이 호수의 영향이었구나."

"그런 것 같아. 그런데 온천이라……, 지저 호수가 데워지기만 한 건지, 아니면 더 깊은 곳에서 솟아난 건지 흥미로운데."

"나는 이 물을 이용할 수 있을지 여부가 더 중요한데……, 조사할 수는 있나?"

"할 수 있긴 하지만 마실 물이라면 용수통이──, 아, 그렇군. 너희도 여자니까 몸에서 냄새가 나는 건 싫겠지."

노르드랫은 한순간 의문을 품었다가 곧바로 이해했다는 듯이 손뼉을 쳤다.

태연하게 드러난 그 무신경한 모습에 아이리스와 케이트가 싸늘한 눈초리를 보냈다.

"노르드……, 만약에. 만약에 말이다! 사실이라고 해도 굳이 소리 내어 말할 필요가 있나?"

"아, 미안, 미안. 딱히 너희가 냄새난다는 건 아니거든? 애초에 나도 마찬가지니까 전혀 신경 쓰이지도 않고!"

전혀 위로가 안 된다.

냄새나는 게 아니라고 하면서 신경 쓰이지 않는다고 하는 시점에서 이미 실패한 거나 마찬가지인데.

하지만 아이리스와 케이트, 그리고 노르드랫. 어느 쪽이 더 지독한 상태인가 하면──, 척 보기에도 어중간한 방열 장비를 걸치고 있는 노르드랫일 것이다.

게다가 사라사가 '목욕이라도 하려 하지 않으면 괜찮다'고 보장해준 이후로 아이리스와 케이트는 자기 전에 반드시 몸

277

을 닦았다.

일단 노르드랫에게도 물을 제공해주었지만, 그는 마물 연구자다.

필요하다면 풀숲에서 가만히 잠복한 채로 수십 일 동안 관찰을 계속할 수도 있는 그가 보기에는 아직 여유가 있었다──. 주위 사람에게는 폐를 끼치게 되었지만.

그렇다고 아이리스와 케이트가 전혀 문제가 없냐고 하면 그것도 아니었다.

몸을 닦을 수는 있지만 빨래를 할 여유는 없었으니까.

그 사실을 알고 있기에 아이리스와 케이트는 신경을 쓰고 있는 것이다.

"노르드 씨, 좀 더 배려하는 법을 배우지 못하면 여자에게 인기가 없을걸요? 얼굴은 나쁘지 않은데."

"음~, 그쪽은 별로 신경 쓴 적이 없었는데. 지금은 연구가 더 즐겁기도 하고."

실제로 노르드랫의 외모는 단정하다고 해도 과언이 아니었다.

얼굴에는 야외 활동을 하면서 생긴 상처 자국이 남아있긴 하지만 추하다고 할 정도로 심하진 않았고, 다부진 근육질 몸은 그런 걸 선호하는 여자들에게는 매력적인 어필 포인트가 될 것이다.

연구 성과를 내고 있다는 걸 보면 사회적 지위도 있고, 경제적인 면도 결코 나쁘지 않다.

단점을 들자면 위험한 곳에 가는 일을 한다는 점이 있겠지만, 만약에 식물 연구로 대상을 옮긴다면 그것도 없어지게 된다.

애초에 본인에게 그럴 생각이 없으니 그런 매력도 의미가 없지만.

"그래도 뭐, 너희에게 점수를 따는 건 중요하지. 내 안전을 위해서라도 말이야. 온천을 조사하고 올게."

"그런 것과는 상관없이 지켜줄 생각이긴 하지만……, 조사해주면 고맙지."

"내게 맡겨. 다행히 조사할 때 쓰는 아티팩트는 사라사 군의 손에서 벗어났거든."

어깨를 슬쩍 으쓱인 노르드랫은 짐에서 어떤 아티팩트를 꺼내고는 김이 피어오르는 지저 호수를 향해 다가갔다.

검사해본 결과, '식용으로는 적합하지 않지만 입욕용으로는 좋은 품질'이었다.

물이 탁하지도 않고 투명해서 수상쩍은 게 있는지 물속을 내다보기에도 좋았고, 그런 데다 빨래할 때도 쓸 수 있다. 그러니 아이리스와 케이트가 사양할 리가 없었다.

노르드랫을 멀리 보내고 열심히 빨래와 목욕을 한 뒤 시원해진 아이리스는 멍한 표정으로 숨을 크게 내쉬었다.

아무리 그래도 온천에 몸을 푹 담글 정도로 방심할 수는 없었지만, 뜨거운 물로 몸을 씻고 다리를 살짝 담그기만 해도 피로가 풀렸다.

케이트도 그 옆에 앉아 다리로 물을 휘저으며 어깨를 늘어뜨렸다.

"휴우~, 살겠네……."

"그래, 신경 쓰이던 옷과 속옷도 한꺼번에 빨았고."

"으음. 딱 좋게 주위의 바위도 꽤 뜨겁고 말이야."

닿기만 해도 화상을 입을 정도는 아니었지만, 물을 끼얹어도 금방 마를 정도로 뜨거운 바위는 빨래를 말리는 데 매우 효과적이었다.

아이리스와 케이트는 당연히 그것을 이용했고, 주위 바위에는 빨래가 잔뜩 달라붙어 있었다.

그리고 지금 아이리스와 케이트는 거의 알몸이다.

이성에게는 보여줄 수 없는 광경이다.

그런 두 사람 옆에서 신나게 첨벙첨벙 헤엄치고 있는 쿠루미.

한동안 헤엄치고 나서 만족한 건지 느릿느릿 바위 위로 기어 올라온 쿠루미는 발톱을 번쩍였다.

"가우~, 가~가우~♪"

왠지 기쁜 듯이 바위를 깎아내는 쿠루미.

이 근처의 바위는 결코 부드럽지 않을 텐데, 쿠루미의 발톱은 상하지도 않았고 그 발톱 자국이 확실하게 바위에 새겨지고 있었다.

언뜻 의미 없어 보이는 행동에 아이리스는 눈을 반짝이며

신기하다는 듯이 고개를 갸웃거렸다.

"……저기, 쿠루미가 뭐 하고 있는 거지? 발톱 갈이?"

"곰도 발톱을 갈아?"

"아니, 잘 모르겠다만, 나무줄기 같은 곳에 발톱 자국을 새겨두곤 하잖아? 자기 영역을 주장하기 위해서."

"그렇다면 호문쿨루스하고는 상관이 없지 않을까? 참고로 지금까지도 가끔 그랬어."

"그랬나? 눈치채지 못했군……."

"뭔가 의미가 있는 건지도 모르겠지만, 쿠루미는 설명을 못하니까……. 신경 쓰이면 돌아가서 점장 씨에게 물어보지 그래?"

"그러지. ……저기, 케이트, 우리가 무사히 돌아갈 수 있을까?"

아이리스가 고개를 끄덕인 다음 잠시 입을 다물고 있다가 조용히 그렇게 말하자 케이트는 딱히 뜻밖이라는 표정을 짓지 않은 채 그녀를 돌아보았다.

"어머? 마음이 좀 약해졌네?"

"약해질 만도 하지. 우리가 꽤 많이 걸어오긴 했지만, 직선거리로 따지면 얼마나 이동했을까?"

몸을 숙이거나 옆으로 틀어서 이동하는 거라면 그나마 나은 편이었고, 기어가야만 하는 곳도 적지 않았기에 그럴 때의 이동 속도는 굳이 말할 필요도 없을 것이다.

상하 이동과 더불어 온 방향으로 다시 꺾어서 돌아가는

길도 많았고, 목적지가 어느 방향인지도 모르는 채 이동한 아이리스 일행의 여정은 결코 순조롭다고 할 수 없었다.

"솔직히 별로 생각하고 싶지 않아."

"그렇지? 출구로 다가가고 있다고 생각하고 싶지만……, 그것 자체가 없을 수도 있으니까."

"자연 동굴이니까. 하지만 절망은 식량이 다 떨어진 뒤에 하기로 하자. 아직은 좀 일러."

애써 밝게 말한 케이트를 보며 아이리스는 쓴웃음을 지었다.

"휴대용 보존 식량이 다 떨어질 때까지? 아직 몇 달 분량은 충분히 남았는데."

"아니, 먹을 수 있는 게 다 떨어질 때까지. 다행히 마물도 나오잖아? 괜찮아, 맛이 좀 없더라도 우리에게는 점장 씨의 주황색 수통이 있으니까."

"아니, 그야 그렇겠지만……, 그러니까 절망하지 말라는 건가?"

"당연하지. 죽기 직전까지 발버둥 친다. 살아날 방법이 있는데도 포기했다는 걸 알게 되면 아델버트 님에게 혼날 거야. 그리고 나는 어머님에게 죽겠지. 지금 같은 상황도 꽤 위험한데."

아이리스와 케이트는 친구 사이지만, 현실은 주군과 신하다.

로체 가문이 빚 때문에 망할 위기에 처했을 때마저 충성

심이 흔들리지 않았던 스타벤 가문. 그곳의 장녀로서 아이리스에게 도움이 되게끔 부모님에게 엄한 교육을 받고 자란 케이트.

그녀의 역할에는 당연히 아이리스를 돌보는 것도 포함이 되어있기에, 어떤 의미에서 이 세 사람 중에 가장 스트레스가 많이 쌓인 사람은 그녀라고 할 수도 있다.

"흐음. 그렇게 되면 내가 변호하지."

그 말을 듣고 잠깐 생각에 잠겨있던 케이트가 고개를 번쩍 들었다.

"……아니, 이번 일은 아이리스가 억지로 맡은 걸로 하자. 그러면 나는 '아이리스가 억지로 끌고 갔다'고 아델버트 님과 디아나 님에게 동정을 살 수 있을 테고, 그런 상태에서는 어머님이나 아버님도 세게 나오지 못할 거야!"

"이봐, 그러면 내가 아버님 같은 사람들에게 혼날 텐데?"

눈을 흘기는 아이리스에게 케이트가 매우 멋진 미소로 대답했다.

"아이리스, 우리, 친구 맞지?"

"……친구니까 희생하라고?"

"괜찮아. 이러쿵저러쿵해도 아델버트 님은 네게 무르시니까. 애초에 자세한 조건도 듣지 않고 '받아들이도록 하지!'라고 말한 게 누구였더라?"

"윽! 그렇게 따지면 할 말이 없군."

"그리고 무사히 돌아간다면 그렇게까지 심하게 혼나진 않을 거야, 아마."

"그럴지도 모르겠다만…… 아, 그렇지. 이번 일은 아버님 같은 사람들에게는 알리지 않는 게 어떨까?"

아이리스가 좋은 생각이 났다는 듯이 밝은 표정을 지었지만, 케이트는 한숨을 쉬며 고개를 저었다.

"저기, 아이리스. 아마도 점장 씨가 이번 일 때문에 돈을 꽤 많이 썼을 것 같거든. '스승님에게 조력을 부탁했다'라고 하던데, 비용이 안 들었을 것 같아?"

"……상대는 마스터 클래스. 보통은 터무니없는 사례가 필요하겠지. 실비만 치더라도 비용이 꽤 많이 들었을 테고."

"그렇지? 그 탈출로 감지기도 아무리 점장 씨가 대단하더라도 이판사판으로 여기서 처음 만들지는 않았을 테고, 그 밖에도 이것저것 해줬을 가능성이 클 거야. 그런 것들에 들어간 돈을 갚아야만 하겠지?"

"당연하지. 입은 은혜는 갚는다. 로체 가문의 딸로서 그건 양보할 수 없어."

사라사가 필요 없다고 해도 아이리스는 그 말을 받아들일 수 없다. 그 정도의 긍지를 아이리스는 물론이고 케이트도 가지고 있었다.

"응. 다시 말해 지금 떠안고 있는 빚에 그것까지 늘어나는 거니까——."

"아버님 같은 사람들에게 이야기를 할 수밖에 없는 건가."

"그런 거지."

"음~. 왠지 우리는 채집자로서 버는 돈보다 잃은 돈이 더 많은 것 같은데?"

"그렇단 말이지. 그래도 '인연'이라는 의미로는 대폭 흑자거든? 빚이 줄어들진 않았지만 로체 가문은 구원받았으니까."

"전부 점장님과 알고 지내게 된 덕분인가? 내 목숨까지 포함해서."

아이리스는 그렇게 감동하며 중얼거리다가 으으음……, 하고 생각에 잠겼다. 그때 멀리서 노르드랫의 목소리가 들렸다.

"이봐! 슬슬 교대해주면 안 될까!"

"그, 그래, 미안하다! 곧 나가지! ──그러니 케이트, 그 이야기는 돌아간 뒤에 의논하자."

"나는 아이리스가 희생해서──."

"**돌아가서** 의논하자! 자, 케이트, 얼른 몸을 닦고 옷을 입어. 노르드가 봐버릴 거라고!"

아이리스는 케이트의 말을 곧바로 가로막으며 온천에서 나와 그녀를 재촉했다.

"네, 네~. 알겠습니다~."

케이트는 가벼운 목소리로 대답하며 좀 전보다 훨씬 밝아진 아이리스의 표정을 보고 살며시 안도의 한숨을 쉬었다.

아이리스 일행이 조난당한 지도 30일이 지났다.

지금 그녀들은 정신적인 면과 더불어 다른 면에서도 곤란한 상황에 처해 있었다.

"케이트, 마정석은 어느 정도 남았지?"

"슬슬 한 손으로 꼽을 정도야. 쿠루미를 잃게 되면……."

"통로를 알아낼 수 없게 되는 것도 문제지만, 점장님에게도 면목이 없고, 로레아가 울어버릴지도 모르겠군."

마력이 다 떨어지면 쿠루미는 곧바로 움직일 수 없게 된다.

그것을 죽음으로 받아들일지는 사람마다 다르겠지만, 오랜 기간 동안 함께 지내온 아이리스에게는 사라사나 로레아에게 미안한 마음과 동시에 쿠루미를 잃고 싶지 않다는 마음도 강했다.

쉽게 풀리지 않는 상황에 아이리스가 이마에 손을 대고 하늘을 올려다보았을 때, 그녀의 짐 위에서 쿠루미가 일어나 땅바닥으로 폴짝 뛰어내렸다.

"가우!"

"어? 쿠루미?!"

"무, 무슨 일이야?!"

휴식 시간 말고는 짐에 달라붙어 있고, 따로 말하지 않으면 움직이려 하지도 않던 쿠루미의 갑작스러운 행동에 케이트와 아이리스가 당황하며 소리쳤다. 쿠루미는 아이리스 일행을 힐끔 보고는 곧바로 타박타박 달려가기 시작했다.

"대체――."

"아~, 이것저것 따지기 전에 쫓아가는 게 낫지 않을까?"

"그, 그렇지!"

노르드랫이 지적하자 아이리스 일행은 곧바로 쿠루미를 따라가기 시작했다. 하지만 확실히 말해 쿠루미의 운동 능력은 그녀들보다 훨씬 뛰어났다.

좁은 곳도 무난하게 통과했고, 경사가 급한 암벽도 발톱을 세우고 쉽사리 올라갔다.

게다가 평지를 달리는 속도조차 작은 몸과 짧은 다리로는 상상도 안 될 정도로 빨랐다.

세 사람을 내버려 두고 갈 생각이었다면 쉽사리 떼어놓을 수 있었겠지만, 쿠루미는 기다렸다가 쫓아오면 다시 뛰어가기를 반복했고……, 그 술래잡기가 한 시간 정도 이어졌을까.

"쿠, 쿠루미, 이제, 끝인가?"

"꽤, 지쳤어……."

"나, 나는, 끝내주면, 고맙겠는데. 이, 이제……, 우읍."

그제야 멈춘 쿠루미 앞에서 무릎에 손을 대고 숨을 고르는 아이리스와, 그녀보다는 낫지만 마찬가지로 지친 모습을 보이는 케이트. 노르드랫은 어깨를 심하게 들썩이며 입을 막고는 제자리에 주저앉아 버렸다.

"이곳으로 데리고 오고 싶었던 걸까?"

"아마도 그렇겠지. ……그런데, 아무것도 없다만?"

쿠루미가 멈춘 그곳은 척 보기에 아무런 특징도 없는 통로였다.

폭은 두 팔을 펼친 너비 정도에, 높이는 아이리스가 손을 뻗으면 겨우 닿을 듯한 정도.

굳이 차이를 들자면 통로가 구부러져서 오른쪽으로 크게 휜 부분이라고 할까.

"쿠, 쿠루미 군. 여, 여기에 뭐가 있는 거지?"

"가우."

아직 숨을 헐떡이던 노르드랫이 묻자 쿠루미는 벽을 툭툭 두드렸다.

거기에 세 사람의 시선이 쏠렸지만, 잘 살펴봐도 역시 매우 평범한 동굴 벽이었다.

"……뭔가 귀중한 물건이라도 묻혀있는 건가?"

"귀중한 물건이라니?"

"예를 들자면……, 금광맥이라든가."

"귀중하긴 하겠지만, 아무리 그래도 지금 같은 상황에서는 아니지."

"응, 그렇지. 이 근처 벽의 상황은 금광맥이 있을 법한 느낌이 아니야."

노르드랫도 동의했지만 약간 의미가 달랐다.

"가우가우~."

고개를 갸웃거리고 있던 세 사람을 보고 쿠루미는 두 팔을 천천히 위아래로 움직이며 진정하라는 듯한 시늉을 했다.

"으음, 뭔가 이유가 있겠지만, 이해가 잘 안 되니 답답하군."

"그러게……, 아, 뭔가 들리는 것 같은데……?"

케이트가 귀를 움찔거리자 아이리스는 눈썹을 치켜뜨고 급하게 주위를 둘러보았다.

"뭔가라니——, 설마 샐러맨더가 근처에 있는 건가?!"

"그럼 또 무너지는 거야?!"

노르드랫이 급하게 일어선 다음 순간——.

쿵, 후두둑!

약간 작은 소리를 내며 좀 전까지 쿠루미가 두드리던 암벽이 무너져내렸고, 구멍이 나타났다.

그 크기는 직경 1미터에 약간 못 미치는 정도.

그곳에서 불어 들어온 차가운 바람이 멍하게 서 있던 세 사람의 얼굴을 쓰다듬었다.

지금까지 느꼈던 것과는 확실하게 다른 그 공기에 세 사람은 깜짝 놀랐다.

"——앗!! 혹시 바깥이?!"

"정답이에요, 아이리스 씨."

정겨움조차 느껴지는 목소리와 함께 흙먼지가 걷혔고, 그곳에서 나타난 얼굴을 본 순간, 아이리스의 눈에서 자기도 모르게 눈물이 흘러내렸다.

"오랜만이네요, 아이리스 씨, 케이트 씨. 구출하러 왔어요. 온 김에 노르드 씨도."

""점장님(씨)!""

내가 몸을 숙이고 좁은 구멍에서 빠져나오자마자 아이리스 씨와 케이트 씨가 달려들었다.

그 충격을 겨우 받아내고, 그 뒤에서 쓴웃음을 지으면서도 왠지 안심한 듯한 모습을 보이는 노르드 씨도 살펴보았다.

"하하, 나는 온 김에 구해주는 거야?"

"네, 온 김에요. 노르드 씨 혼자였다면 구하러 오지도 않았을 테니까요."

말이 좀 심한가라는 생각도 들지만, 어쩔 수 없잖아?

이번 원인은 아무리 생각해도 노르드 씨니까.

아무리 그가 연구자고 아이리스 씨와 케이트 씨가 호위를 맡았다고 해도 한도가 있다.

실험을 하려면 먼저 안전을 확보해야 한다.

하지만 그걸 지키지 못하고 매우 큰 폐를 끼치는 사람이 있다는 건 잘 알고 있다.

그리고 보통 그런 사람이 성과를 내는 법이니 더욱 골치가 아프다.

다른 사람들과는 다르게 행동하기 때문에 특별한 결과를 낼 수 있는 건지는 모르겠지만, 가능하다면 그런 사람은 나와는 상관없는 곳에서 행복하게 살았으면 좋겠다.

"저, 점장님, 실은 나, 슬슬 희망이 없는 줄……."

"시간이 꽤 걸렸으니까요. 그래도 이제 괜찮아요. 조금 좁긴 하지만 이 구멍은 확실하게 바깥과 이어져 있거든요."

내게서 물러나 떨리는 목소리로 말하는 아이리스 씨의 눈가를 손수건으로 닦아주자 아이리스 씨는 눈물을 흘리면서도 미소를 지었다.

"점장 씨, 정말로 고마워. 힘들었지? 여러모로."

"뭐, 나름대로요. 하지만 저도 케이트 씨와 아이리스 씨를 저버릴 순 없으니까요. 자, 어서 바깥으로 나가죠――, 아, 그 전에."

나는 옆에 앉아 있던 쿠루미를 안아 들고 마력을 보충했다.

……응, 역시 꽤 아슬아슬했구나.

다행이다, 잃게 되지 않아서.

"사라사 군, 방금 쿠루미의 움직임은 역시 자네가 동조한 건가?"

"그렇죠. 그런데 이야기는 밖으로 나간 뒤에 할까요? 기다리는 사람도 있으니까."

"기다리는 사람? 점장님만 온 게 아닌가?"

"아무리 저라도 이 숲에서 혼자 오랫동안 야영하긴 힘들거든요. 자, 가시죠."

다시 몸을 숙여서 앞장서며 아이리스 씨 일행을 데리고 바깥으로 향했다. 허리가 좀 아프긴 하지만 크게 파면 그만큼 비용과 난이도가 올라가기 때문에 어쩔 수가 없다.

이 정도 크기로 구멍을 파는 아티팩트도 꽤 비싸니까.

게다가 이번 구출 작업에서는 전혀 이익을 볼 수가 없으니……, 매우 뼈아프다.

하지만 어쩔 수 없지, 아이리스 씨와 케이트 씨를 위해서
니까.

"바깥으로 나갈 거예요."

"오오, 드디어……, 햇빛이다……."

구멍에서 나오자마자 허리를 쭉 편 아이리스 씨는 두 팔
을 벌리며 눈을 가늘게 떴다.

케이트 씨도 마찬가지로 눈 부신 빛을 견디는 듯이 눈가
를 가렸다.

"오랜만에……, 아, 공기가 차가워. 벌써 겨울이구나……."

"그렇죠~. 얼마 전에는 눈도 좀 내렸고, 더 이상 오래 끌
면 저희도 힘들 뻔했어요."

"저희──, 그러고 보니 다른 사람이 있다고……."

"네, 저쪽이에요."

거기 있던 사람은 항상 신세를 지고 있는 단골 채집자 세 명.

"오, 아이리스 아가씨, 무사했나?"

"일단은 건강해 보이네."

"다치지 않아서 다행이야."

"안드레! 길! 그레이! 너희도 구하러 와줬구나!"

"감사합니다! 설마 점장 씨 말고도 와주신 분이 있다니……."

"뭐, 사라사가 부탁해서 말이지."

"그냥 힘쓰는 일만 한 것뿐이야. 별다른 건 하지 않았어."

"아뇨, 아뇨, 여러분께서 안 계셨다면 준비를 갖출 수도
없었을 테니 중요한 도움을 주신 거예요."

쑥스러운 듯이 겸손해하는 안드레 씨 일행. 하지만 실제로 세 사람의 도움은 매우 중요했다.

이번 사태에 대한 대처엔 거리의 제약이 매우 크게 작용했기 때문이다.

쿠루미와 동조하려 해도 최대한 가까워야 효율이 좋고, 뭔가 대처하려 해도 재빠르게 할 수 있다. 하지만 나는 연금술사다. 아티팩트와 포션을 쓸 수 있다는 게 가장 큰 강점인데 공방이 있는 집을 떠나버리면 할 수 있는 일이 크게 제한된다.

그래서 내가 생각해낸 방법은 근처에 거점을 만드는 것이었다.

가공한 재료를 여기까지 가지고 와서, 오두막을 세우고, 그 안에 마력로와 연금솥을 설치한다. 시간만 있으면 나 혼자서도 가능했겠지만, 그 시간이 중요했으니까.

안드레 씨 일행에게는 짐 운반과 마을로 보낼 연락 담당, 주위의 경계 등, 매우 많은 도움을 받았다. 일단 보수를 지불하긴 했지만 그들이 제시한 금액은 결코 많지 않았고, 하는 일과도 그에 걸맞지 않았다.

분명 아이리스 씨와 케이트 씨를 구출하는 작업이기에 협력해준 거겠지.

"그러니까 사라사 군은 여기에서 동굴 내부의 상황을 파악하고 구출할 방법을 고안해냈다는 거로군. 정말 흥미로운데."

우리가 감동의 재회──, 같은 걸 하고 있는 동안 혼자서 몸을 풀고 있던 노르드 씨가 대충 끝났다고 생각한 건지 뒤에서 고개를 쏙 내밀고는 오두막 안을 들여다보았다.

하지만 그 느긋한 말투를 듣고 험상궂은 채집자 세 명의 표정이 굳었다.

"오, 이 녀석이 이번에 원인을 제공한 연구자님이신가?"

"아이리스와 케이트를 위험하게 만들어주셨다면서?"

그러나 노르드 씨에게는 가시 돋힌 말 따윈 마이동풍에 불과했다. 그는 밝게 웃었다.

"하하하, 그랬지. 이번에는 내 근육이 부족했던 모양이야. 자네들 정도라면 어떻게든 해결했을지도 모르겠지만."

"흐음……."

팔을 구부리고 팔뚝을 찰싹 때린 노르드 씨와 그를 빤히 바라보는 그레이 씨.

두 사람의 시선이 뒤얽혔고, 무언가가 서로 통했다.

"알고 있다면 더 이상 내가 할 말은 아무것도 없다."

"아니, 그건 아니잖아?! 사라사에게 들은 얘기로는 근육이 좀 많다고 해서 어떻게 해볼 수 있는 상황이 아니었는데?!"

곧바로 길 씨가 태클을 걸었지만, 그레이 씨는 그 태클을 흘려넘기고는 노르드 씨의 대흉근을 툭, 때렸다.

"네 근육도 나쁘지 않아. 책상 앞에만 앉아 있는 연구자로는 안 보이는군."

"나는 현장을 중요하게 생각하거든. 근육을 단련하는 건 당연하지!"

이를 반짝이며 엄지손가락을 치켜든 노르드 씨와 사나이다운 미소를 지으며 팔짱을 끼고 고개를 크게 끄덕이는 그레이 씨.

하지만 길 씨는 이마에 손을 대고 하늘을 올려다보았고, 거리를 두고 있던 안드레 씨는 답이 없다는 듯이 어깨를 으쓱였다.

"음……, 노르드 씨는 근육파인가요?"

내가 당황하면서 아이리스 씨에게 묻자 아이리스 씨는 잠시 생각하다가 고개를 끄덕였다.

"그래, 왠지 그런 분위기가 느껴지더군."

"아뇨, 꽤 노골적인 것 같은데요?"

으음, 위험할 때 근력으로 돌파한 경험이라도 한 건가?

날씬하게 단련한 근육은 보기에 따라서 매력적일 수도 있겠지만.

"그래도 노르드 씨가 몸을 단련한 덕분에 살아남은 부분도 있지. 길이 험했으니까."

연약한 연구자라 돌봐줄 필요가 있었다면 아마 힘들었을 거라고 하는 케이트 씨에게 나도 고개를 끄덕였다.

"하긴, 길이 험하긴 했죠."

"그런 것도 알 수 있나? 점장님."

"네, 어느 정도는요. 쿠루미 덕분에. 그치~?"

"가우가우~!"

완전 동조는 거의 안 하긴 했지만, 여기에 거점을 만든 이후로는 가끔씩 일부 감각 동조를 하거나 쿠루미가 파악한 상황을 전해받는 등, 정보를 수집하고 있었다.

그중에서도 중요한 건 유사 탈출로 감지기.

최고 품질인 탈출로 감지기라면 통로의 형태까지 알 수 있지만, 당연하게도 내가 급하게 만든 '유사 감지기'에 그런 기능은 없다.

그 대신 쿠루미를 술식에 포함시키고 내 호문쿨루스의 위치를 알 수 있는 아티팩트 같은 것들을 함께 쓰니 내 쪽에서도 통로를 대충 파악할 수 있게 되었다.

하지만 남은 마력량을 생각하면 그걸 아이리스 씨에게 전하는 건 불가능.

그 때문에 이쪽에서 대충 지도를 만들어서 그녀들을 구출할 수 있는 위치를 알아냈다.

그리고 그쪽으로 향해 구멍을 파는 것과 동시에 쿠루미에게 아이리스 씨 일행을 안내하게 한 것이다.

"그래서 구출할 수 있었구나."

"아무리 그래도 대충 구멍을 팔 수는 없으니까요."

이래 봬도 꽤 세밀하게, 그러면서도 급하게 세운 계획이다.

식량 쪽은 그렇다 치더라도 마정석이 얼마 남지 않은 상황이었으니까.

"그래도 이야기를 들어보니 비용이 많이 들었을 것 같은데……."

"뭐, 저렴하게 들지는⋯⋯, 않았죠."

생각하고 싶지 않을 정도로.

나는 말꼬리를 흐리고는 떠보는 듯이 묻는 케이트 씨에게서 눈을 돌렸다.

적어도 그런 건 잠시 잊고 두 사람을 무사히 구해냈다는 기쁨에 젖어 있고 싶다.

"그건 그렇고 지금은 어서 돌아가도록 하죠. 로레아도 걱정하고 있어요. 건강한 모습을 보여줘야죠. 재빠르게 철수 작업을──."

시작하죠, 라고 말하려고 그레이 씨와 다른 사람들 쪽을 돌아보니──, 이해할 수 없는 상황이 전개되고 있었다. 어떤 경위로 그렇게 된 건지는 모르겠지만, 그레이 씨와 노르드 씨, 두 사람이 상반신 알몸 상태로 펌프 업.

포즈를 바꿔가며 되풀이되는 그것은 자칫하다간 연령 제한을 걸 필요가 있을 것 같은 모습이었다. 구체적으로 말하자면 미성년자 관람 불가?

"무슨 일이지⋯⋯?"

이해할 수 없는 광경에 내가 눈을 깜빡이고 있자니 다가온 안드레 씨가 쓴웃음을 지으며 설명해 주었다.

"그게, 왠지 모르겠지만 그레이와 노르드, 둘 중 누구의 근육이 더 실용적인지 말다툼을 벌이게 되어서 말이야."

"⋯⋯영문을 모르겠네요."

설명을 들었는데도 이해할 수가 없었다.

"좀 전까지 의기투합하지 않았나요? 저 두 사람."

"근육이라는 전체적인 주제로는 서로 이해한 것 같은데, 실전으로 단련한 근육이 제일이라든가, 그건 비논리적이고 균형이 안 좋다든가 하면서, 자세한 주제에서 일치하지 못했던 것 같아."

"그레이 씨는 성실한 사람이라고 생각했는데……."

더 이해가 안 된다.

길 씨도 두 사람에게 태클을 거는 걸 포기하고 당황한 내게 다가왔다.

"아니, 저 녀석도 우리하고 마찬가지거든? 과묵해서 속아 넘어가기 쉽지만 말이야, 나하고 같이 다니잖아. 하하하!"

"그렇군요, 그건 이해가 되네요."

길 씨의 경박함에 가까운 성격. 그것을 참을 수 있는 시점에서 인내심이 강한 건지, 아니면 어딘가 닮은 구석이 있는 건지. 전자인 줄 알았더니 후자인 모양이다.

하지만 계속 두 사람의 퍼포먼스를 보고 있을 수는 없다. 내 취향도 아니고.

"저기, 아이리스 씨, 케이트 씨. 저거, 말려주실 수 없을까요?"

"미안하다. 나 같은 소녀는 다가갈 수가 없어."

"그래, 맞아. 우리는 귀족 아가씨와 수행원이니까."

……어라? 예전에 기사로서 훈련에 참가해서 남자의 상반신 알몸 같은 건 많이 봤으니 익숙하다고 했던 것 같은데.

잘못 기억하고 있었던 건가?

그래도 출신만 생각하면 틀린 말은 아니니까.

"길 씨하고 안드레 씨는──."

"저 녀석들, 이야기를 전혀 안 들어."

"근육 이야기는 골치 아파. 사라사, 딱 부러지게 말해주라고."

도움이 안 된다.

나는 크게 한숨을 쉬고는 어쩔 수 없이 그 땀내 나는 공간으로 다가갔다.

"두 분! 근육 같은 건 어찌 되든 상관없으니 돌아갈 준비를 해주세요!"

"어찌 되든 상관없다니……, 중요하다고, 근육. 있으면 편리하니까. 사라사 군은…… 좀 빈약한 것 같네?"

"으음. 살집이 좀 부족하군."

"맞아. 근육뿐만이 아니라."

"윽……."

약간 자각하고 있긴 하다.

고아원 시절의 영향인지 나는 성장이 좀 느리고 몸집도 작은 편이다.

그로 인해 근력이 약해서 마력으로 신체 강화를 하지 않으면 가끔 연성 작업에 영향이 생길 정도다. 하지만 노르드 씨 같은 마초가 되고 싶진 않다.

여자애로서, 절대로.

그리고 살집이 부족하다고 말한 두 사람은 용서할 수 없다.

"후후후……. 노르드 씨, 그레이 씨, 그렇게 근육에 자신이 있으시면 연금솥하고 마력로, 들고 가실 수 있죠?"

가지고 왔을 때는 다르나 씨에게 짐수레를 빌려서 실어왔지만, 당연히 이미 반납했다. 지금 빌리러 돌아가면 마을로 돌아가는 게 더 늦어진다.

하지만 근육에 자신이 있는 두 사람이라면 분명히 괜찮을 것이다.

그런 마음을 담아 방긋 웃자 그 사실을 모르는 노르드 씨는 약간 곤란하다는 듯이 눈썹을 치켜떴고, 여기까지 옮긴 그레이 씨는 말문이 막혔다.

"연금솥하고 마력로……?"

"저, 저건가……."

"설마 못 든다고 하진 않으시겠죠? **살집이 부족하고, 빈약한** 저도 들 수 있으니까!"

나는 그렇게 말하며 오두막 안에서 연금솥과 마력로를 가지고 나와 쿵, 쿵, 두 사람 앞에 내려놓았다──, 당연히 마력으로 신체 강화를 했지만.

"아니, 그래도, 여기부터 마을까지는 거리가……."

"괜찮아요. 뛰어가면 하루 만에 도착해요."

"오히려 괜찮지 않은 거 아니야? 그거?!"

"어라? 노르드 씨의 근육은 겨우 그 정도인가요? 어떻게 생각하세요? 아이리스 씨."

"응? 그렇지, 근육은 보여주는 게 아니라 쓰는 것이지."

아이리스 씨에게 패스하자 매우 자연스러운 느낌으로 부추겨주었다.

케이트 씨 역시 음흉하게 웃으며 의도적으로 부추겼다.

"써먹지도 못할 근육에는 의미가 없지. 아니면 그 근육은 그냥 보여주기용이었어?"

"아니──라고 해도 되는 상황인가? 이거?"

"뭐야, 실전에서 단련하지 않은 근육 따위는 겨우 그 정도인가?"

"무슨──."

"아니라면 보여봐라! 그 근육을 보여봐라! 흐읍!"

기합을 넣고 연금솥을 들쳐멘 그레이 씨.

내가 들어갈 수 있을 정도로 커다란 금속제 솥이라 꽤 무겁다.

"잠깐, 그쪽이 더 가벼운 것 같은데?!"

그리고 그것보다 더 무거운 게 마력로다.

그렇기 때문에 노르드 씨가 한 말이 틀린 말은 아니다. 하지만 마력로가 더 들기 쉬운 형태이기 때문에 옮길 때 누가 더 편할지는 잘 모르겠다.

"착각한 거다. 자, 돌아가지. 네 근육에 거짓이 없다면 확실하게 들쳐메고 따라와라!"

"아니, 아무리 봐도 이게 더 무겁잖아?! 사라사 군의 표정도 그렇고!"

어이쿠, 얼굴에 드러나 버렸나? 하지만 불평하면서도 노르드 씨는 마력로를 들어 올린 다음 걷기 시작한 노르드 씨를 잔걸음으로 쫓아갔다.

응. 근육 이야기는 그렇다 치더라도 저걸 들 수 있는 시점에서 꽤 단련했다는 건 틀림없으니까 자랑해도 될 것 같다.

"휴우~. 골치 아프게 굴어서 미안하다, 사라사."

"아, 아뇨. 그레이 씨는 좀 뜻밖이긴 했지만, 평소 길 씨하고 비교하면 별것 아니죠."

두 사람의 뒷모습을 바라보고 질색하며 고개를 짓는 길 씨에게 조용히 그렇게 말하자 길 씨가 경악한 표정으로 나를 돌아보았다.

"어? 너무하잖아?! 내가 그렇게 짜증 나?! 어떤 부분이?"

"……그냥 왠지?"

"명확한 이유가 없어서 더 너무하네!"

실제로 부탁한 일은 확실하게 해주니까 꽤 믿음직한 사람인데, 가끔 툭툭 내뱉는 말이 인상을 나쁘게 만들고 있단 말이지.

뭐라고 해야 하나……, 좋은 사람이라고 하기에는 약간 부족한, 나쁘지 않은 사람 수준?

"자업자득이지. 너도 슬슬 차분하게 구는 걸 배워야 할 나이인 것 같은데? 사라사, 짐은 다 정리해 뒀다."

"감사합니다, 안드레 씨. 항상 도움만 받네요."

그에 비해 이쪽은 능력 있는 사람. 안정적으로 믿음직한 걸 보면 역시 셋 중에 리더라고 할 만하다.

아무리 그래도 나이가 많아서 나와는 어울리지 않지만.

"두고 가는 게 없는지 다시 한번 확인하고 돌아갈까요."

"그래. 다시 가지러 오려면 귀찮으니까."

"그러면 나는 저쪽을 보고 올게."

우리는 각자 나뉘어서 착실하게 확인을 시작했다. 아이리스 씨가 약간 당황한 듯이 이미 멀어지고 있는 두 사람의 뒷모습과 우리를 번갈아 가며 보다가 입을 열었다.

"이봐, 쫓아가지 않아도 괜찮은 건가? 저 두 사람은 꽤 멀리 간 것 같은데……."

"서두를 필요는 없어. 어차피 저 정도 속도라면 오래 가지 못할 거야."

"맞아요. 저걸 들고 마을까지 하루 만에 도착할 수는 없을 테니까요."

당황한 아이리스 씨와 케이트 씨에게는 쉬라고 한 다음, 제대로 확인을 마친 우리는 한동안 거점으로 사용했던 오두막 문을 닫고 잠갔다.

모처럼 만든 오두막인데 야생 동물이나 마물이 헤집어 놓으면 아까우니까.

"자, 돌아갈까요."

두 손을 마주치고 짐을 들어 올린 나는 약간 늘어진 채 땅바닥에 앉아 있던 아이리스 씨와 케이트 씨에게 손을 내밀었다.

계속 긴장해서 그런지 안심할 수 있는 상황이 되자 피로가 몰려온 것 같은 케이트 씨는 숨을 내쉬고 내 손을 잡았다.

"아……, 이제야 돌아갈 수 있겠구나."

"죄송합니다. 오래 기다리게 해드렸네요."

"아니야, 신경 쓰지 마, 점장 씨."

"뭐냐, 케이트. 한심하다!"

곧바로 일어서서 '흐읍!' 하는 소리를 내며 가슴을 편 아이리스 씨를 보고 케이트 씨가 크게 한숨을 쉬었다.

"……에휴. 얼마 전까지는 돌아갈 수 있을지 모르겠다고 우는 소리를 하더니."

"뭐?!(그건 비밀이잖아! 케이트!)"

아이리스 씨는 내 얼굴을 힐끔거리며 케이트 씨에게 뭔가 귓속말을 하고 있는데……, 뭐, 쿠루미가 들은 건 어느 정도 파악하고 있거든요.

케이트 씨는 그 사실을 알고 있는 것 같았지만, 딱히 아무런 말도 하지 않고 아이리스 씨의 등을 밀었다.

"그건 잊어도 상관없는데, 무사히 탈출했으니 아델버트 님에게 보고할 것도 생각해야지."

"으윽, 그게 있었나……."

"괜찮아, 돌아가려면 하루 이상 걸리는 것 같으니까. 느긋하게 생각해도 돼. ──내가 책임을 지지 않아도 되는 보고를."

"역시 혼나는 건 내 역할인가?!"

약간 시끄럽지만 명랑한 아이리스 씨와 케이트 씨의 이야기를 듣고 나와 안드레 씨, 길 씨는 미소를 지으며 숲속을 걸어가기 시작했다.

　그런 우리 사이를 바람이 쏴아아, 소리를 내며 스쳐 지나갔다.

　그 바람의 냉기를 느낀 건지 아이리스 씨가 볼에 손을 대고 하늘을 올려다보았다.

　"……벌써 겨울인가. 동굴 안과는 다르군."

　"맞아. 우리 가을은 없어져 버렸구나."

　케이트 씨는 주위 나무를 둘러보고 약간 우울한 듯이 중얼거렸다.

　"꽤 오랫동안 갇혀있었으니까요."

　"그것도 목숨을 건진 대가라고 생각하면 싸게 먹힌 거지만……, 슬슬 눈이 내리기 시작하겠군. 숲에 들어오는 게 힘들어지겠어."

　"채집자에게는 힘든 계절이 되겠네……."

　마치 그 말에 대답하듯, 하늘에서 하얀 것들이 천천히 떨어지기 시작했다.

epilogue

ΠFhιlFιϑuffl

에필로그

마을로 돌아온 노르드 씨는 하룻밤 자고 곧바로 마을을 떠났다.

이야기를 들어보니 '얼른 돌아가서 연구 결과를 정리하지 않으면 생활비조차 위험하다'라는 모양이다.

하나 그럴 만도 하다.

노르드 씨의 조사 활동은 원래 예정을 대폭 초과하게 되었지만, 아이리스 씨와 케이트 씨에게는 그 기간만큼에 약간 더 추가한 보수를 확실하게 지불했다.

게다가 내가 아이리스 씨에게 준 긴급 팩 같은 것들의 대금도 가지고 있던 돈을 아슬아슬할 정도로 토해내서 지불해 주었다.

솔직히 남은 돈으로 돌아갈 수 있을지 불안할 정도였지만, 노르드 씨는 '괜찮아. 여차하면 내게는 이 근육이 있으니까! 하하하'라며 웃었다.

사냥이라도 해서 먹고 살 생각인가?

실제로 지식은 있으니 채집자 흉내를 내더라도 충분히 해나갈 수 있을 것 같긴 한데.

물론 그런 싹싹한 성격과 튼튼한 몸이 그가 성공한 이유일 것이다.

만약 돈을 제대로 지불하지 않고 아끼려 했다면 우리가 보는 노르드 씨의 인상은 최악이었을 테니까.

그런 식으로 기운이 넘치던 노르드 씨와는 달리 아이리스 씨와 케이트 씨는 집으로 돌아오자마자 열이 나서 며칠 동안 드러눕게 되었다.

마을에서 끙끙대며 기다리던 로레아와 눈물의 재회를 하며 기뻐한 다음 날 그렇게 되었으니 로레아도 꽤 당황했지만, 내가 진단해본 결과 단순한 과로였다. 병이나 독에 걸린 증상은 보이지 않았기에 체력을 회복시키는 포션을 처방해 주었다.

아마 정신적인 요인이 큰 비중을 차지하고 있을 테니 그쪽을 회복시켜주는 포션을 사용할 수도 있었지만……, 그쪽 방면에는 위험한 것들도 있으니 휴식을 취하며 회복되기를 기다리는 게 제일 낫다.

급하게 회복시킬 필요가 있는 것도 아니고.

그리고 아이리스 씨와 케이트 씨가 귀환한 지 일주일. 이것저것 뒷정리도 끝났고, 그녀들의 체력도 많이 회복된 시기를 봐서 내가 어떤 제안을 했다.

"탕치를 하러 가죠!"

짜잔, 하고 큰소리친 나를 아이리스 씨와 케이트 씨가 당황한 듯이 올려다보았다. 참고로 로레아에게는 미리 말해두었기에 약간 어이없는 표정을 지었을 뿐 아무런 말도 하지 않았다.

"탕치……? 온천에 간다는 건가?"

"네."

"온천이라니. 이 근처에는 온천 같은 게 없었던 것 같은데.

점장 씨, 너무 멀리는……."

"얼마 전에 생겼거든요. 아이리스 씨하고 케이트 씨가 갇혀 있을 때요."

"뭐라고!"

순진하게 깜짝 놀라주는 아이리스 씨.

하지만 로레아가 눈을 흘기며 태클을 걸었다.

"아뇨, 생긴 게 아니라 만든 거잖아요? 사라사 씨가."

"……그게 무슨 소리야? 점장 씨."

수상쩍어하는 케이트 씨를 보고 나는 말꼬리를 흐렸다.

"아~, 음. 뭐라고 해야 하나……, 최근에 온천이라는 이야기를 듣고 뭔가 짐작 가는 거 없으신가요?"

"응? ……설마, 그 동굴 안에 있는 거?"

"맞아요. 이러쿵저러쿵하다 보니 그곳의 온천을 바깥까지 끌어냈거든요."

"이러쿵저러쿵이라니……, 그런 말로 대충 넘길 정도로 쉬운 일이 아니라는 생각이 드는 건 나뿐일까?"

"쉬운 일은 아니죠. 엄청나게 돈이 많이 들었어요. 그렇죠? 사라사 씨."

"아니, 아니, 그건 필요한 실험이었으니까! ……약간 지갑에 타격을 입긴 했지만."

광업은 나라에 매우 중요한 산업이기 때문에 아티팩트 중에도 관련이 있는 물건이 많고, 마지막으로 아이리스 씨와 케이트 씨를 구해낼 때 썼던 채굴용 아티팩트도 그중 하나다.

하지만 그런 아티팩트는 이 마을에 수요가 있을 리도 없고, 일반적인 크기라도 매우 크고 무거워서 다른 마을로 팔러 가기도 힘들다.

그렇게 된 관계로 내가 만들어서 보관하고 있는 것은 손바닥 크기인 소형.

그냥 만드는 건 역시 무리라는 걸 알고 있어서 그런지 소형화 방법도 제대로 나와 있었다. 그중에서도 내가 만든 건 특별히 작은 거라 비용과는 다른 면으로 좀 고생했지만.

"우선 그걸로 목적지까지 안전하게 구멍을 팔 수 있을지 확인했던 거죠."

"그게 그 온천인가? 그런데 장소는 어떻게 알고?"

"쿠루미요. 가끔 뭔가 그리지 않던가요?"

"그건가! 바위로 발톱을 갈던 거!"

"발톱을 갈던 건 아니지만, 그거 맞아요. 뭐, 목적지는 어디든 상관없었지만 장소를 생각하면 거기가 딱 좋았거든요."

그런 다음에는 사람이 지나갈 수 있는 크기로 다시 만들기만 하면 된다.

고생한 경험이 있었기에 구출용 아티팩트를 짧은 시간 만에 만들었다고도 할 수 있다.

몸을 숙여야만 지나갈 수 있는 크기가 된 건 비용을 절감한 결과지만, 그럼에도 로레아가 멍해질 정도의 비용이 들었다.

그래도 성공하면 막대한 이익을 기대할 수 있는 광산 개발에 사용하는 아티팩트다.

그런 가격이라도 이익이 남는다──, 보통은 말이지.

"뭐, 모처럼 온천을 끌어냈는데 그냥 버리는 것도 아까우니까 쓸 수 있게 해두었어요. 남는 시간을 써서."

"그건 그 거점이 있는 곳이지? 그런 게 있다는 건 눈치채지 못했는데……."

"약간 떨어진 곳이거든요. 원천과의 위치 관계 때문에."

"그렇군. 그래서 보이지 않았던 건가. 온천에 가는 건 로레아까지 포함해서 전부 다인가?"

"물론이죠. 로레아만 따돌리진 않을 거예요. 가게는 임시 휴업하죠."

"괜찮겠어? 우리 구조 작업 때문에 점장 씨도 가게를 꽤 오래 비웠지?"

"상관없어요. 겨울이 되면 채집자도 쉬는 사람이 많으니까요."

겨울에는 채집할 수 있는 소재가 줄어들고, 추위 때문에 움직임이 둔해지면 사고도 일어나기 쉬워지기에 오랫동안 머물면서 채집하다가는 자칫 목숨이 위험할 수 있다.

그런 이유로 인해 겨울에는 전혀 활동하지 않는다는 채집자도 적지 않고, 금전적으로 여유가 없을 때는 더 따뜻한 지방으로 활동 장소를 옮기기도 한다.

다시 말해 가게를 열어봤자 손님을 별로 기대할 수 없는 것이다.

"사라사 씨, 저는 이제 반대하지 않겠지만, 괜찮으시겠어요? 돈을 꽤 많이 쓰셨고, 사라사 씨의 스승님께도 빚을 지셨죠?"

"으……."

그렇다. 이번에 아이리스 씨와 케이트 씨의 구조 작업을 진행하며 나는 꽤 무리해서 연성을 많이 했다.

우선 호문쿨루스 관련. 쿠루미를 이용한 구출 방법을 찾기 위해 연금술 대사전 5권에 나와 있는 관련 아티팩트 중에 쓸만한 건 전부 다 만들어 보았다.

호문쿨루스를 만드는 법이 나와 있는 게 5권이기에 관련 아티팩트의 숫자도 꽤 많아서 소비한 소재도 마찬가지로 많다.

게다가 만에 하나를 대비한 포션. 실제로는 쓰지 않았지만, 아이리스 씨와 케이트 씨가 독에 걸렸거나 병에 걸렸을 경우를 대비해 여러 종류를 만들어 두었다.

거기 필요한 소재는 당연히 가지고 있는 것만으로는 부족했기에 돈으로 사거나, 스승님에게 빌리거나, 스승님에게 사달라고 하거나 했지.

그렇게 꽤 많은 부분을 스승님에게 의존했다. 한심하게도.

"뭐, 뭐, 어떻게든, 되지, 않을까? 되겠지? 분명히. 응."

"앗! 그, 그랬지!"

열심히 자신을 타이르는 나를 보고 아이리스가 당황해하며 일어서서 방을 나간 다음 곧바로 가죽 주머니를 들고 돌아왔다.

"점장님, 부족하겠지만 이걸 받아줘."

"아, 그랬지. 이번에 노르드 씨에게 받은 나하고 아이리스의 보수. 들어간 경비를 다 채울 수는 없겠지만……."

"부족한 돈은 잠시 기다려줬으면 좋겠다. 반드시 갚을 테니!"

기간이 늘어났기에 탁자 위에 놓인 그 가죽 주머니는 꽤 묵직해 보였다.

하지만, 그럼에도 불구하고──.

"음~, 마음은 감사하지만, 지금 제 빚을 생각하면……."

"……그렇게 큰돈을 쓴 건가?"

침을 꿀꺽 삼키는 아이리스 씨를 보고 나는 고개를 끄덕였다.

"뭐, 적진 않죠."

"그래도 점장 씨는 빌려준 돈도 많지? 걱정할 필요는 없지 않아?"

"그렇지? 우리 가문은 당연하고, 사우스 스트러그 주변의 연금술사도 있고."

"디랄 씨네 여관, 그곳 건물도 그렇지."

"하하하…… 그런 것들을 전부 다 받아도 거의 계란으로 바위치기거든요……."

헛웃음을 짓는 나를 보고 케이트 씨와 아이리스 씨가 잠시 입을 다물고 있다가 고개를 푹 숙였다.

"……………어? 정말로?"

"…………농담이, 아니라?"

"네, 정말로요. 아니, 뭐, 실제로는 계란으로 바위치기라고 할 정도로 심하진 않지만, 그래도 전혀 부족할 정도이긴 해요."

아이리스 씨가 방금 내민 돈으로는 정말 계란으로 바위치기.

만약 우리 가게에 소재를 팔러 온 채집자에게 사들이는 형태로 모았다면 이번에 든 비용은 절반 이하로 떨어졌을 것이다.

하지만 계절이나 시세 같은 요인을 고려하지 않고 억지로 사들였으니 훨씬 비싸졌다.

있는 것을 사는 것과 없는 것을 찾아서 사들이는 것은 전혀 다르니까.

내가 가지고 있는 광란 상태의 헬 플레임 그리즐리의 소재 같은 것도 마찬가지다.

이걸 내가 어딘가에 팔러 가더라도 그렇게까지 비싸게 팔 수는 없겠지만, 필요하기 때문에 찾아서 사들이려 하면 엄청난 금액이 들게 된다.

광란이 발생해야만 손에 넣을 수 있는 희귀한 소재니까.

그런 소재를 잔뜩 쓰면 어떻게 될지는……, 뻔하지.

"그건…….."

"뭐라고 해야 하나……."

상상되는 금액의 크기에 아이리스 씨와 케이트 씨도 '전부 지불하겠습니다'라는 말을 할 수 없게 되었는지 말꼬리를 흐렸다.

하지만 이건 내가 결심하고 행동한 결과다.

내 경험도 되었으니 아이리스 씨와 케이트 씨에게 청구할 생각은 없다.

"괜찮아요! 일단 지금은 빚을 잊을 거예요. 아니, 잊게 해줘요!"

잊어야만 한다, 가난뱅이 근성이 있는 나는 특히.

다행히 내가 돈을 빌린 사람은 스승님이다.

악덕 상인은 아니니까 억지로 회수하려 하진 않을 테고, 몸을 팔게 될 걱정도 없다.

······여차하면 스승님이 **나를** 회수할 우려는 있지만.

그래도 괜찮다. 내가 어엿한 연금술사가 되면 확실하게 갚을 수 있는 금액이니까!

그렇게 될 예정이니까!

"아, 아니, 아무래도 확실하게 내겠다는 말은 못 하겠지만, 최대한 협력은 하마. 안 그래? 케이트."

"마, 맞아. 그, 그래. 열심히 할······게?"

떨면서도 고개를 확실하게 끄덕이는 케이트 씨. 좀 귀엽다. 그리고 성실하다.

그렇기 때문에 나도 구해주려 했던 거고.

"감사합니다. 그렇게 되면 부탁드릴게요. 하지만 지금은 숨을 돌리죠. 우리에게는 치유가 필요해요!"

내 정신에도, 아이리스 씨와 케이트 씨의 육체에도.

"그렇게 되었으니 온천이에요. 결정한 거예요. 골치 아픈 것들은 한동안 잊어버려요!"

약간 억지스럽게 이야기를 끝낸 나는 그것들을 머릿속에서 몰아냈다.

◇ ◇ ◇

"흐에~. 기분 좋네요. 온천. 처음 와봤어요."

"그렇지~? 피로와 고민이 녹아내리는 것 같단 말이지~."

가기로 정하고 불과 며칠 뒤.

우리는 느긋하게 온천에 몸을 담근 채 푹 쉬고 있었다.

이 온천에는 이미 여러 번 몸을 담갔지만, 그때는 아이리스 씨와 케이트 씨가 마음에 걸려서 불편했기에 이번에는 정말 푹 쉬고 있다.

"나도 이런 온천에 와본 건 처음이군."

"그것도 노천 온천. 생각해보니 정말 사치스럽네."

"뭐, 보통은 고급 휴양지에서나 할 수 있으니까요. 이런 경험은."

"온천 자체는 동굴 속에도 있긴 했지만……, 그때는 똑같은 온천에 편안한 마음으로 몸을 담글 수 있을 줄은 상상도 못 했다."

"쿠루미는 그때도 마찬가지로 기뻐했지만 말이야."

"가우가우~♪"

후후 웃는 케이트 씨의 시선 끝에는 첨벙첨벙 헤엄치는 쿠루미가 있었다.

쿠루미는 화속성 쪽에 치우쳐 있기에 따뜻한 온천이 기분 좋은지 매우 신나 보였다.

"이 온천의 위치라면 오두막에서 보이지 않겠어."

"네. 동굴 속 온천과의 거리와 위치 등, 여러모로 생각해서 여기로 정했어요."

온천이 제대로 나와줄지는 알지 못했지만, 나왔을 때를 대비해서 주변의 상황까지 고려하여 장소를 정했다. 시선을 가려줄 바위나 야생 동물이 침입하기 힘든 지형 같은 것들까지.

물론 그것만으로는 부족하기에 다른 대책도 제대로 세워 두었다.

"그건 그렇고 꽤 제대로 만들었네?"

파낸 욕탕 부분은 바위와 회반죽으로 굳혔고, 그 주위에는 돌바닥. 자연 장벽이 없는 부분에는 시선을 가릴 용도와 야생 동물의 침입에 대비해 제대로 된 울타리가 쳐져 있다.

헬 플레임 그리즐리를 완전히 막는 건 힘들겠지만, 그렇게 강한 마물은 자주 나오는 것도 아니고 어느 정도 시간만 벌 수 있다면 우리도 충분히 대처할 수 있다.

전혀 싸우지 못하는 사람이 오기에는 위험해도 어느 정도 전투력이 있는 사람이라면 느긋하게 몸을 담글 수 있는 환경이 갖추어져 있다.

"큼직한 부분은 제가 만들었지만, 대부분은 안드레 씨 일행 덕분이에요. 꽤 한가했으니까."

안드레 씨에게 호위를 부탁하긴 했지만, 이 주변의 위험도는 그렇게까지 높지 않았기에 항상 세 사람이 필요한 건 아니었다. 필연적으로 한두 명은 한가해졌고, 그런 그들이 남아나던 시간을 이용해 정비한 곳이 이 온천이다.

겨울이 되어 추워진 이 거점에서의 생활.

그런 괴로운 생활을 조금이라도 향상시키기 위해 발 벗고 나서준 것이다.

"안드레 씨 일행이라. 그쪽에도 제대로 고맙다는 인사를 해야겠어."

"하는 김에 게베르크 씨, 다르나 씨 같은 사람들에게도요. 협력해주셨으니까."

"아버지 같은 분들은 별로 신경 쓰지 않으실 것 같은데……. 사라사 씨가 확실하게 보수를 지불하셨고요. 안드레 씨 일행에게도 지불하셨죠?"

"뭐, 그렇긴 한데. 그래도 인사는 제대로 해야지."

"그건 당연하지."

"으음~, 그런 이야기를 들으니 점장님에게 더 미안해지잖나."

"그건 별로 신경 안 쓰셔도 되는데요……."

"그래도 우리 때문에 빚을 지게 되어버렸으니까."

"그렇지. ——그건 그렇고 점장님도 빚을 떠안게 되었나."

"……뭔데요, 아이리스 씨."

감정을 담아 말하는 그녀에게 묻자 아이리스 씨는 내 얼굴을 보고 '으음!' 하며 고개를 끄덕였다.

"우리와 한 쌍이로군!"

"잘됐어! 점장 씨!"

"그, 그런 한 쌍은 기쁘지 않아~~!!"

그런 농담을 하며 왠지 기쁜 듯이 방긋 웃는 두 사람에게 나는 무심코 따져버렸고, 그 목소리가 숲속에 울려 퍼졌다.

no.044

연금술 대사전 : 제5권 등재
제작 난이도 : 노멀
표준 가격 : 10,000 레어~

〈공명석〉

FFfFfnofing
ßfFfnoFf

불길한 예감? 그런 불확실한 것에 기대지 마세요. 여차할 때 확실하게 알려주는 물건이 바로
공명석. 한 쌍으로 제작한 공명석 중 한쪽을 부수면 다른 한쪽에서 소리가 울립니다. 위기에
처했을 때 재빠르게 달려가면 호감도가 확실하게 올라가겠죠! ※어느 정도 거리에서 '공명'이
가능한지는 제작한 연금술사의 실력에 따라 다릅니다.

후기

항상 구입해주셔서 감사합니다. 이츠키 미즈호입니다.

사회적 거리두기가 요구되고 있는 요즘, 여러분께서는 어떻게 지내고 계신가요?

혹시 이 책이 간행되었을 무렵에는 원래 모습으로 돌아가 있을까요?

그렇게 되기를 간절히 기원합니다만, 앞으로는 어느 정도 변화가 필연적이지 않을까 하는 생각도 듭니다.

그것과 관련해서 외국과 일본의 인사 방법 차이가 화제가 되기도 했습니다.

구체적으로 말하자면 키스와 허그, 악수, 고개를 숙이는 것 등이죠.

일본인인 저는 처음 만나는 사람하고는 악수까지만 하려나, 그렇게 생각합니다만……, 상대를 선택할 수 없는 높은 사람은 힘들겠네요.

그래도 앞으로는 거리를 두고 하는 인사가 주류로 자리 잡지 않을까요?

인사 방법에 대해서는 소설을 쓸 때 여러모로 고민하기도 합니다. 역사적, 문화적인 배경에 근거해 인사를 하게 되니 똑같은 인사를 해도 사람에 따라 받아들이는 모습이 제각각 다르죠.

소설 속에서 처음 만난 여자 캐릭터에게 남자 캐릭터가 허그를 하면?

볼이나 손등에 키스를 하면?

그 직후에 '성실한 남자'라고 적혀 있을 때 태클이 들어올 것 같죠.

그런 관계로 결국 독자층에 맞춰서 현대 일본의 감각을 기반으로 행동하게 만드는 거지만요.

참고로 일본에서도 에도 이전에는 악수라는 습관이 없었던 모양이고, 현재의 가장 공손한 인사인 상체를 45도 이상 굽히는 인사도 '가장 공손한 인사'로는 부족했던 것 같습니다. 게다가 무릎을 굽히고 손을 무릎이나 발등에 올려놓는 인사도 있었다고 하죠.

시대극 같은 데서 가끔 보는 사무라이에게 농민이 하는 그거……, 보다 훨씬 더 공손한 느낌이려나요.

정말 힘들 것 같네요. 다리와 허리를 단련해두지 않으면 인사도 못 하겠습니다.

다리가 부들부들 떨리고, 넘어지기라도 하면 무례하다고 하지 않았을까요?

자, 그건 그렇고, 본문에 대해서.

이번에 볼만한 부분은 '냥' 말투를 쓰는 아이리스 씨입니다.

……어? '본문'이 아니라고요? 그건 후미 씨의 멋진 일러스트라고요?

응, 그렇죠.

그럼 그겁니다.

사라사의 집에 '와버렸어♪'라고 하면서 이사 오는 신부 같은 로레아.

……어? 그런 장면은 없다고요?

이상하네요. 제가 잘못 기억하고 있는 걸까요?

괜찮습니다. 분명히 비슷한 장면이 있을 겁니다. 읽어봐 주세요.

자, 마지막으로 요즘 같은 상황에서도 책을 출판할 수 있는 건 관계자 여러분께서 힘을 써주신 덕분이기에 감사하고 있습니다. 재택근무로 끝낼 수 있는 일만 있는 게 아닐 테니 분명히 평소보다 더 힘드셨을 겁니다.

그리고 이번 권을 낼 수 있었던 것도 3권을 구입해주신 독자 여러분 덕분입니다. 정말 감사합니다.

또 어디선가 만나 뵐 수 있기를 기대하겠습니다.

이츠키 미즈호

Special Short Story

Reward, Saving Account, and Mana Manipulation

[신규 집필 특별 숏 스토리]
보수금과 저금통, 그리고 마력 조작

입학 후 처음 친 정기 시험이 끝나고, 선배가 말했던 '단골손님'이 있는 계절이 지나갔다.

적지 않은 새끼 새가 둥지에서 떨어졌으며 내 주위는 조금 조용해졌다.

게다가 열심히 노력한 내 손에는 묵직한 가죽 주머니가 얹혀 있다.

성적이 좋으면 보수금을 받을 수 있다는 건 알고 있었지만, 그 금액은 상상 이상이었다.

이런 큰 돈은 가져본 적이 없어! 눈부신 금빛 때문에 몸이 떨리네!!

"——그래서 말인데요, 스승님. 뭔가 좋은 방법이 없을까요?"

"보수금이라. 그런 것도 있었지."

내가 소중하게 끌어안고 약간 수상쩍은 모습으로 가지고 온 큰돈이 든 가죽 주머니.

그것을 보고도 스승님은 아무렇지도 않게, 흥미가 없다는 듯이 안을 힐끔 보며 확인했다.

"내가 맡아줄 수도 있다만——."

"정말로요?! 꼭 좀——."

스승님은 흥분한 나를 가로막으려는 듯이 손을 들고 계속 말했다.

"서두르지 마라. 너도 연금술사잖아? 연금술로 해결할 방법을 생각해야지."

"아직 지망생 이하인 제게 그런 말씀을 하셔도……."

너무 무리한 요구다. 하지만 스승님의 말과 지금 가지고 있는 지식을 동원해서 머리를 쥐어 짜냈다.

"……가지고 갈 수 없을 정도로 무거운 소재로 바꿔두기?"

한동안 생각하다가 그렇게 대답하자 스승님이 약간 놀란 듯이 눈썹을 치켜떴다.

"그것도 나름대로 참신하군. 쇳덩어리라면 그 정도 돈으로도 꽤 중량이 나가겠다만……, 그런데 사라사, 너는 그걸 어떻게 가지고 갈 생각이지?"

"……무료 배달 서비스?"

잔뜩 산 손님에게 해주는 서비스 같은 식으로?

"그런 서비스는 없다. 사람을 고용하면 그 돈이 절반 정도는 날아갈걸?"

"그, 그건 곤란한데요!"

그래선 뭘 위해 노력했는지 알 수 없게 된다.

부모님이 안 계신 내게는 아르바이트 급료와 보수금만이 수입이니까.

"애초에 그렇게 무거운 걸 기숙사에 가지고 가면 바닥이 무너질 거다."

"안 되나요?"

"안 돼. 그런 것보다, 연금술사라면 우선 아티팩트를 생각해야지. '저금통'이라는 말 그대로의 아이템이 있다만."

그것은 동전을 넣을 수 있는 틈새가 달린 상자이고, 일단 바닥에 내려놓고 마력을 보충하면 그곳에 고정되어서 움직일 수도 없고, 파괴할 수도 없게 된다.

"파괴하기 위해서는 저금통에 남은 마력량을 없앨 만큼의 마력이 필요하니까. 네 마력량이라면 가끔 충전해두기만 해도 훔쳐 가려는 녀석은 거의 없을 거다."

"그거 편리하네요! ……참고로 돈을 빼내고 싶을 때는요?"

"응? 못 빼는데? **저금**통이니까."

"그러면 안 되잖아요?!"

"아니, 괜찮다. 부수면 빼낼 수 있지──, 아니, 필요할 때는 부숴서 빼내는 물건이다."

"그, 그렇군요. 그렇다면 낭비할 걱정은 없겠네요."

반강제적인 저금이구나.

그쪽 기능은 그렇다 치더라도, 도난당할 걱정이 없는 건 좋다.

"미리 말해두는데, 가진 돈을 전부 넣진 마라? 양성학교는 돈이 별로 들지 않지만 가끔은 필요하니까. 야외 실습 같은 게 시작되면 더 그렇고."

"알겠습니다. 계획적으로 이용할게요."

"으음. ──그래서, 만들어 볼 거냐?"

"네! 부탁드릴게요!"

그렇게 되어 나는 스승님의 지도 아래 저금통 제작에 착수했다.

"두드려라! 두드려서 불려라!"

"네! 스승님!"

"구부려라! 구부려서 상자 모양으로 만들어라!"

"네! 스승님!"

"새겨라! 내가 그린 선을 따라 확실하게 새겨라!"

"네! 스승님! ——앗! 삐져나와 버렸어요, 스승님~."

"쳇. 줘봐. 고쳐주마."

"——그렇게 만든 게 이 저금통이에요."

"부, 부럽네요!"

기숙사의 내 방 한편, 그곳에 설치한 자그마한 저금통을 선보이자 프리시아 선배가 보인 반응은 그런 것이었다.

"——아, 선배들은 귀족이니까 성적이 좋아도 보수금을 받지 못하죠."

"그게 아니랍니다! 그런 푼돈은 어찌 되든 상관없어요. 미리스 님께 직접 지도를 받을 수 있다는 게 부럽다는 거예요!"

푼돈……, 나는 태어나서 처음 가져본 거금이었는데…….

뭐, 귀족이니까, 응.

"나는 푼돈이라고 생각하지 않지만……, 미리스 님께 직접 지도를 받을 수 있다는 게 더 부럽다는 건 마찬가지인 것 같은데?"

"라시 선배도요? 음~, 지도는 그렇다 치더라도 소개하는 것만이라면——."

"정말인가요?!"

"소, 소개만이에요. 오늘은 아르바이트를 하는 날이니까 잠깐 정도라면 아마⋯⋯."

무뚝뚝한 구석이 있지만, 사실은 자상한 스승님이다.

선배를 소개하는 정도라면 쌀쌀맞게 굴지도 않을 테고.

"그것만으로도 기쁘답니다! 라시, 당신도 갈 거죠?"

"그래. 우리는 마스터 클래스와 알고 지내게 되는 것만으로도 고마우니까."

그런 관계로 오늘은 선배들과 함께 출근.

점원분께 '사라사, 친구가 있었구나!'라는 말을 들으며 선배들을 스승님이 있는 곳으로 안내하고는 '신세를 지고 있는 선배예요'라고 소개했다.

"프리시아 커브레스입니다. 오필리아 미리스 님, 앞으로 잘 부탁드립니다."

"라시 헤이즈입니다. 잘 부탁드립니다."

잔뜩 굳어 긴장한 프리시아 선배, 그리고 프리시아 선배만큼은 아니지만 긴장한 라시 선배. 이런 걸 보면 스승님의 대단함을 실감하고 만다.

"흐음, 백작 가문과 후작 가문의⋯⋯, 뭐, 그렇게 긴장하지 마라. 사라사가 신세를 지고 있다고? 오필리아라고 불러도 상관없다. 그래……, 너희, 시간은 괜찮나?"

"바쁘실 테니 바로 가보도록 하겠습니다."

프리시아 선배는 소극적으로 고개를 저었지만──.

"그래? 만약에 한가하다면──."

"방금 한가해졌답니다!"

스승님이 한 말을 듣자마자 곧바로 손바닥을 뒤집었다.

"아니, 볼일이 있다면 딱히 상관없다만……, 뭐, 괜찮겠
지. 잠깐만 기다려라."

그렇게 말한 스승님이 가져온 것은 양쪽 끄트머리에 손바
닥 형태가 마주 보듯이 그려진 직사각형 판자. 그 손가락 끝
에서 선이 뻗어 양쪽으로 이어져 있었다.

"스승님, 그건 뭐죠?"

"마력 조작을 **즐겁게** 연습하는 도구지. 여기에 손을 올려
놓고 다섯 손가락으로 균등하게 마력을 불어넣으면, 이런
느낌으로……."

손가락 끝에서부터 그려진 선을 따라 푸르스름한 빛이 다
섯 줄기, 똑같은 속도로 뻗어 나가다가 스승님이 손을 떼자
곧바로 사라졌다.

"내가 함께 해줄까 했는데……, 사라사도 지기만 하면 재
미가 없겠지. 너희 두 사람이라면 적당하겠어. 사라사하
고……, 프리시아. 마주 보고 앉아서 여기에 손을 올려놔라.
그래. 그리고 내가 했던 것처럼 해봐라."

"네, 네."

"알겠습니다."

갑작스럽게 지명당했지만, 상대가 스승님이라 그런지 프리시아 선배도 거역하지 않고──, 아니, 오히려 신이 나서 의자에 앉아 지시에 따랐다.

내 쪽에서는 붉은 빛, 프리시아 선배 쪽에서는 푸른 빛이 뻗어 나와 판자 중앙 근처에서 부딪혔다. 그런가 싶더니 한동안 밀고 당기다 잠시 후 푸른 빛이 우세해졌고──.

파지지지직!!

"으냐악?!"

손바닥을 가로지른 충격과 저리는 듯한 감각에 나는 의자에서 벌떡 일어섰다.

"사, 사라사 양! 괜찮으신가요?!"

"그, 그게……, 괜찮을지도? 아마도."

손바닥을 봐도 아무렇지 않으니까.

잘 알 수 없는 현상에 눈을 깜빡이는 나를 보고 스승님이 크크큭, 웃었다.

"재미있지? 다섯 손가락에서 뻗은 마력, 그 양에 치우친 부분이 있으면 더 많이 치우친 쪽이 그렇게 된다. 벌칙 같은 거지."

"벌칙이라니……, 이게 대체 뭐예요?"

"그러니까, 마력 조작을 즐겁게 연습하는 도구다. 꽤 효과적이거든? 이걸로 연습한 녀석은 금방 실력이 붙지. 원래는 진 쪽의 옷이 찢어지게 했었는데, 사라사를 벗겨봤자 재미가 없으니까. 그 부분은 개조해 두었지."

살벌한 말에 나는 무심코 눈을 흘겼다.

그야 그렇겠지! 스승님하고 붙으면 나만 알몸이 되겠지!!

"스승님, 누굴 벗겨야 재미있는데요? 이걸 누구하고 하셨는데요!"

"비밀이야. ──대전 상대가 있다면 그냥 내버려 둘 걸 그랬나? 되돌려줄까?"

"됐어요! 이대로가 좋아요!"

명색이 후작가, 백작가 아가씨인데 벗겨버리면 큰일이라고!

"그런가? 학교에서 도전료를 받으면서 대전하면 나름대로 짭짤──."

그렇게 말하던 스승님은 내 몸을 머리부터 발끝까지 본 다음 고개를 저었다.

"사라사에게는 아직 힘들겠군."

그렇겠지! **마력 조작**이, 미숙하니까!

"좋아, 다음은 프리시아와 라시, 해봐라."

"아, 알겠습니다……."

내 결과를 봐서 그런지, 라시 선배는 약간 겁을 먹은 것 같았지만 스승님이 시키니 어쩔 수 없이 나 대신 의자에 앉았다. 그리고 프리시아 선배와 대전한 결과──.

"꺄악!!"

비명을 지른 사람은 프리시아 선배였다.

"뭐, 그런 느낌이다. 사라사, 지금은 할 일도 없으니 그걸로 마력 조작 연습을 해라."

아르바이트하러 왔는데 이래도 괜찮나? 그런 생각이 들었지만, 스승님의 명령이니까.

우리는 순순히 놀──, 아니, 훈련에 집중했다.

처음에는 내가 지기만 했지만 해가 지기 전까지는 선배들에게 몇 번 이길 수 있었고, 성과를 확인하러 온 스승님도 '나쁘지 않다'고 말했다.

"그건 네게 주마. 두 손을 올려놓으면 상대가 없어도 쓸 수 있으니까. 혼자서 연습하든, 그 두 사람하고 같이 하든, 마음대로 해라."

"감사히 받겠습니다, 스승님."

장난스러운 것 같은 도구지만 분명히 나름대로 고도의 아티팩트일 것이다. 모처럼 준다고 하니 고맙다는 인사를 하고 가지고 왔는데──, 스승님 말씀대로 효과가 정말 뛰어났다.

대전을 반복하다 보니 나와 선배들의 마력 조작 기술이 대폭 향상된 것이다.

그 아티팩트는 모두의 성적을 올려주는 데 공헌하게 된다.

참고로 내 방에 설치했던 저금통.

날마다 성실하게 마력을 계속 보충한 덕분에 졸업할 때까지 확실하게 내 재산을 지켜주게 되었지만——, 졸업을 앞두고 문제가 드러났다.

놀랍게도 '없앨 수 있는 마력'이 필요한 건 소유자인 나도 마찬가지였던 것이다.

기숙사를 떠나야 하는 날이 다가오는데, 저금통을 움직이지 못하고 있었다.

결국 나는 울상을 지으며 마력 소비의 한계에 도전하게 되었다.

역자 후기

안녕하세요, 천선필입니다.

『초보 연금술사의 점포경영』 4권, 재미있게 읽으셨는지 모르겠습니다.

이번 4권은 3권 마지막에서 잠깐 언급되고 마무리되었던 백합 이야기로 시작되었습니다. 어떻게 보면 착하고 능력 좋은 주인공인 사라사를 노리는 아이리스의 일방적인 접근 이라 부담스러울 것도 같은데, 그러면서도 함께 데리고 사는 걸 보면 사라사도 그리 싫지만은 않은 눈치인 것 같기도 하고요. 부끄러운 대사를 녹음하게 시키는 걸 보면 더더욱 그런 느낌이죠.

그리고 그런 관계의 진전이 중반부, 후반부의 주요 내용인 구출 작전으로 이어지는 것 같습니다. 아무리 착하고 능력이 좋더라도 막대한 돈이 들어가는 계획을 그저 그런 사람을 위해 진행시킬 리는 없겠죠. 자신이 소개해준 일이라고는 해도 전면적으로 책임질 필요는 없으니까요. 작품 내부에서도 등장인물의 입을 빌려 몇 번이나 언급된 걸 보면 아이리스와 케이트가 사라사에게 적어도 빚을 지면서까지 구하고 싶은 사람이 된 건 분명한 것 같습니다. 그것도 신세를 지는 걸 매우 껄끄러워하던 스승님에게 말이죠.

그렇게 스승님에게 빚을 지면서 4권이 마무리되었기에 다음 권에서는 스승님이 본격적으로 개입할 가능성도 생긴 것 같습니다. 지금까지는 사라사가 초보임에도 불구하고 대단한 능력을 발휘하는 이유가 되거나 연고도 없는 외딴 시골에서 성공적으로 자리 잡게 도와주는 조력자 역할 정도만 했지만, 이제 채권자가 되었으니(……), 뭔가 행동을 보여주어도 개연성이 충분할 것 같거든요. 그렇게 뻗어 나가는 잔가지가 작품을 더욱 탄탄하게 만들어줄 수 있으니 개인적으로는 기대가 됩니다.

　이런 생각을 하면서 이번 『초보 연금술사의 점포경영』 4권을 번역하였습니다. 매번 그랬듯이 감사의 말씀 드리고 후기를 마치려 합니다.

　항상 신경을 많이 써주시는 담당 편집자분, 그리고 책을 내는데 도움을 많이 주신 소미미디어 관계자 여러분, 그리고 가족 여러분. 감사합니다.
　그 누구보다 감사드리고 싶은 분은 독자 여러분입니다. 제가 이렇게 무사히 번역을 마치고 후기를 쓸 수 있는 것도 독자 여러분 덕분이라 생각합니다. 진심으로 감사드립니다.

　다시 찾아뵙게 될 때까지 행복한 하루 보내시길 바랍니다.

감사합니다.

천선필

SHINMAI RENKINJUTSUSHI NO TEMPOKEIEI Vol.4 CHOTTO KOMATTA
HOUMONSHA
©Mizuho Itsuki, fuumi 2020
First published in Japan in 2020 by KADOKAWA CORPORATION, Tokyo.
Korean translation rights arranged with KADOKAWA CORPORATION, Tokyo.

초보 연금술사의 점포경영 4

2022년 7월 15일 1판 1쇄 발행

저　　자	이츠키 미즈호
일 러 스 트	후미
옮 긴 이	천선필
발 행 인	유재옥
본 부 장	조병권
담당편집자	박치우
편집 1팀	이준환 박소연
편집 2팀	정영길 조찬희 박치우 정지원
편집 3팀	오준영 곽혜민
미　　술	김보라 박민솔
라이츠담당	한주원 이승희
디 지 털	박상섭 최서윤 김지연
물　　류	허석용
영　　업	박종욱
발 행 처	㈜소미미디어
등　　록	제2015-000008호
제 작 처	코리아피앤피
주　　소	서울시 마포구 토정로222, 403호(신수동, 한국출판콘텐츠센터)
판　　매	㈜소미미디어
마 케 팅	한민지 이주희
전　　화	(02)567-3388, Fax (02)322-7665

ISBN 979-11-384-1197-4
ISBN 979-11-6611-779-4 (세트)